서유기

일러두기

1. 이 번역은 대만의 이인서국里仁書局에서 나온 이탁오비평본李卓吾批評本『서유기교주西遊記校注』(2000년 초판 2쇄)를 저본底本으로 삼고, 상해고적출판사上海古籍出版社 및 북경인민출판사北京人民出版社 등에서 나온 세 종류의 다른 판본을 참고로 하되, 이탁오의 이름으로 된 평점評點은 생략하고 이야기 본문만 번역한 것이다.

2. 이 번역에서 혹시 발견될 수도 있는 오류는 역자 모두의 책임이다.

3. 기본적인 줄거리를 이해하는 데 반드시 필요한 사항은 각주 형식의 역주를 두어 설명하였고, 그 외에 불교나 도교와 관련된 개념어 등에 대한 설명은 '●'으로 표시하여 각 권의 맨 뒤에「부록」('불교·도교 용어 풀이')으로 실었다.

4. 주석에서 중국 고유명사의 표기는 현행 맞춤법의 규정에 따라 신해혁명(1911)을 분기점으로 하여, 그 이전은 한자 발음대로, 그 이후는 중국어 원음대로 표기하였다. 단, 현행 외래어 표기법이 중국어 원음을 올바로 나타낼 수 없다고 판단되는 경우는 예외로 두었다. 예를 들어, '曲江縣'은 현행 외래어 표기법에 따르면 '취장시앤'이라고 써야 하지만 이 책에서는 '취쟝시앤'으로 표기하였다.

5. 본문 삽화는 청나라 때의『신설서유기도상新說西遊記圖像』에서 발췌하였다.

6. 책명은『 』으로, 편명이나 시 등은「 」으로 표기하였다.

7. 이 책의「부록」에 포함된 '불교·도교 용어 풀이', '등장인물', '현장법사의 서역 여행도'는 서울대학교 서유기 번역 연구회의 역자들이 직접 작성한 것이다.

8. '불교·도교 용어 풀이'는 가나다순으로 정리했다.

西遊記

서유기

오승은 지음

홍상훈 외 옮김

7

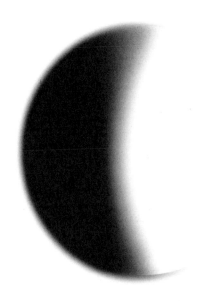

솔

차례

제61회
파초선을 얻어 화염산의 불을 끄다

한편 우마왕牛馬王이 제천대성을 쫓아가 보았더니, 제천대성은 어깨에 파초선을 둘러매고 싱글벙글하며 가고 있었어요. 우마왕은 무척 놀랐지요.

"원숭이놈이 속임수를 써 파초선芭蕉扇 쓰는 방법도 알아냈구나. 대놓고 내놓으라고 하면 줄 리도 없을 테고, 나한테 대고 부채질 한 번만 하면 십만팔천 리 밖으로 날아가버릴 테지. 그러면 그놈 좋은 일만 시키는 거잖아? 당나라 중이 저 큰길에서 기다리고 있다고 했겠지? 내가 전에 요괴 노릇 할 때 둘째 제자 저팔계가 셋째 제자 사오정을 본 적이 있으니까, 저팔계로 변해서 거꾸로 저놈을 속여야겠다. 원숭이놈은 한껏 의기양양한 참이니 별로 경계하지 않을 거야."

대단한 우마왕! 우마왕도 일흔두 가지 변신술에 능하고, 무예도 손오공에 못지않았어요. 다만 몸이 좀 둔해서 민첩하고 재빠른 게 좀 떨어질 뿐이었지요. 우마왕이 청봉검靑鋒劍을 감추고 주문을 외우며 몸을 흔들자, 저팔계와 똑같이 변했어요. 그러고서 그는 지름길로 질러가 제천대성 앞에서 이렇게 외쳤어요.

"사형, 저 왔어요."

예상대로 제천대성은 매우 기뻐했어요. '싸움에 이긴 고양이 호랑이라도 된 듯 좋아한다(得勝的猫兒懽似虎)'는 옛말도 있듯이, 손오공은 자기가 강하다는 것만 믿고 제대로 살펴보지도 않았지요. 언뜻 보니 저팔계가 분명해서 손오공은 곧장 이렇게 소리를 질렀어요.

"동생, 어디 가는 거야?"

우마왕은 장단을 맞추어 이렇게 대답했어요.

"형님이 한참이나 돌아오지 않으니까, 사부님께서 우마왕이 재주가 뛰어나서 형님이 당해내지 못하고 보물도 못 가져오는 게 아닐까 걱정하시면서, 나한테 형님이 오나 나가보라고 하셨지요."

손오공이 웃으며 대답했어요.

"걱정할 것 없어. 벌써 손에 넣었으니까."

"어떻게 손에 넣었는데요?"

"우마왕놈하고 내가 백여 합이나 싸웠는데도 승부가 나지 않았어. 그러자 그놈은 날 뿌리치고는 난석산亂石山 벽파담碧波潭 아래로 들어가서 교룡蛟龍과 용의 정령과 함께 술을 마시더군. 내가 몰래 그놈을 따라가서 게로 변해서는 그놈이 타고 다니는 피수금정수辟水金睛獸를 훔쳐 타고, 그놈 모습으로 변해서는 곧장 파초동芭蕉洞으로 가서 나찰녀羅刹女를 속였지. 이 손 어르신이 그 여자와 잠깐 부부 행세를 하면서 꾀를 써서 파초선을 빼돌려 온 거야."

"고생하셨소. 형님은 너무 노고가 많으셨으니 부채는 날 주시구려."

제천대성이 진짜인지 가짜인지 알 게 뭔가요. 또 그런 생각은 해보지도 않고 부채를 건네주었지요.

원래 우마왕은 그 부채를 다루는 법을 알고 있었어요. 그가 부채를 건네받아서 손가락으로 무슨 결을 맺자, 그것은 살구나무 잎만큼 작아졌어요. 그리고 우마왕은 본모습을 드러내더니 소리를 질렀어요.

"못된 원숭이놈! 내가 누군지 알겠느냐?"

손오공은 그 모습을 보고 속으로 후회막급이었어요.

'내가 실수했구나.'

그는 끙 하고 신음 소리를 내더니 발을 구르며 소리쳤어요.

"이런! 노련한 기러기 사냥꾼이 기러기한테 눈을 쪼인 격이구나."

그러고서 벼락처럼 화를 내며 여의봉을 들어 우마왕의 얼굴을 내리쳤어요. 우마왕은 바로 부채를 들어 부채질을 했지요. 하지만 우마왕이 모르는 것이 있었어요. 제천대성은 아까 모기 눈썹 사이에 붙은 벌레로 변해 나찰녀의 배 속에 들어갔을 때, 정풍단을 물고 있다가 엉겁결에 삼켜버렸지요. 덕분에 오장육부가 튼실해지고 살과 뼈가 모두 단단해져서, 아무리 부채질을 해도 꼼짝도 하지 않았지요. 당황한 우마왕은 파초선을 입속에 넣고 두 손으로 검을 휘두르며 달려들었어요. 하늘에서 벌어진 그 둘의 싸움은 정말 막상막하였어요.

제천대성 손오공
혼세대력 우마왕.
파초선 하나 때문에
부딪쳐서는 서로 이기려 하네.
거친 제천대성 사람을 속이고
대담한 우마왕은 부채를 가로채네.
이쪽은 사정없이 여의봉을 갈기고

저쪽은 교묘하게 서릿발같이 날선 청봉검을 휘두르네.

제천대성은 위세당당하게 오색 안개를 내뿜고

우마왕은 마구 빛을 토해내네.

함께 용맹을 겨루니

양쪽 모두 호락호락하지 않아

기세등등 입을 꽉 다물고 이를 뿌득뿌득 가네.

흙 흩뿌려지고 먼지 일어나니 천지가 흐려지고

모래 날리고 돌이 구르니 귀신이 숨네.

이쪽이 말하네.

"네놈이 감히 돼먹지 않게 날 다시 속여?"

저쪽이 대꾸하네.

"누가 내 마누라랑 희희덕거려도 된다고 하더냐!"

험악한 말들이 오가자

성질이 더 치솟네.

저쪽이 말하네.

"남의 마누라나 속이는 이 죽일 놈아!

관가에 고발하면 넌 당장 사형감이야."

영리한 제천대성

흉악한 대력왕.

서로를 죽이려는 마음뿐이니

더 따질 것도 없네.

여의봉으로 치자 청봉검으로 막으며 둘 다 온 힘 다하니

조금만 방심하면 바로 엄라국행이라네.

齊天孫大聖　混世潑牛王

只爲芭蕉扇　相逢各騁强

粗心大聖將人騙　大膽牛王把扇驅

這一箇金箍棒起無情義　那一箇霜刃青鋒有智量

大聖施威噴彩霧　牛王放潑吐毫光

齊鬪勇　兩不良　咬牙剉齒氣昂昂

播土揚塵天地暗　飛砂走石鬼神藏

這箇説　你敢無知反騙我

那箇説　我妻許你共相將

言村語潑　性烈情剛

那箇説　你哄人妻女眞該死　告到官司有罪殃

伶俐的齊天聖　兇頑的大力王

一心只要殺　更不待商量

棒打劍迎齊努力　有些鬆慢見閻王

　한편 길가에 주저앉아 있던 삼장법사는 불기운은 푹푹 찌는데다 마음까지 초조한지라 화염산 토지신에게 이렇게 물었어요.

　"한 말씀 여쭙겠습니다. 그 우마왕의 법력은 어떻습니까?"

　"그 우마왕은 신통력이 만만치 않고 법력도 대단합니다. 제천대성의 호적수이지요."

　"오공이는 걸음이 빨라서 보통 이천 리 길도 눈 깜짝할 사이에 다녀오곤 했는데. 이번엔 어째서 간 지 하루가 다 되도록 안 오는 거지? 분명히 우마왕과 싸우고 있는 게야."

　그리고 이렇게 분부했어요.

　"애들아, 너희 둘 중 누가 너희 사형을 마중 나가겠느냐? 만약 적을 만나면 온 힘을 다해 도와서 부채를 구해 와서 이 답답한 마음을 풀어주고, 조속히 이 산을 넘어 길을 재촉할 수 있게 해다오."

　저팔계가 대답했어요.

　"오늘은 늦었어요. 형님을 찾으러 가고 싶지만 적뇌산積雷山으로 가는 길을 몰라서요."

그러자 토지신이 나섰어요.

"제가 압니다. 권렴장군께 사부님과 함께 있으시라 하고 저와 함께 가시지요."

삼장법사는 매우 좋아했어요.

"토지신께 수고를 끼치는군요. 일이 해결되면 다시 감사 인사를 올리지요."

저팔계는 정신을 가다듬고 검은 비단 승복의 끈을 질끈 동여매고 쇠스랑을 빼들고 토지신과 함께 구름을 타고 곧장 동쪽으로 향했어요.

막 가고 있는데 갑자기 벽력같은 고함이 들려오고 광풍이 몰아쳐 왔어요. 저팔계가 구름을 멈추고 살펴보니, 손오공과 우마왕이 싸우고 있는 것이었지요. 토지신이 말했어요.

"천봉원수께선 어서 나서지 않고 뭐 하십니까?"

멍텅구리는 쇠스랑을 뽑아 들고 꽥 소리를 질렀어요.

"형님, 내가 왔소!"

손오공이 이를 부드득 갈며 말했어요.

"이 밥만 축내는 멍청아! 너 때문에 얼마나 큰일을 망쳤는지 알아?"

"사부님께서 나더러 형님을 마중 나가라고 하셨는데, 산길을 몰라 한참 동안 어떻게 할까 상의하다가, 토지신더러 길을 안내해달라 했소. 그러느라 늦은 건데, 무슨 큰일을 망쳤다는 거요?"

"네가 늦게 왔다고 뭐라 그러는 게 아니다. 이 못된 소놈이 아주 돼먹지 못하게 굴었다니까? 내가 나찰녀를 속여서 부채를 빼앗아 오는데, 이놈이 네 모습으로 변신해서는 날 맞이하러 왔더라고. 기쁜 김에 부채를 바로 그놈 손에 건네주었더니, 그놈이 본

모습을 드러내고 이 어르신하고 여기서 싸우고 있는 거야. 그래서 큰일을 망쳤다는 거다."

저팔계는 이 얘기를 듣고 화를 버럭 내며 쇠스랑을 들고 앞을 막아서서 꽥 소리를 질렀어요.

"이 시뻘겋게 팅팅 불어터진 염병할 놈아! 어찌 감히 네 조상님의 모습으로 변신해 우리 사형을 속이고 형제를 이간질한 거냐!"

보세요! 저팔계는 다짜고짜 쇠스랑을 휘두르며 마구 내리쳤어요.

우마왕은 손오공과 하루를 꼬박 싸운 터라 힘도 없고 정신도 멍한데다, 또 저팔계가 쇠스랑을 무시무시하게 휘두르자 막을 수가 없어 달아났어요. 화염산 토지신이 저승 병사들을 이끌고 그 앞을 막아서며 말했어요.

"대력왕, 멈추시오! 당나라 삼장법사께서 서역으로 경전을 구하러 가시니, 어느 하늘, 어느 신인들 보호하고 돕지 않는단 말이오? 삼계三界가 다 알고, 시방十方에서 보호해준다오. 어서 파초선을 꺼내 화염산의 불을 끄고 삼장법사가 아무 탈 없이 얼른 산을 넘어갈 수 있게 하시오. 그러지 않으면 하늘에서 죄를 물을 테니, 목숨을 부지하지 못할 것이오!"

"이 토지신은 억지가 심하군. 저 못된 원숭이놈은 내 아들을 빼앗아가고, 내 첩을 괴롭혔으며, 내 처를 속이는 등 온갖 무도한 짓을 다 했어. 난 저놈을 통째로 삼켜 똥으로 만들어서 개에게 먹이지 못하는 게 한이야. 그런데 이 보물을 빌려주라니!"

그가 말을 마치기도 전에 저팔계가 다시 쫓아가 욕을 했어요.

"이 우황을 뽑을 놈아! 당장 부채를 내놓으면 목숨은 살려주마!"

우마왕은 할 수 없이 보검을 들고 다시 저팔계와 싸웠어요. 제천대성은 여의봉을 들고 도왔지요. 이 싸움은 정말 대단했어요.

정령이 된 돼지

요괴가 된 소

하늘의 보물을 훔치고 득도한 원숭이.

선성은 본래 싸워 단련되는 것이니

모름지기 토를 써서 근본[元由]에 합치되도록 해야 할 터

쇠스랑의 아홉 날은 뾰족하고도 예리하고

보검의 양 칼끝은 날카롭고도 부드럽네.

여의봉으로 감겼다 펴지며 주인이 시키는 대로 따르고

토지신은 연단하는 것을 돕네.

셋이 서로 상극이라 맞서 싸우며[1]

각기 큰 재주를 펼치고 계략을 꾸미네.

소를 잡아 땅을 갈게 하면 재산이 불어나고

돼지를 불러 화로로 들어가게 하면 목의 기운이 거두어지네.

마음이 여기 없으면 어찌 도를 이루겠는가?

정신은 항상 제자리를 지키도록 단단히 붙들어야 하리라.

어지러이 소리 지르고

서로 죽어라 달려드니

세 가지 무기 쨍쨍 울리는구나.

쇠스랑 내리치고 검으로 베려 하니 좋은 감정이라곤 없고

여의봉을 쳐드는 건 다 이유가 있어서지.

맹렬한 싸움에 별빛도 스러지고 달도 흐려지며

하늘엔 온통 차가운 안개만 컴컴하네.

> 成精豕　作怪牛　兼上偷天得道猴
>
> 禪性自來能戰煉　必當用土合元由

1　본문의 '형刑'이란 삼형三刑이다. 삼형은 자子, 축丑, 인寅, 묘卯등의 12진辰을 동, 서, 남, 북의 방위에 따라 네 조로 나누어서, 각 조에 3진씩 되게 한 것이다. 이를 12진의 형살刑殺이라고 하고, 그것으로 점을 쳤다. 극克은 극尅이라고도 하며, 오행五行에서 상극이 되는 것을 말한다.

釘鈀九齒尖還利　寶劍雙鋒快更柔

鐵棒卷舒爲主使　土神助力結丹頭

三家刑剋相爭競　各展雄才要運籌

捉牛耕地金錢長　喚豕歸爐木氣收

心不在焉何作道　神常守舍要拴猴

胡亂嚷　苦相求　三般兵刃響搜搜

鈀築劍傷無好意　金箍棒起有因由

只殺得星不光兮月不皎　一天寒霧黑悠悠

우마왕은 온 힘을 다해 달아나다 싸우기를 밤새 되풀이했지만 승부를 가리지 못하고 다시 아침이 되었어요. 그 앞쪽은 그의 적 뇌산 마운동摩雲洞 입구였는데, 그들 셋과 토지신, 저승 병사들이 귀청이 떨어질 정도로 왁자지껄하게 떠들어대자, 놀란 옥면공주玉面公主가 시녀에게 어떤 자들인지 보고 오라고 했어요. 문지기 졸개 요괴가 와서 아뢰었어요.

"우리 나리하고 어제 왔던 그 벼락신의 주둥이를 한 자, 입이 길쭉하고 귀가 큰 중, 그리고 화염산의 토지신 등이 싸우고 있습니다."

옥면공주는 즉시 밖을 지키는 크고 작은 두목들에게 각기 창과 칼을 들고 가 우마왕을 돕도록 했어요. 앞뒤로 점호를 해보니, 백 명 남짓이었어요. 그들은 모두 정신을 바짝 차리고 창과 봉을 놀리며 일제히 외쳤어요.

"대왕 나리, 저희들은 마님의 명을 받고 도와드리려고 왔습니다!"

우마왕은 매우 기뻐하며 말했어요.

"잘 왔다. 잘 왔어!"

요괴들이 일제히 앞으로 나서서 마구 쳐대자, 저팔계는 어쩔 줄 몰라 하다가 쇠스랑을 끌고 패해서 돌아갔어요. 제천대성은 근두운을 몰아 겹겹의 포위에서 벗어나고 저승 병사들 역시 사방으로 도망갔지요. 우마왕이 승리를 거두고 요괴들과 함께 동굴 안으로 들어가 문을 꽉 닫은 것은 더 얘기하지 않겠어요.

손오공이 말했어요.

"이놈은 싸움을 잘해서 어제 오후 네 시경부터 나와 싸우기 시작했는데 오늘 밤까지도 승부가 나지 않았다. 너희 둘이 도와주러 와서 반나절에 하룻밤을 그렇게 싸웠는데도 그놈은 전혀 지친 기색이 없단 말이야. 이 보잘것없는 요괴놈이 힘 하나는 세군. 이놈이 동굴 문을 꽉 닫고 나오지 않으니 어쩌지?"

"형님, 형님이 떠난 건 어제 아침 열 시인데, 어째서 오후 네 시가 되어서야 그놈이랑 싸우기 시작했다는 거요? 그 대여섯 시간 동안은 어디 계셨소?"

"너희랑 헤어진 후 곧장 이 산으로 와서 어떤 여자를 만났는데, 알고 보니 바로 그놈의 애첩인 옥면공주더군. 내가 여의봉으로 겁을 좀 주니 그 여자는 바로 동굴 안으로 뛰어들어 가서 우마왕놈을 불러내더라고. 그놈과 이 어르신이 옥신각신 말다툼을 하다가 싸움까지 벌어져 두 시간 동안이나 싸웠지.

그렇게 막 싸우고 있는데, 누가 그놈을 연회에 초대하려고 온 거야. 난 그놈을 따라 저 난석산 벽파담 아래로 가 게로 변해서 무른 정보라도 알아보려고 했지. 그리고 그놈의 피수금정수를 훔쳐 타고 우마왕의 모습으로 변해서는 다시 취운산 파초동으로 가서 나찰녀를 속여 부채를 손에 넣었지.

나오면서 쓰는 방법을 시험해보다가 부채를 늘이기는 했는데, 다시 줄여서 보관할 수가 없는 거야. 그래서 어깨에 둘러메고 가는데, 그놈이 네 모습으로 변해가지고는 거꾸로 나를 속여 부채를 가져갔단다. 그래서 대여섯 시간이나 끈 거야."

"이건 정말 '도로아미타불'²이잖아? 이제 부채를 얻기가 어렵게 되었으니, 어떻게 사부님을 모시고 산을 넘는다지요? 그냥 돌아갑시다. 빌어먹을, 딴 길로 돌아가자고요!"

그러자 토지신이 말했어요.

"제천대성님, 심려치 마십시오. 천봉원수께서도 꾀부릴 생각 마십시오! 딴 길로 돌아간다지만, 그게 바로 이단의 문으로 들어가는 것이니, 수행하는 이가 할 일이 아닙니다. 옛말에도 '샛길로는 가지 않는다(行不由徑)'고 했느니, 어찌 딴 길로 돌아가겠습니까? 여러분의 사부님께서는 지금 올바른 길[正路]에 앉아서 눈이 빠져라 여러분이 공을 이루고 돌아오길 기다리고 계시다고요!"

손오공이 말했어요.

"맞다, 맞아! 멍청이 넌 쓸데없는 소리 마라! 토지신의 말에 일리가 있어. 우리는 그놈하고"

> 승부를 가리고
> 재주를 겨뤄야 한다.
> 내 일흔두 가지 지살의 변신술을 펼치리라.
> 서쪽으로 온 뒤로는 적수가 없었고
> 우마왕은 본래 마음속의 원숭이가 변한 것.
> 이번엔 마침 동류를 만났으니
> 결단코 끝까지 싸워 파초선을 빌리리라.
> 불길이 꺼져

---

2 원문에는 '바다에서 두부 배가 뒤집혔으니, 탕에서 와서 물로 돌아간다(大海裡翻了豆腐船 湯裡來水裡去)'라고 되어 있는데, 모든 것은 왔던 곳으로 돌아간다는 뜻이다. 여기에서는 비슷한 뜻을 가진 우리말 속담으로 대체했다.

서늘한 틈에

인연을 부정하는 완공을 깨뜨리고 부처님을 뵈어야지.

수행이 끝나 극락세계로 승천하여

모두 함께 부처님의 잔치[3]에 가자꾸나.

　　　賭輸贏　弄手段　等我施爲地煞變

　　　自到西方無對頭　牛王本是心猿變

　　　今番正好會源流　斷要相持借寶扇

　　　趁淸涼　熄火燄　打破頑空參佛面

　　　行滿超昇級樂天　大家同赴龍華宴

　저팔계가 이 말을 듣고 더욱 분발하는 마음이 생겨서 정성스
럽게 대답했어요.

그래, 그래, 그래요!

가요, 가요, 가자고요!

무슨 우마왕을 만나건 말건.

목은 해에서 생겨나 돼지가 되니

소를 끌고 토로 돌아가게 하지요.

신에서는 금이 생겨나니 그것이 원숭이이고

상극되는 것이 없이 조화로운 기운이 많다오.

파초선을 쓰는 것은

수의 뜻이니

불길은 없어져 구제될 것이오.

주야로 떠나지 않고 힘써 공을 이루려 하니

---

3 『보살처태경菩薩處胎經』에 따르면, 미륵보살은 56억 7천만 년 후에 이 땅에 태어나 용화수龍
華樹 아래에서 성불成佛한다고 했으니, 이를 기념하는 잔치를 가리킨다.

공이 이루어지면 얼른 우란분회에 참석해야지.

$$是\quad 是\quad 是$$
$$去\quad 去\quad 去$$
$$管甚牛王會不會$$
木生在亥配爲猪　　牽轉牛兒歸土類
申下生金本是猴　　無刑無剋多和氣
用芭蕉　爲水意　　燄火消除成既濟
晝夜休離苦盡功　　功完赶赴盂蘭會

그 둘은 토지신과 저승 병사들을 이끌고 일제히 앞으로 나아
갔어요. 쇠스랑을 쳐들고 여의봉을 휘두르며 쾅쾅 쳐서 마운동의
앞문을 가루로 만들어버렸지요. 밖을 지키던 두목은 놀라서 벌벌
떨며 안으로 뛰어들어 가 아뢰었어요.

"대왕님! 손오공이 무리를 이끌고 와서 앞문을 때려 부쉈습
니다!"

우마왕은 옥면공주와 방금 있었던 일을 이야기하면서 손오공
에게 이를 갈고 있던 참인데, 앞문을 때려 부쉈다는 말을 듣자 화
가 머리끝까지 났어요. 해서 급히 갑옷을 걸치고 혼철곤混鐵棍을
들고서 욕을 퍼부으며 동굴을 나왔어요.

"못된 원숭이놈! 네가 얼마나 대단한 놈이기에 감히 이렇게 찾
아와 행패를 부리고 내 집 문짝을 부수는 거냐?"

저팔계가 앞으로 나서며 마구 욕을 해댔어요.

"이 껍질을 벗겨 죽일 놈! 넌 웬놈이기에 감히 누구더러 대단
하니 마니 하는 거야? 꼼짝 말고 이 쇠스랑을 받아라!"

"이 양식만 축내는 멍청아! 멋모르고 나대지 말고 어서 그 원
숭이놈이나 나오라고 해라!"

그러자 손오공이 대꾸했지요.

"이 풀잎이나 뜯어 먹고 사는 앞뒤 분간도 못 하는 놈아! 내가 어제는 그래도 형제 대접을 해줬다만, 오늘은 원수지간이다. 이 여의봉이나 조심해라!"

우마왕은 용맹하게 맞서 싸웠어요. 이번 싸움은 전보다 더욱 맹렬했으니, 세 영웅이 한데 엉켜 정말 살벌하게 싸웠어요.

쇠스랑과 여의봉 신위를 펼치며
함께 저승 병사를 이끌고 늙은 소와 싸우네.
소는 홀로 흉맹한 본성을 펼치며
온 하늘에 법력이 크게 펼쳐졌네.
쇠스랑으로 내리치고
몽둥이로 때리는데
여의봉 놀리는 영웅은 역시 출중하다네.
세 가지 무기가 쩽쩽 소리를 내며
버티고 막아내니 누가 양보하랴?
우마왕은 자기가 우두머리라 하고
손오공은 자기가 제일이라 하네.
토지신의 병사들이 증인이나 판가름하기 어렵고
저팔계와 토지신 고생스럽게 쫓아다니네.
이쪽 둘이 말하네.
"왜 파초선을 빌려주지 않느냐?"
저쪽 하나가 대꾸하네.
"넌 어째서 감히 내 마누라를 속였느냐?
내 첩을 내쫓고 내 아이를 해친 원수도 아직 갚지 못했는데
또 남의 집을 부수고 소란을 피우다니!"

이쪽이 말하네.

"이 여의봉이나 조심해라.

살짝만 스쳐도 가죽이 문드러질 테니!"

저쪽도 말하네.

"이 쇠스랑을 피하는 게 좋을 거다.

맞았다 하면 아홉 구멍에서 피가 철철 흐를 테니!"

우마왕은 두려워하지 않고 위풍당당하게

혼철곤을 높이 들어 기회를 엿보네.

제멋대로 구름 뒤집고 비를 퍼부으며

마음껏 안개를 토하고 바람을 내뿜네.

분한 마음에 이 싸움은 모두 목숨 걸었고

각기 모진 마음을 먹고 기꺼이 맞붙어 싸우네.

공격 자세를 잡고 승부를 내려 하며

앞으로 막고 뒤에서 받아쳐도 도무지 끄떡 않네.

형제 둘이 함께 힘을 다하는데

혼자서 혼철곤 하나 들고 홀로 재주를 펼치네.

여섯 시에 싸우기 시작해 열 시 지나도록 싸웠고

싸움이 끝나자 우마왕은 속수무책으로 돌아가네.

> 釘鈀鐵棒逞神威　同帥陰兵戰老犧
>
> 犧牲獨展兇强性　遍滿同天法力恢
>
> 使鈀築　著棍搠　鐵棒英雄又出奇
>
> 三般兵器叮噹響　隔架遮攔誰讓誰
>
> 他道他爲首　我道我奪魁
>
> 土兵爲証難分解　木土相煎上下隨
>
> 這兩箇說　你如何不借芭蕉扇
>
> 那一箇道　你焉敢欺心騙我妻

趕妾害兒仇未報　敲門打戶又驚疑

這箇說　你仔細提防如意棒　擦著些儿就破皮

那箇說　好生躲避鈀頭齒　一傷九孔血淋漓

牛魔不怕施威猛　鐵棍高擎有見機

翻雲覆雨隨來往　吐霧噴風任發揮

恨苦這場都拼命　各懷惡念喜相持

丟架子　讓高低　前迎後攩總無虧

兄弟二人齊努力　單身一棍獨施爲

卯時戰到辰時後　戰罷牛魔束手回

셋은 죽자 사자 싸워서 또 백 합이 넘도록 겨루었어요. 저팔계가 미련스럽게 손오공의 신통력만 믿고 쇠스랑을 들고 마구 휘두르니, 우마왕은 막을 수가 없어 동굴 문으로 내달려 후퇴하려고 했어요. 그런데 토지신과 저승 병사들이 동굴 문을 막고 소리쳤어요.

"대력왕, 어딜 가느냐? 우리가 여기 있다!"

우마왕은 동굴로 들어갈 수 없게 되자 급히 몸을 내뺐는데, 또 저팔계와 손오공이 쫓아오자 당황해서 갑옷을 벗고, 혼철곤도 버리고, 몸을 한 번 흔들어 한 마리 백조로 변해서 하늘로 날아갔어요.

손오공이 그걸 보고 웃으며 말했어요.

"팔계야, 우마왕놈이 가버렸는데?"

멍텅구리는 멍하니 아무것도 모르고 있었고, 토지신도 눈치채지 못했는지라, 둘 다 이리저리 두리번거리며 되는대로 적뇌산 주위만 마구 뒤졌어요. 그러고 있는데 손오공이 손으로 가리키며 알려주었지요.

"저기 하늘을 나는 게 우마왕놈이잖아?"

저팔계가 대답했어요.

"저건 백조지요."

"그게 바로 우마왕이 변신한 거라니까?"

토지신이 물었어요.

"그렇다면 이제 어떻게 하지요?"

"너희 둘은 이 문 안으로 치고 들어가 조무래기 요괴들을 모조리 소탕해버려라. 놈의 소굴을 없애버리고 돌아올 길을 끊어버리는 거야. 그러면 이 어르신이 그놈과 변신술로 겨루마."

저팔계와 토지신이 그 말대로 동굴 문을 쳐부수고 들어간 것은 더 이상 얘기하지 않겠어요.

제천대성은 여의봉을 거두고 손가락을 구부려 결을 맺고 주문을 왼 다음, 몸을 한 번 흔들어 한 마리 장산곶매로 변했어요. 펄럭하고 한 번 날갯짓해서 구름을 뚫고 날아오르더니, 다시 날아내려와 백조의 몸 위에 내려앉아서 목을 움켜쥐고 눈을 쪼아댔어요. 우마왕은 손오공이 변신한 것임을 알고 황급히 날개를 털더니 노란 매로 변해서 거꾸로 장산곶매를 공격했지요.

손오공도 다시 검은 봉새로 변해 노란 매를 쫓았어요. 우마왕도 알아채고 다시 하얀 학으로 변해 길게 한 번 울더니 남쪽으로 날아갔어요. 손오공은 멈춰 서서 날개를 털더니 다시 붉은 봉새로 변해 높은 소리로 한 번 울었어요. 하얀 학이 보아하니 봉새는 조류의 왕으로 모든 새들이 그 앞에서는 함부로 행동할 수 없는지라, 휙 날개를 펴서 절벽에 내려앉아 사향노루로 변해서는 시치미를 뚝 떼고 풀을 뜯었어요.

손오공이 우마왕인 줄을 알아보고 역시 날개를 접고 내려와 굶주린 호랑이로 변해, 꼬리를 휘두르며 달려들어 잡아먹으려고 했어요. 우마왕은 당황하여 다시 얼룩무늬 표범으로 변해서 굶주린 호랑이를 공격했지요. 손오공은 그것을 보고 바람을 향해 서서 머리를 흔들어 다시 금빛 눈동자의 사자를 닮은 산예狻猊로 변했는데, 포효 소리는 천둥 같은데다 이마와 머리통은 쇠와 구리처럼 단단했어요. 그가 몸을 돌려 표범을 잡아먹으려 하자, 다급해진 우마왕은 다시 큰 곰으로 변해서 앞발을 들고 산예를 덮치려 했어요.

손오공은 한 바퀴 구르더니 코는 긴 뱀 같고, 이빨은 마치 죽순 같은 사나운 코끼리로 변했어요. 그는 코를 휘두르며 큰 곰을 휘감으려고 했지요. 우마왕은 킬킬 웃으며 원래 모습, 즉 커다란 흰 소로 돌아왔어요. 머리는 높은 고개같이 뾰족하고, 눈은 번쩍번쩍 빛나는 듯했지요. 뿔은 두 개의 철탑인 양 솟았고, 이빨은 날카로운 칼을 늘어놓은 것 같았어요. 머리부터 발끝까지 몸길이는 천 길이 넘고, 발굽에서 등까지 높이가 팔백 길도 넘었어요. 흰 소가 손오공에게 소리를 꽥 질렀어요.

"못된 원숭이놈! 이젠 네놈이 날 어쩔 테냐?"

손오공도 원래 모습으로 돌아와 여의봉을 뽑아 들고 허리를 굽히며 외쳤어요.

"늘어나라!"

그러자 손오공의 키는 만 길이나 되게 커졌어요. 머리는 태산 같고, 눈은 해와 달 같았으며, 입은 피바다요, 이빨은 문짝만 했어요. 그가 손에 여의봉을 들고 머리통을 향해 내리치자, 우마왕은 눈 딱 감고 대가리를 내민 채 뿔로 치받으려고 달려들었어요. 이 싸움은 정말 산을 뒤흔들고 천지를 들썩이게 했어요!

도가 한 자 높아지면 요괴는 천 길이나 날뛰니
재주 많은 원숭이 힘써 굴복시킨다.
화염산의 강한 불꽃 없애려면
서늘하게 해주는 보물 부채를 얻어야 하는 것
사오정은 큰 뜻으로 삼장법사를 모시고
저팔계는 그래도 정이 있어 우마왕을 소탕하네.
오행을 조화시켜 정과로 돌아가게 하고
요마를 단련시키고 때를 씻어내 서역 길에 오르네.

道高一尺魔千丈　奇巧心猿用力降
若得火山無烈燄　必須寶扇有淸涼
黃婆大志扶元老　木母留情掃歐王
和睦五行歸正果　煉魔滌垢上西方

　둘은 신통력을 한껏 펼치며 산속에서 싸웠어요. 그 바람에 허
공을 지나던 신들과 금두게체金頭揭諦, 육정육갑六丁六甲, 그리고
열여덟 명의 호교가람護敎伽藍들이 모두 놀라 우마왕을 에워쌌
어요. 하지만 우마왕은 전혀 두려워하는 모습을 보이지 않았어
요. 보세요! 그는 동쪽에 한 번, 서쪽에 한 번, 꼿꼿하고 번쩍거리
는 무쇠 뿔로 사정없이 박아댔고, 남쪽에 쿵, 북쪽에 쿵, 털이 북
실북실하고 힘줄이 불뚝불뚝 선 단단한 꼬리를 좌우로 흔들어댔
지요.
　제천대성이 앞에서 막았고, 여러 신들은 사방에서 공격했어요.
우마왕은 다급해지자 땅에서 한 번 뒹굴더니 본래 모습으로 돌
아와 파초동을 찾아들어갔어요. 손오공도 법술을 거두고 그를 쫓
아가고, 여러 신들도 그 뒤를 쫓았어요. 우마왕은 동굴 안으로 뛰
어들어 가 문을 닫아걸고 나오지 않았어요. 여러 신들은 취운산

저팔계와 함께 우마왕을 물리치고 세 번째로 파초선을 얻다

을 물샐틈없이 둘러쌌어요.

　모두들 문 앞에서 공격하고 있는데, 갑자기 저팔계와 토지신, 저승 병사들이 왁자지껄 떠들면서 왔어요. 손오공이 그걸 보고 물었어요.

　"저 마운동 사정은 어떠냐?"

　저팔계가 웃으며 대답했어요.

　"우마왕의 여편네는 내 쇠스랑에 맞아 죽었는데, 옷을 벗기고 보니 줄머리사향삵의 정령이더군요. 조무래기 요괴들은 모두 당나귀, 노새, 송아지, 황소, 오소리, 여우, 담비, 노루, 양, 호랑이, 큰사슴, 사슴 같은 것들이었는데, 벌써 다 해치웠지요. 그리고 동굴의 방과 복도에 불을 놓아 다 태워버렸고요. 토지신 말이 그놈에게 마누라가 하나 더 있고, 이 산에 산다기에 또 소탕하러 온 거요."

　"동생 큰 공을 세웠네. 정말 잘됐어! 잘된 일이야! 이 몸은 공연히 저 우마왕과 변신술만 겨루고 아직 이기지 못했네. 그놈이 무지무지하게 큰 흰 소로 변하자, 나는 온 천지에 가득 차는 큰 몸으로 변했지. 막 그놈과 들이받으며 싸우고 있는데, 다행히도 여러 신들이 내려와 그놈을 한참 동안이나 에워싸고 혼내주었지. 그랬더니 그놈은 원래 모습으로 돌아가 동굴 안으로 도망가버렸어."

　저팔계가 물었어요.

　"저게 그 파초동이요?"

　"그래, 그렇지. 나찰녀가 바로 이 안에 있지."

　저팔계는 이를 뿌드득 갈며 말했어요.

　"그렇다면 어째서 쳐들어가서 저놈을 해치우고 부채를 내놓으라 하지 않고, 그놈이 계책을 세울 틈을 주고 두 내외가 회포를 풀게 하는 거요!"

대단한 멍텅구리! 저팔계가 거들먹거리며 쇠스랑을 들어 문짝을 한 번 내리치자, 문짝은 물론 돌벼랑도 함께 와르르 무너져내렸어요.

놀란 시녀가 급히 보고했어요.

"나리! 웬놈이 앞문을 모두 때려 부쉈어요!"

우마왕은 방금 뛰어 들어와 헐떡거리며 손오공에게 부채를 빼앗고 싸운 일을 나찰녀에게 막 말해주고 있던 터였는데, 그 보고를 듣고 부글부글 화가 끓어올랐지요. 그가 곧 입에서 부채를 뱉어내 나찰녀에게 주자, 나찰녀는 받아 들고 눈물을 주르륵 흘리며 말했어요.

"대왕, 이 부채를 저 원숭이놈에게 줘버리고, 병사를 물리라고 하세요."

"부인, 물건은 별것 아니지만 그 원한은 깊다오. 잠시 앉아 계시오. 다시 그놈과 싸우고 올 테니."

우마왕은 다시 갑옷을 걸치고 두 자루 보검을 골라 문밖으로 나갔어요. 그때 쇠스랑을 휘두르며 문을 때려 부수고 있는 저팔계와 딱 마주쳤지요. 우마왕이 다짜고짜 얼굴을 향해 칼을 내리치자, 저팔계는 쇠스랑을 들어 막으면서 뒤로 몇 걸음 물러났어요. 문을 나오자 밖에는 일찌감치 제천대성이 여의봉을 휘두르며 막아서 있었어요. 우마왕은 즉시 광풍을 몰아 동굴에서 뛰어올라 다시 취운산 위에서 둘이 겨루게 되었지요. 여러 신들이 사방에서 둘러쌌고, 토지신과 저승 병사들은 좌우에서 공격했어요. 이 싸움도 정말 대단했어요.

구름이 세상을 흐리게 하고
안개가 천지를 뒤덮었네.

쏴쏴 음산한 바람에 모래와 돌 구르고

우뚝우뚝 노기 품은 파도 어지럽네.

다시 두 자루 칼을 갈고

또 온몸에 갑옷 걸쳤네.

원한은 바다만큼 깊고

회한은 갈수록 더해져 분을 돋우네.

보라!

제천대성은 공적을 쌓기 위해

옛 친구는 돌보지 않네.

저팔계는 위력을 펼쳐 부채를 얻으려 하고

여러 신들은 불법을 보호하기 위해 우마왕을 잡으려 하네.

우마왕의 두 손은 쉴 틈도 없이

정신을 다해 좌우로 막아내네.

싸움은 정말 대단했으니

지나가던 새들 날 수 없어 날개를 접고

노닐던 물고기들 물 위로 뛰어오르지 않고 모두 물속 깊이
숨었네.

귀신이 울부짖으니 천지가 어두워지고

용과 호랑이가 근심하고 두려워하니 햇빛이 스러지네.

雲迷世界　霧罩乾坤

颼颼陰風砂石滾　巍巍怒氣海波渾

重磨劍二口　復掛甲全身

結冤深似海　懷恨越生嗔

你看齊天大聖因功蹟　不講當年老故人

八戒施威求扇子　眾神護法捉牛君

牛王雙手無停息　左遮右攩弄精神

只殺得那過鳥難飛皆斂翅　游魚不躍盡潛鱗

鬼泣神嚎天地暗　龍愁虎怕日光昏

우마왕은 사생결단으로 싸웠는데, 오십여 합을 싸우자 더 이상 당해내지 못하고 패해 북쪽으로 달아났어요. 그런데 오대산五臺山 벽마암碧摩巖의 신통력이 대단한 발법금강潑法金剛이 일찌감치 와 있다가 막아서며 호통을 쳤어요.

"우마왕! 어디로 가느냐! 석가모니 부처님께서 나에게 천라지망天羅地網을 펼쳐 널 잡아 오라고 하셨느니라!"

이렇게 말하는 사이 제천대성, 저팔계, 여러 신들이 뒤쫓아 왔어요. 우마왕은 놀라서 몸을 돌려 남쪽으로 달아났지만, 다시 아미산蛾眉山 청량동清涼洞의 법력이 대단한 승지금강勝至金剛이 막아서며 호통을 쳤어요.

"내가 부처님의 명을 받고 널 잡으러 왔다!"

우마왕은 가슴이 떨리고 다리에 힘이 빠져, 급히 몸을 빼내어 동쪽으로 내달렸어요. 그러나 수미산須彌山 마이애摩耳崖의 비로사문毘盧沙門인 대력금강大力金剛이 막아서며 호통을 쳤어요.

"이놈의 소야, 어디를 가느냐? 내가 밀령密令을 받고 너를 잡으러 왔다!"

우마왕은 다시 모골이 송연해져서 물러나 서쪽으로 달아났지만, 또 곤륜산崑崙山 금하령金霞嶺 불괴존왕영주금강不壞尊王永住金剛이 막아서며 호통을 쳤어요.

"이놈이 또 어디로 달아나느냐? 내가 서역 땅 대뇌음사大雷音寺 부처님의 친명을 받고서 이쪽 길목을 막고 있는데, 널 놔줄 줄 아느냐!"

우마왕은 가슴이 벌벌 떨리며 후회막급이었어요. 사방팔방이 모두 부처의 병사요, 하늘의 장수들이었어요. 정말 빽빽이 그물을 쳐놓은 것 같아서 무사히 달아날 수가 없었어요. 이렇게 당황하고 있는데 손오공이 무리를 이끌고 쫓아오는 소리까지 들려오는지라, 그는 곧장 구름을 몰아 하늘로 내뺐어요. 하지만 바로 탁탑천왕과 나타태자가 어두약차魚肚藥叉, 거령신장巨靈神將을 거느리고 온 하늘을 막아버렸어요. 그리고 이렇게 소리쳤지요.

"게 서라! 어서! 옥황상제의 뜻을 받들어 특별히 너를 해치우러 왔다!"

우마왕이 다급해져서 아까처럼 몸을 흔들어 큰 하얀 소로 변해서 두 무쇠 뿔을 휘두르며 탁탑천왕을 들이받자, 탁탑천왕은 칼로 뿔을 내리쳤어요. 곧 손오공도 따라왔어요. 나타태자가 큰 소리로 외쳤어요.

"제천대성님, 갑옷을 입고 있는지라 예를 올릴 수가 없군요. 저희 부자가 어제 석가여래 부처님을 뵙고 상주문을 올려 옥황상제께 아뢰었습니다. 삼장법사께서 화염산에서 길이 막혔고, 제천대성께서 우마왕을 항복시키기가 어렵다는 내용이었지요. 옥황상제께선 저희 부자에게 군사를 이끌고 도와주라고 하셨습니다."

손오공이 말했어요.

"그런데 이놈은 신통력이 대단하고 우리처럼 머리 셋에 팔이 여섯인 몸으로 변신할 수도 있으니 어쩌지?"

나타태자는 하하 웃었어요.

"제천대성님, 걱정 마시고 제가 저놈을 잡는 거나 지켜보세요."

그러더니 나타태자는 소리쳤어요.

"변해라!"

나타태자는 머리 셋에 팔이 여섯 달린 모습으로 변하여 우마왕의 등으로 날아 올라타 요괴를 베는 검인 참요검斬妖劍을 목 쪽으로 휘두르는가 싶더니, 어느새 머리를 베어버렸어요. 탁탑천왕도 그제야 칼을 거두고 손오공과 인사를 했지요. 그런데 우마왕의 머리가 또 하나 생겨나고, 입에서는 검은 기운을 뿜었으며, 눈은 번쩍번쩍 금색으로 빛났어요. 나타태자가 다시 머리를 베어버렸지만, 머리가 떨어져 나간 자리에서 또 하나 생겨났지요.

연달아 열 번 남짓 베었더니, 곧바로 열 개 남짓한 머리가 자라났어요. 그러자 나타태자는 화륜火輪을 꺼내어 우마왕의 뿔에 걸고 진화眞火를 불어 넣었어요. 그 불길이 활활 타오르자 우마왕은 미친 듯이 포효하고 머리와 꼬리를 흔들어대며 괴로워했어요. 겨우 변신술을 써 벗어나려고 하는데, 또 탁탑천왕이 요괴를 비추는 거울인 조요경照妖鏡으로 본모습을 비추자, 꼼짝도 못 하게 되어 도망갈 수가 없었어요. 우마왕은 이렇게 애원할 뿐이었지요.

"목숨만 살려주십시오! 그러면 기꺼이 불가에 귀의하겠습니다."

나타태자가 일렀어요.

"목숨이 아깝거든 어서 부채를 내놔라!"

"부채는 제 마누라가 가지고 있습니다."

나타태자는 그 말을 듣고 요괴를 묶는 밧줄인 박요삭縛妖索을 꺼내 우마왕의 목에 걸친 후, 한 손으로는 놈의 코를 잡고 밧줄을 콧구멍에 끼워서 끌고 왔어요. 손오공은 사대금강四大金剛, 육정육갑, 호교가람들, 탁탑천왕, 거령신장과 저팔계, 토지신, 저승 병사들을 모아서 흰 소를 둘러싸고 파초동 입구로 돌아왔어요. 우마왕이 외쳤어요.

"여보, 파초선을 내주어 내 목숨을 살려주시오!"

나찰녀는 급히 패물을 풀어놓고 화려한 옷을 벗은 후, 여도사처럼 머리를 틀어 올리고 비구니처럼 소복을 입었어요. 그리고 두 손으로 두 길이나 되는 파초선을 받쳐 들고 문밖으로 나와, 금강역사金剛力士들을 비롯한 여러 성인과 탁탑천왕 부자를 보자 황망히 땅바닥에 꿇어앉아 깊숙이 절하며 예를 올렸어요.

"보살님들, 저희 부부의 목숨을 살려주십시오. 공을 이루시도록 이 부채를 손오공 도련님께 바치겠습니다."

손오공이 가까이 가서 부채를 받아 들자, 신선들은 모두 상서로운 구름을 타고 곧 동쪽 길로 돌아갔어요.

한편, 삼장법사는 사오정과 함께 안절부절못한 채 손오공이 오긴 기다리고 있었는데, 한참 동안이나 돌아오지 않으니 얼마나 걱정이 되었겠어요! 그런데 갑자기 상서로운 구름이 하늘 가득 일어나고 서광이 온 땅에 비치더니 여러 신들이 표표히 날아 다가오는 것이었어요. 삼장법사는 겁이 덜컥 났어요.

"오정아, 저쪽에 무슨 하늘 병사들이 오는 거냐?"

사오정은 누군지 알아본지라 이렇게 대답했어요.

"사부님, 저들은 사대금강, 금두게체, 육정육갑, 호교가람들, 그리고 알고 지내던 여러 신들입니다. 소를 끌고 있는 이는 나타태자이고, 거울을 들고 있는 이는 탁탑천왕입니다. 큰형님은 파초선을 들고 있고, 둘째 형님은 토지신과 함께 그 뒤를 따르고 있네요. 나머지는 모두 호위신병護衛神兵들이고요."

삼장법사는 그 말을 듣고 비로모毘盧帽로 바꿔 쓰고 가사를 입고, 사오정과 함께 여러 성인들을 맞아 감사 인사를 했어요.

"제가 무슨 덕과 재주가 있기에, 수고스럽게도 이렇게 여러 높으신 성인들께서 와주셨는지요!"

사대금강이 답례했어요.

"축하하오, 스님! 공업功業이 이제 거의 완성되어 가는구려. 저희들은 부처님의 뜻을 받들어 스님을 도우러 왔으니 스님께선 마땅히 온 힘을 다해 수행하시되, 잠시라도 태만하시면 안 될 것입니다."

삼장법사는 이가 땅에 부딪칠 정도로 고개 숙여 절하며 명을 받았어요.

제천대성은 부채를 들고 화염산 가까이 다가가 힘껏 한 번 부쳤어요. 그러자 화염산의 불꽃이 모두 꺼졌어요. 손오공이 기뻐서 헤헤 웃으며 또 한 번 부치니, 솔솔 쏴쏴 하는 소리가 들리며 맑고 가벼운 바람이 일었어요. 세 번째 부치자 하늘이 온통 새까매지더니 가랑비가 부슬부슬 내렸어요.

팔백 리나 되는 화염산
불길 빛나는 땅으로 이름났지.
밤새 불을 때도 단약은 익히기 어렵고
불길이 단전을 태워도 도는 맑아지지 않네.
특별히 파초선을 빌려 빗방울을 내렸고
다행히 하늘 장수들이 신공으로 도와주셨네.
소를 끌고 부처께 귀의케 하니 미욱한 짓 그만하렷다.
수와 화 손잡으니 성정이 저절로 편안하도다.

火燄山遙八百程　火光大地有聲名
火煎五漏丹難熱　火燎三關道不清
特借芭蕉施雨露　幸蒙天將助神功
牽牛歸佛休顚劣　水火相聯性自平

이때 삼장법사는 초조함이 사라져 마음이 고요하고 편안해졌으며, 네 일행은 불도에 귀의했어요. 사대금강에게 감사를 드리자 그들은 각기 산으로 돌아갔고, 육정육갑도 하늘로 올라가 그들을 보호했어요. 다른 신들도 사방으로 흩어졌고, 탁탑천왕과 나타태자는 소를 끌고 부처님이 계신 곳으로 보고를 드리러 돌아갔어요. 이 산의 토지신만이 나찰녀를 붙잡고 옆에서 기다리고 있었지요. 손오공이 말했어요.

"나찰녀, 너는 가지 않고 여기 서서 뭘 기다리고 있느냐?"

나찰녀가 꿇어앉아 대답했어요.

"제천대성님, 자비를 내리시어 부채를 저에게 돌려주십시오."

그러자 저팔계가 호통을 쳤어요.

"이 천한 것 같으니! 앞뒤 모르고 까부는구나! 네 목숨을 살려 줬으면 됐지, 또 무슨 부채를 돌려달라고? 우리가 산을 넘어가면 그걸 팔아 간식을 사 먹을 수도 있잖아? 그것 때문에 이렇게 고생했는데 다시 너에게 주겠어? 비도 부슬부슬 내리는데 어서 돌아가지 않고 뭐해!"

나찰녀가 연거푸 절하며 아뢰었어요.

"제천대성님께선 원래 불을 끄면 저에게 돌려주신다고 하셨지요? 지금 이 마당에 후회한들 늦었습니다만, 시원스럽게 빌려드리지 않아서 나리께서 수고롭게 여러 성인들을 동원하게 했지요. 저희들도 수행해서 사람이 되었는데, 다만 아직 정과正果에 귀의하지 못했던 것뿐입니다. 이제 참된 몸으로 서역 부처님께 귀의하게 되었으니 저도 다시는 허튼짓하지 않겠습니다. 제발 부채를 돌려주시어, 다시 새사람이 되어 수행하게 해주십시오."

토지신이 거들었어요.

"제천대성님, 이 여자가 불을 꺼뜨리는 방법을 잘 아니, 이 기회에 불씨를 완전히 없앤 후 부채를 돌려주시지요. 제가 이 산에서 그런 대로 편안하게 살고, 이곳 백성들을 구제하여 제사 음식이라도 조금 얻어먹을 수 있도록 해주신다면 정말 큰 은혜이겠습니다."

손오공이 말했어요.

"이 산의 불은 부채질을 하면 꺼지지만, 일 년 동안 오곡을 수확하고 나면 다시 불길이 일어난다는 말을 이곳 마을 사람들에게 들은 일이 있다. 어떻게 해야 불씨를 없앨 수 있느냐?

나찰녀가 대답했어요.

"불씨를 완전히 없애려면 부채를 연달아 마흔아홉 번 부치시면 됩니다. 그럼 다시는 영원히 불이 나지 않지요."

손오공이 그 말을 듣고 부채를 잡고 산 쪽을 향해 온 힘을 다해서 연달아 마흔아홉 번을 부쳤더니, 산 위로 소나기가 좍좍 내리기 시작했어요. 과연 그 부채는 보물인지라 불이 있는 곳에는 비를 내리고, 불이 없는 곳의 하늘은 맑게 했어요. 그들 일행은 불이 없는 곳에서 있어서 비에 젖지 않았지요. 하룻밤을 지내고 다음 날 아침에 말과 봇짐을 챙기고서야 손오공은 부채를 나찰녀에게 돌려주며 다시 이렇게 말했어요.

"이 어르신이 너에게 돌려주지 않는다면, 신의가 없다고 사람들이 쑥덕댈 게다. 너는 부채를 가지고 산으로 돌아가 다시는 말썽을 일으키지 마라. 네가 도를 닦아 사람 몸이 되었다는 점을 감안해서 용서해주는 것이다."

나찰녀는 부채를 받아 들자, 주문을 외어 부채를 살구나무 잎만하게 줄여서 입안에 머금었어요. 그리고 삼장법사 일행에게 감사하고 난 후에는 나찰녀는 이름을 숨기고 수행에 힘썼어요. 나중에는 정과를 얻어 불경 속에서 만고에 그 이름을 남기게 되었지요. 나찰녀와 토지신은 모두 그 은혜에 감사하며 삼장법사 일행을 전송했지요. 손오공, 저팔계. 사오정은 삼장법사를 모시고 계속해서 나아갔어요. 정말 몸은 가볍고 길도 미끄러지듯 편안했지요.

감과 리가 이미 편안해져서 진원과 합치되며
수와 화 모두 고르게 균형을 이루어 대도가 이루어지도다.

坎離旣濟眞元合　水火均平大道成

결국 몇 년 뒤에나 동녘 땅으로 돌아가게 될지는 알 수 없으니, 이에 대해서는 다음 회를 들어보시라.

삼장법사, 제새국의 불탑을 청소하다

하루 스물네 시간 한시라도 잊지 않았지
수행의 공은 한시도 빠짐없이 쌓아야 완전히 이룰 수 있
음을.
오 년 동안 십만팔천 번을 돌고 돌아
몸에 간직한 신수를 마르게 하지 말고
몸에 지닌 열기가 근심을 피워내지 말도록 하라.
물과 불이 조화를 이루어 모자란 곳이 없어지면
오행이 갈고리처럼 서로 이어지리라.
음양이 화합하면 구름 누대로 올라가
난새 타고 신선이 사는 자부에 올라가고
학 타고 신선의 땅 영주로 가리라.

十二時中忘不得　行功百刻全收

五年十萬八千周　休教神水涸　莫縱火光愁

水火調停無損處　五行聯絡如鉤

陰陽和合上雲樓　乘鸞登紫府　跨鶴赴瀛州

이것은 「임강선臨江仙」이라는 노래이지요. 삼장법사 일행 넷이 물과 불의 재난에서 벗어난 뒤 본성이 맑고 깨끗해졌음을 읊고 있어요. 순음純陰의 보배로운 부채(파초선)를 빌려 화염산의 타오르는 불길을 끄고 산을 넘은 일행은 하루가 채 안 되어 팔백 리 길을 갔어요. 편안한 마음으로 거침없이 서쪽을 향해 나아가고 있었지요. 때는 바야흐로 가을이 저물고 막 겨울로 접어들었지요.

들국화 시든 봉오리 떨어지고
갓 핀 매화 부드러운 꽃술 열리네.
마을마다 벼를 거둬들이고
집집마다 향기로운 국을 먹네.
평평한 숲에 나뭇잎 떨어지니 먼 산이 드러나 보이고
굽은 계곡에 서리 짙으니 깊은 골짜기 맑디 맑아라.
천지간에 서린 영험한 기운 따라
겨울 잠자리를 준비하네.
음양이 순수하니
달은 어두움에 으뜸이고
물의 덕이 성하니
해는 환할 날이 적구나.
땅 기운 아래로 가라앉고
하늘 기운 위로 떠오르네.
무지개는 감추어져 그림자도 아니 뵈고
연못과 늪엔 조금씩 얼음이 끼네.
깎아지른 절벽에 걸린 등나무 꽃 시들어가고
소나무 대나무 싸늘히 얼어붙어 그 빛 더욱 푸르구나.

野菊殘英落　新梅嫩蕊生

村村納禾稼　處處食香羹

平林木落遠山現　曲澗霜濃幽壑清

應鍾氣　閉蟄螢

純陰陽　月帝元溟

盛水德　舜日憐晴

地氣下降　天氣上升

虹藏不見影　池沼漸生冰

懸崖掛索藤花敗　松竹凝寒色更青

일행 넷이 한참을 걸어가노라니 눈앞에 또 성이 하나 나타났어요. 삼장법사가 말을 멈추고 제자를 불렀어요.

"오공아, 저기 누각들이 우뚝 솟아 있는 곳이 어딘지 모르겠구나."

손오공이 머리를 들어 살펴보니 그곳에 성이 하나 보였어요.

용이 서려 앉은 형세요
범이 도사리고 앉은 철옹성일세.
사방으로 드리운 화려한 지붕들 촘촘하고
구불구불 이어진 자줏빛 궁전들 넓게 펼쳐졌네.
옥돌 다리 난간에는 정교한 짐승 조각
황금 누대 밑동엔 현인들이 새겨져 있네.
이야말로 신선 세계의 도읍이요
하늘나라의 아름다운 수도로다.
만 리의 영토 견고하고
천 년을 이어온 제왕의 업적 융성하구나.

오랑캐들 복종하여 임금의 은혜 멀리까지 미치고

천하가 황제를 따르니 조정의 위세가 성하구나!

궁궐 섬돌 정결하고

어가가 다니는 길 편안하네.

술집엔 노랫소리 떠들썩하고

기루엔 웃음소리 피어난다.

미앙궁[1] 밖 월계수엔

아침 햇빛 받으며 화려한 봉황새가 노래할 만하네.

龍蟠形勢　虎踞金城

四垂莘蓋近　百轉紫爐平

玉石橋欄排巧獸　黃金臺座列賢明

眞箇是神州都會　天府瑤京

萬里邦畿固　千年帝業隆

蠻夷拱服君恩遠　海岳潮元聖會盈

御階潔淨　輦路清寧

酒肆歌聲鬧　花樓喜氣生

未央宮外長春樹　應許朝陽彩鳳鳴

손오공이 말했어요.

"사부님, 저 성은 분명 일국의 제왕이 사는 곳입니다."

저팔계가 웃으며 말했어요.

"세상 어디에나 부府에는 부성府城이 있고 현縣에는 현성縣城이 있기 마련인데, 어떻게 저게 꼭 제왕이 사는 곳이라고 할 수 있소?"

"네가 몰라서 그래. 제왕이 사는 곳과 부나 현은 전혀 달라. 저걸 좀 봐. 사면에 문이 십여 군데나 있고, 주변 백여 리 안에 높은

1　서한 시대의 궁궐 이름이다.

누대가 즐비하며, 구름과 안개 속에서도 찬란하게 빛나잖아? 제국의 수도가 아니라면 어찌 저토록 웅장하고 화려할 수 있겠어?"

사오정이 말했어요.

"형님은 눈이 밝아서 저곳이 제왕이 계신 곳인 줄 알아보긴 했지만, 뭐라고 부르는 곳인지는 아시오?"

"무슨 현판이나 깃발 같은 것도 없는데, 어찌 알겠느냐? 성으로 들어가 물어보는 수밖에."

삼장법사가 말을 다그쳐 몰자 일행은 금방 성문 앞에 이르렀어요. 삼장법사는 말에서 내려 일행과 함께 다리를 건너 성문 안으로 들어갔지요. 큰길에는 시장이 번화하고 물건도 아주 풍성했으며, 오가는 사람들의 옷차림도 호화로웠어요. 그렇게 한참 걸어가고 있는데, 갑자기 십여 명의 승려들이 모두 목에 칼을 쓰고 족쇄에 묶인 채 길가 이 집 저 집에서 구걸하는 모습이 보였어요. 그들의 행색은 모두 눈 뜨고는 볼 수 없을 만큼 초라하기 짝이 없었지요. 삼장법사가 탄식하며 말했어요.

"토끼가 죽으면 여우가 슬퍼한다고, 동류가 불행을 당하면 같이 슬퍼지는 법이지. 오공아, 가서 저 스님들이 어쩌다가 이런 벌을 받게 되었냐고 좀 물어보아라."

손오공은 삼장법사의 분부대로 당장 소리쳐 물어보았어요.

"이보시오, 스님! 어느 절에 계신 분들이시오? 무슨 일로 목에 칼을 쓰고 쇠줄에 묶여 다니는 겁니까?"

그러자 스님들이 꿇어 엎드려 대답했어요.

"나리, 저희들은 억울한 누명을 쓴 금광사金光寺의 승려들이옵니다."

"금광사가 어디 있는 절이오?"

"저 모퉁이만 돌면 바로 있습니다."

손오공이 그들을 삼장법사 앞으로 데리고 가서 다시 물었어요.

"억울한 죄라니, 무슨 일인지 말해보시오."

"나리, 어디서 오신 분들인지 모르겠으나, 어디선가 뵌 분처럼 낯이 익습니다. 감히 여기서는 말씀 올릴 수 없으니, 누추하나마 저희 절로 가시면 저희가 당하고 있는 고초를 죄다 말씀드리겠습니다."

삼장법사가 말했어요.

"그것도 좋겠다. 잠시 저분들의 절로 가서 그 까닭을 자세히 알아보도록 하자꾸나."

삼장법사 일행이 그 승려들과 함께 산문에 이르러 보니, 문 위에 금빛으로 '칙건호국금광사勅建護國金光寺'라는 글자가 가로로 커다랗게 쓰여 있었어요. 일행이 문을 들어서서 둘러보니 이런 모습이었지요.

낡은 전각엔 향불이 차갑고
텅 빈 회랑엔 낙엽이 바람에 뒹구네.
구름 위로 솟은 높다란 보탑
잘 자란 몇 그루 소나무.
땅 위엔 온통 떨어진 꽃잎들, 지나가는 이 없고
처마 앞 거미줄 얼기설기 멋대로 드리웠네.
고루도 비었고
종은 하릴없이 매달려 있고
그림 벽에는 먼지만 쌓여 채색한 인물상마저 희릿하네.
경문을 강론하는 자리는 쓸쓸히 스님 하나 뵈지 않고
선당은 쥐 죽은 듯 고요히 새들만 드나드네.
처량함에 절로 탄식이 나오고

적막하기 실로 이를 데 없구나.
불전에 향로 놓여 있으나
재 싸늘하고 꽃 시들어 모든 것이 부질없구나.

古殿香燈冷　虛廊葉掃風
凌雲千尺塔　養性幾株松
滿地落花無客過　簷前蛛網任攀籠
空架鼓　枉懸鍾　繪壁塵多彩像朦
講座幽然僧不見　禪堂靜矣鳥常逢
凄凉堪嘆息　寂寞苦無窮
佛前雖有香爐設　灰冷花殘事事空

　삼장법사는 마음이 스산해져 자기도 모르게 눈물을 흘렸어요. 승려들은 칼을 쓰고 쇠줄에 묶인 채 대웅전을 열어 삼장법사가 부처님을 배알하도록 해주었어요. 삼장법사는 대웅전에 들어가 경건한 마음으로 향을 사르고 세 번 머리를 조아려 절을 올렸어요. 그리고 뒤로 돌아가 보니, 방장의 처마 기둥에 또 예닐곱 명어린 승려들이 족쇄에 묶여 있었어요. 삼장법사는 차마 눈 뜨고 볼 수가 없었지요. 방장에 이르자 승려들이 일제히 엎드려 머리를 땅에 박고 절하며 물었어요.

　"나리님들, 용모가 다 다르긴 하지만, 혹시 저 동녘 땅 위대한 당나라에서 오신 분들 아니신지요?"

　손오공이 웃으며 말했어요.

　"이 스님은 점도 치지 않고 알아맞히는 무슨 법술이라도 있는 모양이네? 우리들이 바로 그 사람들이오. 그런데 어찌 아셨소?"

　"나리, 저희에게 무슨 그런 법술 같은 게 있겠습니까? 그저 억울한 죄를 뒤집어쓰고도 그 누명을 밝힐 길이 없어, 날이면 날마다 하늘과 땅에 울부짖었을 뿐입니다. 그런데 그 소리가 아마도 하늘신을 놀라게 했던지, 어젯밤에 모두가 똑같은 꿈을 꾸었답니다. 꿈에서 말하길, 동녘 땅 위대한 당나라에서 오신 성승聖僧께서 저희 목숨을 구해주시고 이 억울한 고초도 다 풀어주실 거라 했습니다. 오늘 나리의 이런 특이한 용모를 뵙게 되니 금방 알아볼 수 있었던 것이지요."

삼장법사가 그 말은 듣고 크게 기뻐하며 말했어요.

"여기는 뭐라 하는 곳입니까? 억울한 죄란 게 무엇이오?"

중들이 꿇어 엎드려 아뢰었어요.

"나리, 이 성은 제새국祭賽國이란 곳으로 서방에서 아주 큰 나라로 꼽힙니다. 전에는 남쪽으로 월타국月陀國, 북쪽으로 고창국高昌國, 동쪽으로 서량국西梁國, 서쪽으로 본발국本鉢國 이렇게 사방의 오랑캐 나라에서 공물을 바쳤습니다. 해마다 옥이며 진주 같은 보석, 미녀와 준마를 진상했습니다. 저희가 무력을 쓰거나 토벌을 하지 않아도 저쪽에서 알아서 큰 나라로 받들어 모셨지요."

"큰 나라로 받들어지는 나라라니, 여기 국왕께선 덕이 높고 문무 관리들도 어질고 현명하겠군요?"

"나리, 문무 관리들이 현명하거나 어진 것도 아니고 국왕이 덕이 높은 것도 아니랍니다. 이곳 금광사는 예로부터 보탑 위에 상서로운 구름이 내려 덮이고, 길조 어린 아지랑이가 높이 뻗쳐올랐습니다. 밤에는 노을빛을 쏘아내어 만 리 밖에서도 보이고 낮에는 오색찬란한 기운을 뿜어내어 이웃 네 나라에서도 우러러보는 터였습니다. 그래서 우리나라를 하늘이 내린 신성한 도읍이라 여겨 조공을 바쳤던 것입니다. 그런데 삼 년 전 음력 칠월 초하룻날 밤 열두 시에 갑자기 피비[血雨]가 퍼부었습니다. 날이 밝자 사람들은 저마다 겁을 먹고 근심에 잠겼지요. 조정 대신들이 국왕께 이 일을 상주上奏했지만, 하늘이 무슨 일로 벌을 내리는지 알지 못했습니다.

그래서 도사를 청해 제사를 지내고 승려를 불러 경을 읽게 하며 천지신명께 사죄를 올렸습니다. 헌데, 누가 알았겠습니까? 저희 절의 황금 보탑이 그 피비에 더럽혀지는 바람에 이태째나 다른 나라에서 공물을 바치지 않게 될 줄을요. 우리 국왕께서 무력으로 정벌하겠노라 하시니 여러 대신들이 나서서 말리며 상주하길, 글쎄, 저희 절의 승려가 보탑의 보물을 훔쳤기 때문에 상서로운 구름과 길조 어린 아지랑이가 사라져 다른 나라가 공물을 바치지 않는다는 것이었습니다.

어리석은 임금은 더 따져 보려 하지도 않았고, 그 파렴치한 관리들은 저희들을 끌고 가서는 갖은 고문에 매질을 하며 죄를 추궁했습니다. 당시 저희 절엔 삼 대의 스님들이 있었는데, 두 윗대 스님들은 모두 고문과 매질에 시달리다 못해 세상을 떠났지요. 그래서 지금은 삼 대째인 저희들을 잡아다 죄를 추궁하며 칼을 씌우고 족쇄를 채웠습니다.

나리들 앞이니까 하는 말씀입니다만, 저희들이 어찌 감히 양심을 속이고 탑 속 보물을 훔쳤겠습니까? 다 같이 출가한 사람들이니, 제발 저희를 불쌍히 여기시고 대자대비의 마음으로 법력을 널리 베푸시어 저희 목숨을 구해주십시오."

삼장법사가 얘기를 다 듣더니 머리를 끄덕이며 한숨을 내쉬었어요.

"이 일은 애매한 점이 많아 진상을 밝히기가 어렵겠소. 우선 조정에서 실정을 범했고, 둘째로 여러분이 재난을 자초한 탓도 있으니 말이오. 하늘에서 피비가 내려 보탑을 더럽힌 거라면, 왜 그때 당장 임금께 상주하여 알리지 않고 이런 고초를 겪으신단 말이오?"

"나리, 저희 같은 범인이 어찌 하늘의 뜻을 헤아리겠습니까? 하물며 윗대 스님들도 어쩌지 못한 일이온데 저희들이 뭘 할 수 있겠습니까?

"오공아, 지금 몇 시쯤 되었느냐?"

"여섯 시 정도 되었습니다."

"국왕을 뵙고 통행증명서에 도장을 받으려고 했다만, 이 스님들의 일은 진위가 분명치 않으니 국왕께 뭐라 여쭙기도 어렵구나. 장안을 떠나올 당시, 내가 법문사法門寺에서 맹세한 게 하나 있다. 서방으로 가는 길에 사원을 만나면 향을 사르고, 절을 만나면 부처님께 절을 올리고, 탑을 만나면 깨끗이 소제하고 가겠노라고 말이다.

오늘 여기에 와서 억울한 누명을 쓰고 있는 스님들을 만났는데, 그것은 다 보탑 때문에 생긴 재앙인 것 같구나. 허니, 네가 새 빗자루 하나만 구해다 주려무나. 목욕재계하고 보탑에 올라가 먼지를 쓰면서, 보탑이 더러워진 까닭과 빛을 뿜지 못하는 이유를 살펴봐야겠다. 어찌된 일인지 알아야 국왕을 만나 상주하여 이 스님들의 괴로움을 풀어줄 수 있을 게 아니냐?"

칼을 쓰고 족쇄를 찬 승려들은 이 말을 듣고 당장 부엌으로 달려가 식칼 한 자루를 가져다 저팔계에게 주며 말했어요.

"나리, 이 칼로 저 기둥에 묶인 어린 승려들의 자물쇠를 풀어주십시오. 공양 짓고 국을 끓여 올리고 나리 목욕을 도와드리도록 말입니다. 저희는 얼른 거리에 나가 새 빗자루를 시주받아 와서 나리께서 탑을 쓰실 수 있게 하겠습니다."

저팔계가 웃으며 말했어요.

"자물쇠 여는 게 뭐 어렵다고 그래요? 칼이나 도끼 따윈 필요 없소. 저 털북숭이 나리께 부탁하면 되지. 자물쇠 여는 데는 다년간 실력을 쌓은 선수니까 말이오."

손오공이 어린 승려들에게 가까이 다가가 자물쇠를 여는 해쇄법解鎖法을 써서 손으로 한 번 쓱 문지르자, 자물쇠들이 모조리 열리며 바닥에 떨어졌어요. 풀려난 어린 승려들은 그 길로 일제히 부엌으로 달려가 부뚜막을 깨끗이 청소하고 차와 음식을 준비했어요. 삼장법사 일행이 공양을 마치자 날은 점점 어두워졌어요.

칼을 쓰고 족쇄에 묶인 승려들이 두 자루의 빗자루를 들고 들어오자 삼장법사가 반색하며 맞이해, 한창 얘기를 나누었지요. 그러던 차에 어린 승려가 등불을 밝히면서 삼장법사에게 목욕을 하라고 했어요. 하늘엔 온통 별과 달이 빛을 뿌리고 고루에선 시간을 알리는 북소리가 일제히 울려지는 때였지요.

사방 벽에 찬바람이 일고
수많은 집들엔 등불이 환하구나.
번화한 거리도 문과 창을 잠그고
북적대던 시장도 문을 닫네.
낚싯배는 나무 우거진 포구로 돌아가고
밭 갈던 소의 고삐를 푸네.
나무꾼은 도끼질 멈추고
학동들 글 읽는 소리 또랑또랑 들리네.

四壁寒風起　萬家燈火明
六街關戶牖　三市閉門庭
釣艇歸深樹　耕犁罷短繩
樵夫柯斧歇　學子誦書聲

삼장법사는 목욕을 마치자 소매 짧은 적삼에 허리띠를 매고 가죽신으로 갈아 신고서 새 빗자루를 집어 들고는 승려들에게 말했어요.

"여러분은 편히 잠자리에 드십시오. 저는 탑을 쓸고 오겠습니다."

그러자 손오공이 말했어요.

"탑이 피비로 더러워진데다 오랫동안 빛을 내지 못했으니, 못된 놈들이 생겼을지도 모릅니다. 밤이 깊어 조용하고 바람도 차가운데 아무 동행도 없이 혼자 가셨다가 무슨 사고라도 당하실까 걱정입니다. 이 몸이 함께 가는 게 어떻겠습니까?

"그래, 거 좋은 생각이다!"

두 사람은 각기 빗자루 하나씩을 들고 먼저 대웅전에 들어가 유리등에 불을 켜고 향을 사른 뒤, 불상 앞으로 나아가 절을 올리고 말했어요.

"불제자 진현장, 동녘 땅 위대한 당나라 황제의 어명에 따라 석가여래 부처님을 뵙고 경전을 가지러 영취산으로 가고 있습니다. 그런데 오늘 제새국 금광사에 이르러 이곳 스님들의 말씀을 들어보니, 보탑이 더럽혀지자 국왕께서 스님들이 보물을 훔쳤다며 억울한 형벌을 내리고 있으나 진상을 밝히기가 어렵다고 합니다. 제가 정성을 다하여 탑을 청소하려 하오니, 바라건대 부처님께서 영험을 보이셔서 하루속히 탑이 더럽혀진 원인을 알려주시어 힘없는 저 스님들이 억울하게 고통받지 않도록 해주십시오."

기도를 마친 삼장법사는 손오공과 함께 탑문을 열고 들어가 아래층에서부터 위로 비질을 하기 시작했어요. 이 보탑은 이런 모습이었답니다.

높이 솟아 은하수에 기대고

우뚝 솟아 하늘을 찌르네.

바로 오색 유리 탑

천금의 사리봉이라 부른다네.

계단은 나선으로 빙 돌아 마치 석굴을 꿰뚫은 듯

문을 열고 나오면 조롱을 나오는 듯하네.

보병寶瓶은 하늘가의 달빛을 받아 그림자 비추고

청동 방울 소리 바닷바람에 실려 가네.

날렵한 처마 북두성을 떠받치고

높다란 꼭대기엔 구름이 머무네.

날렵한 처마 북두성을 떠받쳐

꽃과 봉황이 보석에 박힌 듯하네.

높다란 꼭대기엔 구름 머물다가

탑에 이르자 안개 서린 용처럼 둘러싸네.

멀리 바라보면 천 리 밖이 환하고

높이 올라가면 하늘 끝에 선 듯하구나.

층마다 문에는 유리등이 달려 있으나

먼지만 있을 뿐 불빛은 없고

걸음마다 처마 앞 백옥 난간 지나지만

때가 끼고 벌레들만 날고 있네.

탑 속

불상 앞엔 향불 끊어진 지 오래요

격자창 너머

신상 앞엔 거미줄이 뿌옇게 얽혀 있네.

향로 속엔 쥐똥이 가득하고

등잔에는 기름이 말라 엉겼구나.

그 안의 보물을 잃어버린 탓에

고통받던 스님들 목숨을 잃었네.
삼장법사 성심껏 탑을 청소하여
옛 모습 다시 살려내려 하는구나.

峥嵘倚漢　突兀凌空

正喚做五色琉璃塔　千金舍利峰

梯轉如穿窨　門開似出籠

寶瓶影射天邊月　金鐸聲傳海上風

但見那虛簷拱斗　絕頂留雲

虛簷拱斗　作成巧石穿花鳳

絕頂留雲　造就浮屠繞霧龍

遠眺可觀千里外　高登似在九霄中

層層門上琉璃燈　有塵無火

步步簷前白玉闌　積垢飛蟲

塔心裡　佛座上香烟盡絕

愰櫺外　神面前蛛網牽矇

爐中多鼠糞　盞内少油鎔

只因暗失中間寶　苦殺僧人命落空

三藏發心將塔掃　管教重見舊時容

삼장법사는 빗자루로 한 층을 다 쓸고 나면 또 한 층 올라가 쓸었어요. 이렇게 칠 층까지 올라가자 어느덧 열 시가 다 되었지요. 삼장법사는 조금씩 피곤을 느꼈어요. 손오공이 말했어요.

"피곤하시면, 잠시 쉬십시오. 이 몸이 대신 쓸겠습니다."

"이 탑이 몇 층이나 되더냐?"

"못해도 십삼 층은 될 겁니다."

삼장법사는 피곤에 지쳐 말했어요.

"탑을 다 쓸어야만 내 소원이 이뤄질 것이다."

하지만 다시 세 층을 더 쓸고 나자 허리가 시큰거리고 다리가 아파, 삼장법사는 그만 열 번째 층에 주저앉더니 이렇게 말했어요.

"오공아, 네가 대신 남은 세 층을 깨끗이 쓸고 오너라."

손오공은 정신을 가다듬고 기운을 내어 십일 층으로 올라갔고, 순식간에 다시 십이 층까지 갔어요. 그곳을 한창 쓸고 있는데 탑 꼭대기에서 두런두런 말소리가 들려왔어요. 손오공이 중얼거렸어요.

"어, 이상하다? 열두 시가 다 된 시간에 누가 이런 꼭대기에서 얘기를 하고 있담? 이건 필시 사악한 요괴일 거야. 어디 좀 가 볼까?"

멋진 원숭이 왕! 그가 살그머니 빗자루를 옆에 끼고 옷섶을 걷어 올린 뒤 앞문을 빠져나가 구름에 올라타고 살펴보니, 십삼 층 탑 한복판에 요괴 두 마리가 앉아 안주 한 쟁반에 사발 하나, 술병 하나를 벌여놓고 주령酒令놀이를 하며 술을 마시고 있는 게 아니겠어요? 손오공은 신통력을 부려 빗자루를 팽개친 후, 여의봉을 꺼내들고 탑문을 막고 서서 호통을 쳤어요.

"오냐, 요괴놈들! 탑의 보물을 훔쳐 간 게 바로 네놈들이었구나!"

요괴 두 마리는 기겁을 하고 벌떡 일어나 손에 잡히는 대로 사발이며 술병을 집어 던졌어요. 손오공은 여의봉으로 막으면서 그들을 벽으로 몰아붙였어요.

"네놈들을 때려죽이면 진상을 자백할 놈이 없어지니 잠시 살려두마."

더 물러설 자리도 없이 벽에 몰린 요괴들은 옴짝달싹할 생각도 못 하고 그저 이렇게 외칠 뿐이었어요.

"제발, 제발 목숨만 살려주십시오! 그건 저희들과는 상관없는 일입니다. 보물을 훔친 놈은 따로 있어요."

손오공은 사람 잡는 나법拿法을 써서 한 손으로 요괴들을 거머쥐고 십 층으로 내려와서 삼장법사에게 알렸어요.

"사부님, 보물을 훔친 놈들을 잡아 왔습니다."

삼장법사는 한창 꾸벅꾸벅 졸고 있다가 갑자기 이 말을 듣고 놀라면서도 기뻐했어요.

"어디서 잡아 왔느냐?"

손오공은 요괴를 삼장법사 앞에 끌어다 꿇어앉히고 말했어요.

"이놈들이 탑 꼭대기에서 주령놀이를 하며 술을 마시고 있더군요. 그 떠들썩한 소리가 들리기에 구름을 타고 꼭대기로 가서 줄로틀 막아 삽았습니다. 별 힘도 쓰지 않았어요. 한 방에 그냥 때려죽였다간 진상을 자백할 놈이 없어질 것 같아서 가볍게 잡아서 끌고 온 겁니다. 사부님께서 이놈들에게 어디 사는 놈들인지, 훔친 보물은 어디 있는지 자백을 받으십시오."

그러자 요괴들이 벌벌 떨며 "목숨만 살려주십시오!" 하고 빌더니 사실대로 자백하기 시작했어요.

"저희 둘은 난석산 벽파담의 만성용왕萬聖龍王의 분부에 따라 이 탑을 순찰하러 왔습니다. 저 녀석은 분파아파奔波兒灞라고 하고, 저는 파파아분灞波兒奔이라고 합니다. 저 녀석은 메기 요괴이고 저는 가물치 정령이지요. 저희 만성용왕께는 만성공주萬聖公主라는 따님이 한 분 있는데, 꽃과 달처럼 아름다운 용모에 재주 또한 대단히 뛰어난 분이십니다. 그래서 구두부마九頭駙馬란 사위를 얻었는데 신통력이 대단합니다.

그가 재작년에 용왕님과 함께 이곳에 왔다가 큰 법술을 써서 피비를 내리게 하여 보탑을 더럽힌 후, 탑 안에 있던 부처님의 사리[舍利子佛寶]를 훔쳐 갔던 것입니다. 공주께선 또 대라천大羅天에 올라가 영허전靈虛殿 앞에서 서왕모 마마의 구엽영지초九葉靈芝草를 훔쳐다가 자기 연못 밑에서 기르고 있는데, 황금 노을빛이 찬란하게 뻗어 나와 밤낮으로 환하답니다.

그런데 근자에 듣자 하니 손오공이란 자가 서천으로 경전을 가지러 가는데, 신통력이 대단할 뿐 아니라 가는 길에 못된 이들을 찾아내 혼내준다고 합니다. 그래서 요 며칠 계속 저희를 보내 이곳을 순찰하게 한 것입니다. 그 손오공이란 자가 왔을 때를 대비할 수 있게 말입니다."

손오공이 그 말을 듣더니 흥 비웃으며 말했어요.

"못된 놈들, 괘씸하기 짝이 없구나! 그래서 저번엔 우마왕을 거기 연회에 청했었군! 알고 보니 그놈이 이따위 나쁜 요괴들과 어울리는 바람에 못된 짓만 일삼았던 거로구나."

그의 말이 채 끝나기도 전에 저팔계와 젊은 승려 두셋이 탑 아래에서 등롱을 두 개 켜 들고 올라왔어요.

"사부님, 탑을 다 청소하셨으면 내려와 주무시지 않고 여기서 무슨 얘길 하고 계십니까?"

그러자 손오공이 말했어요.

"얘, 너 마침 잘 왔다. 만성용왕이란 영감이 이 탑의 보물을 훔쳐 갔다는구나. 그리고 지금 이 두 졸개를 시켜 탑을 순찰해서 우리 소식을 염탐하라고 했다는 거야. 그러다 내게 붙잡히고 말았지."

"쟤들 이름이 뭐요? 무슨 정령이래요?"

"방금 자백을 했는데, 하나는 분파아파, 또 하나는 파파아분이란다. 하나는 메기 요괴이고 다른 놈은 가물치 정령이라는군."

저팔계가 쇠스랑을 번쩍 쳐들며 말했어요.

"요괴인 걸 알았고 자백까지 받았으면 그만 때려죽일 것이지 뭘 기다리는 거요?"

"모르는 소리! 잠시 살려두어야 황제를 만나 얘기하기가 좋을 것 아니냐? 또 저놈들을 앞장세워야 도둑놈들과 훔쳐 간 보물을 찾기도 좋고 말이야."

멋진 멍텅구리! 그는 그제야 쇠스랑을 거두고 손오공과 함께 한 놈씩 거머쥐고 탑을 내려왔어요. 요괴들은 계속 "제발 목숨만 살려주시오!" 하고 소리를 질렀어요. 그러자 저팔계가 대꾸했어요.

"마침 잘됐다. 너희 메기, 가물치로 맛있는 국을 끓여서 억울한 죄를 뒤집어쓴 스님들께 대접해야겠는걸?"

젊은 승려 두셋은 싱글벙글 기뻐하며 등롱을 들고 삼장법사를 인도해 탑을 내려왔어요. 그중 하나가 먼저 앞으로 달려가 다른 승려들에게 알렸어요.

"이제 살았어요! 이제 살았어요! 우리도 이제 누명을 벗게 되었다고요! 보물이 훔친 요괴를 나리님들이 잡아 오셨어요!"

손오공이 명을 내렸어요.

"쇠사슬을 가져오시오! 어깨의 비파골을 꿰어서 여기에 묶어놓을 테니, 스님들이 잘 지키시오. 한잠 자고서 내일 다시 처리하겠소."

승려들은 두 요괴를 단단히 지키며 삼장법사 일행이 편히 쉬도록 했어요.

어느새 날이 밝자 삼장법사가 말했어요.

"오공이랑 함께 조정에 들어가 통행증명서에 도장을 받아 오마."

삼장법사는 금란가사金襴袈裟를 입고 비로모를 쓰고 위엄 있게 의관을 갖춘 뒤, 뚜벅뚜벅 걸어갔어요. 손오공 역시 호랑이 가죽 치마를 두르고 무명 승복을 잘 여민 다음 통행증명서를 챙겨서

불탑을 청소하다가 요괴가 보물을 훔쳐 간 사실을 알게 되다

삼장법사를 따라나섰어요. 그러자 저팔계가 물었어요.

"저 두 요괴는 왜 데려가지 않소?"

"우리가 국왕에게 상주하면, 자연히 어명을 내려 데리러 올 거야."

드디어 두 사람이 궁궐 문 밖에 도착하니, 눈 닿는 곳마다 주작朱雀과 황룡黃龍이요, 깨끗하고 호화로운 전각들이 즐비했어요. 삼장법사는 동화문東華門으로 다가가 전각문을 지키는 관리에게 인사를 하고 말했어요.

"수고스럽지만 안에다 전갈을 넣어주십시오. 저는 동녘 땅 위대한 당나라에서 파견되어 서천으로 경전을 가지러 가는 승려인데, 여기 국왕 폐하를 배알하고 통행증명서에 도장을 받으려고 합니다."

궁궐 문을 지키는 관리가 곧 안으로 들어가 층계 앞에 이르러 왕에게 아뢰었어요.

"밖에 용모와 복장이 이상한 중 둘이 찾아왔습니다. 자기들은 남섬부주南贍部洲 동녘 땅 당나라에서 파견되어 서방으로 가 부처님을 뵙고 경전을 구한다면서, 폐하를 뵙고 통행 문서에 도장을 받으러 왔다 하옵니다."

국왕이 이 말을 듣고 안으로 들여보내라 했어요. 삼장법사가 손오공을 데리고 어전에 들어서자 문무백관들은 손오공을 보고 모두 놀라 무서워했어요. 어떤 이는 원숭이 중이라 하고, 어떤 이는 벼락신의 주둥이를 가진 중이라고도 했지요. 모두들 무서워 벌벌 떨며 감히 오래 바라보지도 못했어요. 삼장법사는 층계 앞에서 발을 구르며 왕의 장수를 비는 무도산호舞蹈山呼의 예를 갖추었지만, 손오공은 팔짱을 낀 채 그 옆에 뻐딱하게 버티고 서서 태연스레 꼼짝도 하지 않았어요. 삼장법사가 국왕에게 아뢰었어요.

"저는 남섬부주 동녘 땅 위대한 당나라에서 파견되어 서방 천축국 대뇌음사 부처님을 배알하고 참된 경전을 구하러 가는 승려이옵니다. 도중에 폐하의 나라를 지나게 되었는데 함부로 지나갈 수 없기에 통행증명서를 가져왔사오니, 바라옵건대 검사하고 도장을 찍어 처리해주셨으면 합니다."

국왕은 그 말을 듣고 매우 기뻐했어요. 그는 곧 당나라 성승을 금란전으로 모시고 비단 자수 방석을 드려 편히 앉게 하라고 명령을 내렸어요. 삼장법사는 혼자 금란전에 올라 먼저 통행증명서를 바친 다음, 성은에 감사드리고 자리에 앉았어요. 국왕은 통행증명서를 죽 훑어보더니 아주 기뻐하며 말했어요.

"보아하니 그대의 당나라 국왕께서 병환이 있어서, 뛰어난 스님을 선발해 머나먼 길도 마다않고 부처님께 배례하고 경전을 가지러 가게 하신 것 같구려. 과인의 나라에 있는 중들은 그저 도둑질이나 일삼아 나라를 망치고 국왕을 속일 뿐이라오."

삼장법사가 이 말을 듣고 합장하며 말했어요.

"나라를 망치고 국왕을 속이다니, 무슨 말씀이십니까?"

"과인의 이 나라는 바로 서방의 큰 나라로서, 항시 사방 오랑캐 국가에서 조공을 바쳐왔소. 그게 다 나라 안에 있는 금광사라는 절 때문이었소. 그 절에는 황금 보탑이 있고 그 탑에서 하늘을 찌르는 찬란한 광채가 피어났다오. 그런데 근자에 그 절의 도둑 중놈이 탑 안의 보물을 훔쳐 가는 바람에 벌써 삼 년째 그 빛이 사라져버렸고, 그래서 다른 나라에서도 요 삼 년 동안 조공을 바치지 않고 있소. 허니 과인이 통분할 일이 아니겠소?"

삼장법사가 합장하고 웃으며 말했어요.

"폐하! '털끝만 한 차이가 큰 잘못을 초래한다(差之毫釐 失之千里)'고 했습니다. 소승이 어젯밤 귀국에 도착해 성문을 들어서자마자 칼을 쓰고 족쇄에 묶인 십여 명의 스님들을 보았습니다. 제가 무슨 죄를 지었냐고 물어보니, 억울한 누명을 쓰게 된 금광사의 중이라고 했습니다. 그래서 그 절로 가 자세히 살펴보니 그 절 스님들과는 전혀 상관없는 일이었습니다. 소승이 밤중에 탑을 청소하다 보물을 훔쳐 간 도둑 요괴를 이미 붙잡아두었습니다."

국왕이 아주 반색을 하며 말했어요.

"그 도둑 요괴가 어디 있소?"

"지금 제 제자가 금광사 안에 가둬놓았습니다."

국왕은 급히 금패金牌를 내려 명했어요.

"금의위錦衣衛[2]로 하여금 당장 금광사로 가서 도둑 요괴들을 잡아들이게 하라. 과인이 친히 심문하겠다!"

그러자 삼장법사가 다시 상주했어요.

"폐하, 비록 금의위가 가긴 하나, 아무래도 소승의 제자가 함께 가는 게 좋을 듯합니다."

"스님의 제자분이 어디 있소?"

삼장법사가 손으로 손오공을 가리키며 말했어요.

"저 계단 옆에 서 있는 자가 바로 제 제자입니다."

국왕이 손오공의 모습을 보더니 대경실색하여 말했어요.

"성승께선 이처럼 준수하고 풍채가 좋으신데, 제자분은 어찌 저런 생김새를 하고 있소?"

제천대성이 이 말을 듣고 목청을 높여 매서운 소리를 질렀어요.

"폐하, '사람은 외모로 평가할 수 없고 바닷물은 되로 잴 수 없다(人不可貌相 海水不可斗量)'고 했습니다. 준수한 풍채만 아끼신다면 어찌 도둑 요괴를 잡을 수 있겠습니까?"

국왕은 그 말에 놀란 가슴을 진정하고 기쁨에 차서 말했어요.

"성승의 말씀이 옳소. 짐의 나라에선 누구라도 도둑을 잡아 보

---

2 명대에 설치된 특수임무 기관. 전체 명칭은 금의친군도지휘사사錦衣親軍都指揮使司이다.

물을 찾아오는 것이 최고요."

국왕은 곧 어가를 모는 관리에게 가마의 차양까지 잘 살피게 하고, 금의위에게 명해 성승을 잘 모시고 가서 도둑 요괴를 잡아 오라 했어요. 어가를 모는 관리는 당장 커다란 가마 한 채와 황금 빛 양산 하나를 준비하고, 금의위에선 교위 몇 사람을 뽑아서 손 오공을 팔인교八人轎에 태운 뒤, '물렀거라!' 큰 소리로 호령하며 곧장 금광사로 갔어요. 이 행차는 성안의 온 백성들을 깜짝 놀라 게 하여, 가는 곳마다 모두 성승과 도둑 요괴를 구경하러 몰려나 왔어요.

저팔계와 사오정은 길을 여는 호령 소리를 듣자 국왕이 관리 를 파견한 줄로만 알고 급히 영접하러 나왔는데, 알고 보니 손오 공이 가마 위에 떡하니 앉아 있는 거였어요. 멍텅구리가 그런 손 오공을 마주 쳐다보며 빙글빙글 웃었어요.

"형님, 제 모습을 찾으셨구려!"

손오공이 가마에서 내려 저팔계를 붙잡고 말했어요.

"내가 어째서 제 모습을 찾았다는 게냐?"

"황금빛 양산을 쓰고 팔인교를 탔으니, 그야말로 원숭이 왕의 신분에 어울리는 게 아니오? 그래서 제 모습을 찾았다고 한 거요."

"그만 놀려라. 얼른 두 요괴를 풀어가지고 국왕께 압송해 가 야 돼."

그러자 사오정이 말했어요.

"형님, 저도 좀 데리고 가주시오."

"넌 여기서 짐과 말을 잘 지키고 있으면 돼."

칼을 쓰고 족쇄를 찬 중들이 말했어요.

"나리님들 모두 가셔서 황제의 성은을 받으십시오, 저희들이 여기서 잘 지키겠습니다."

손오공이 말했어요.

"그렇다면 국왕께 아뢴 후 돌아와 당신들을 풀어주겠소."

저팔계가 요괴 한 마리를 끌고, 사오정이 또 한 마리를 끌고, 손오공은 아까처럼 가마에 앉아 앞장을 서서 길을 열며 두 요괴를 황궁으로 압송해 갔어요. 얼마 안 있어 곧 백옥 계단 앞에 도착해서 국왕에게 말했어요.

"도둑 요괴를 잡아 왔나이다."

국왕이 몸소 용상에서 내려와 삼장법사와 문무백관들과 함께 두 요괴를 살펴보았어요. 요괴 한 놈은 툭 불거진 뺨에 시커먼 껍질, 뾰족한 주둥이에 날카로운 송곳니를 가지고 있었고, 또 한 놈은 미끌미끌한 살가죽에 불룩한 배, 커다란 입에 긴 수염을 갖고 있었어요. 발이 있어 걸을 수는 있지만, 아무래도 겨우 사람 흉내를 낸 꼴이었어요. 국왕이 물었어요.

"너희는 어디 요괴들이냐? 언제 우리 땅을 침범하여 보물을 훔쳤느냐? 일당이 모두 몇이냐? 뭐라고 하는 자들이냐? 사실대로 낱낱이 자백하라."

두 요괴는 위를 향해 꿇어앉은 채, 목에서는 피가 뚝뚝 흐르는데도 아픈 줄도 모르고 이렇게 실토했어요.

삼 년 전
칠월 초하룻날이었습니다.
만성용왕께서
많은 친척들을 거느리고
이 나라 동남쪽에 살고 계신데
여기서 백 리 남짓 떨어진 곳이지요.
그 호수의 이름은 벽파담

산의 이름은 난석산이라 합니다.
따님이 있는데 아주 아리땁고
요염한 미색을 지니고 있습니다.
구두부마란 데릴사위를 들이니
신통력이 천하무적인 자입니다.
그가 폐하의 탑에 진귀한 보물이 있다는 걸 알고
용왕과 함께 도둑질을 했습니다.
먼저 피비를 한바탕 퍼부은 뒤
부처님의 사리를 훔쳐냈던 것입니다.
지금도
그 보물은 용궁을 환하게 비추어
칠흑 같은 밤에도
대낮처럼 밝답니다.
공주는 또 재주를 부려
감쪽같이 몰래
서왕모의 구엽영지초를 훔쳐내어
못 속에서 기르고 있습니다.
저희 둘은 도둑이 아니오라
용왕이 파견한 병졸에 불과합니다.
어젯밤 붙잡혔사온데
방금 자백한 것은 사실 그대로입니다.

三載之外　七月初一

有箇萬聖龍王　帥領許多親戚

住居在本國東南　離此處路有百十

潭號碧波　山名亂石

生女多嬌　妖嬈美色

招贅一箇九頭駙馬　神通無敵

他知你塔上珍奇　與龍王合伴做賊

先下血雨一場　後把舍利偷訖

見如今　照耀龍宮

縱黑夜　明如白日

公主施能　寂寂密密

又偷了王母靈芝　在潭中溫養寶物

我兩箇不是賊頭　乃龍王差來小卒

今夜被擒　所供是實

국왕이 말했어요.

"어차피 자백하는 마당에 어째서 이름은 대지 않는 게냐?"

"저는 분파아파라 하고 저치는 파파아분이라 합니다. 저는 메기 요괴이고 파파아분은 가물치 정령입니다."

국왕이 금의위에 명하여 둘을 옥에 단단히 가두어두도록 했어요. 그리고 이런 어명을 내렸어요.

"금광사 중들에게 씌운 칼과 족쇄를 풀어주고, 어서 광록시光祿寺에 일러 연회를 준비토록 하라. 기린전麒麟殿에서 도둑을 붙잡은 성승의 공로에 사례하고, 성승을 청하여 도둑의 수괴를 잡을 일을 상의하도록 하라."

광록시에서 당장 육식과 채소 두 가지 종류의 연회석을 차려냈어요.

국왕은 삼장법사 일행 넷을 기린전으로 청하여 편히 앉게 하고 물었어요.

"성승의 존함은 어떻게 되십니까?"

삼장법사가 합장하며 대답했어요.

"소승의 출가하기 전 성은 진陳이옵고, 법명은 현장이옵니다. 황제께서 하사하신 성은 당唐이옵고 호는 삼장이라 합니다."

그러자 국왕이 다시 물었어요.

"성승의 제자분들은 호가 어떻게 되십니까?"

"제자들 모두 호는 없습니다. 큰제자는 손오공이라 하고, 둘째는 저오능, 셋째는 사오정이라 부릅니다. 이는 모두 남해 관세음보살께서 지어주신 이름이지요. 이들이 소승을 스승으로 삼았기에 소승은 다시 손오공을 행자라 부르고, 오능은 팔계, 오정은 화상이라 부르고 있습니다."

국왕은 이 말을 다 듣고 나서 삼장법사를 청하여 상석에 앉히고, 손오공은 왼쪽 첫 번째 자리, 저팔계와 사오정은 오른쪽 첫 번째 자리에 앉게 했어요. 모두 정갈한 소식素食으로 된 과일, 나물, 국과 밥이 차려져 있었지요. 그 앞으로 고기 등의 비린 음식을 마련한 상에는 국왕이 앉고, 아래쪽 백여 개의 비린 음식을 차린 상에 문무백관들이 앉았어요. 모든 대신들은 성은에 감사드리며 앉고, 제자들은 삼장법사에게 예의를 갖추었어요. 국왕이 술을 권하자 삼장법사는 감히 마시지 못하고 대신 제자 셋이 각각 안석주安席酒를 받아 마셨어요. 아래쪽에서 관악기 현악기가 일제히 울려 퍼지니 바로 교방사教坊司[3]에서 음악을 연주했던 것이지요. 여러분 보세요, 저팔계는 식도를 활짝 열고 그야말로 호랑이처럼 씹고 이리처럼 삼켜, 과일이며 나물이 놓인 한 상을 깡그리 먹어치웠어요. 잠시 후 국과 밥이 들어오자 그것도 밥알 하나 국 한 방울 남기지 않고 죄다 비워버렸지요. 또 술잔이 돌아올 적마다 한 잔도 사양치 않고 넙죽넙죽 받아 마셨어요. 이 연회는 오후가 될

---

3 궁정음악을 담당하던 부서. 당나라 때 처음 설치되어 송·원 시대에도 계속되었는데, 모두 '교방教坊'이라 칭했다. 교방사라고 부른 것은 명대에 와서이다. 청대에는 폐지되었다.

때까지 흥청거리다 겨우 끝났어요. 삼장법사가 성대한 연회를 베풀어준 데 감사하자, 국왕이 다시 그를 붙들며 말했어요.

"이 연회는 그저 성승께서 요괴를 잡은 공로에 대해 약간의 성의를 표한 것일 뿐입니다."

그러고는 광록시에 분부를 내렸어요.

"어서 건장궁建章宮[4]으로 자리를 옮겨 연회를 베풀고, 다시 성승을 청해 도둑의 수괴를 잡아 보물을 탑에 되찾아올 방도를 세우도록 하라."

"이미 도둑을 잡아 보물을 되찾기로 작정했으니 수고스럽게 다시 연회를 베푸실 필요가 없습니다. 소승들은 이 길로 폐하께 하직 인사를 올리고 요괴를 잡으러 가겠나이다."

국왕은 그 말을 듣지 않고 기어이 건장궁으로 청해 또 연회를 한바탕 열었어요. 국왕이 술잔을 들고 말했어요.

"어느 성승께서 군사를 이끌고 가 요괴를 항복시키고 도둑을 잡으시려요?"

삼장법사가 말했어요.

"큰제자 손오공더러 가게 하지요."

제천대성이 두 손을 맞잡아 절을 하며 분부에 따르겠다는 뜻을 나타냈어요. 그러자 국왕이 말했어요.

"스님께서 가시겠다면, 군사가 얼마나 필요하겠소? 언제 떠나시겠소?"

저팔계가 참다못해 버럭 큰 소리를 질렀어요.

"군사는 무슨 군사! 언제는 또 무슨 언제를 찾고 그러십니까! 지금 이렇게 술도 얼큰하고 밥도 배불리 먹었으니, 제가 형님과 함께 가서 당장 잡아가지고 오겠습니다."

---

4 한나라 무제 때의 궁궐 이름이다.

삼장법사가 기뻐 어쩔 줄 몰라 하며 말했어요.

"팔계가 이번엔 아주 열심이구나!"

손오공이 말했어요.

"그렇다면, 사오정더러 사부님을 보호해드리게 하고, 우리 둘이 갔다 오자."

그러자 국왕이 말했어요.

"두 분께서 군사도 필요 없다 하시지만 병기는 필요하시겠지요?"

저팔계가 웃으며 말했어요.

"폐하의 무기는 저희에게 필요 없습니다. 저희 형제는 각자 몸에 지니고 다니는 무기가 있습니다."

국왕이 그 말을 듣고 큰 잔을 들어 둘에게 전송하는 술을 권하자 제천대성이 말했어요.

"술은 마시지 않겠습니다. 다만 금의위더러 졸개 요괴 두 놈을 데려오게 해주십시오. 데리고 가서 길잡이로 써야 하니까요."

국왕이 명을 내리자 즉시 두 요괴가 끌려왔어요. 손오공과 저팔계는 각자 하나씩 요괴를 겨드랑이에 끼고 바람을 몰아, 사람을 끌고 가는 섭법攝法을 써서 곧장 동남쪽으로 사라져버렸어요. 아! 이야말로,

　　　왕과 신하들, 구름과 안개를 타는 걸 보고서야
　　　비로소 스승과 제자 일행이 성승임을 알아보네.

　　　　　　　　　　　君臣一見騰雲霧　　纔識師徒是聖僧

라는 것이었지요.

이번에 가서 어떻게 요괴를 잡을지는 알 수 없으니, 이에 대해서는 다음 회를 들어보시라.

제63회
구두충을 물리치고 보물을 되찾다

한편 제새국의 국왕과 대소 신료들은 제천대성과 저팔계가 바람을 타고 안개를 몰며 두 졸개 요괴를 붙든 채 가볍게 날아가는 것을 보자, 모두 하늘을 향해 머리를 조아리며 말했어요.

"전해지는 얘기가 거짓이 아니었구나! 오늘 비로소 이분들과 같은 신선과 살아 계신 부처가 있음을 알게 되었도다!"

또 그들이 멀리 그림자도 없이 사라진 것을 보고, 삼장법사와 사오정에게 절을 올려 감사를 드렸어요.

"과인이 범인의 안목을 지닌지라, 제자분들이 도둑 요괴를 잡을 정도의 힘만 있는 줄 알았지 구름을 타고 안개를 모는 높은 신선이신 줄 몰랐습니다!"

"제가 아무 법력이 없어 서천으로 가는 길에 제자들의 신세를 많이 지고 있습니다."

그러자 사오정이 말했어요.

"제가 솔직히 말씀드리지요. 제 큰사형은 바로 제천대성으로서 불문에 귀의하신 분입니다. 일찍이 하늘궁전을 떠들썩하게 만들어, 여의봉 한 자루 휘두르면 하늘 병사 십만 가운데 적수가 될 만한 자 하나 없었지요. 그 기세가 어찌나 대단했던지 태상노군이 무서워하고 옥황상제도 깜짝 놀랐답니다. 둘째 사형은 바로 천봉원수로서 정과를 얻으려 귀의하신 분입니다. 일찍이 은하수 팔만 수병을 거느렸던 분이지요. 단지 저만은 아무 법력이 없어 권렴대장으로서 계를 받았습니다.

저희 형제들은 다른 일엔 별 재주가 없사오나 요괴를 물리치고, 도적이나 나쁜 놈을 잡고, 용과 호랑이를 항복시키며, 하늘부터 땅까지 거침없이 오가며 바다를 휘젓고 강을 뒤집는 일 같은 것은 좀 하는 편이지요. 이렇게 구름을 타고 안개를 몰며 비와 바람을 부르는 일이나, 별자리를 옮겨놓고 산을 떠멘 채 달을 쫓는 일 따위는 아주 사소한 일에 불과하니, 이야깃거리나 되겠습니까?"

국왕이 이 말을 듣고 더욱 공경해 모셨지요. 삼장법사를 상석에 모시고 말끝마다 "부처님"이라 부르고, 사오정 등을 부를 때는 "보살님"이라 했어요. 온 조정 문무 대신들이 기뻐하고, 온 나라 백성들이 깍듯이 예를 갖추었음은 더 이상 말하지 않겠어요.

한편, 제천대성과 저팔계는 광풍을 타고 붙잡은 두 졸개 요괴와 함께 난석산 벽파담에 도착해 구름을 멈추었어요. 여의봉에 신선의 기운을 불어 넣으며 "변해라!" 하고 외치자 스님들이 차고 다니는 계도戒刀로 변했어요. 그러자 손오공은 그 계도로 가물치 요괴의 귀를 베고, 메기 정령의 아랫입술을 잘라내 물속에 집어 던지며 호통을 쳤어요.

"얼른 가서 네 그 만성용왕에게 알려라. 제천대성 손 나리께서 여기에 왔으니, 제새국 금광사 보탑의 보물을 내놓으면 일가족 목숨만은 살려주겠다고 말이다. 안 된다의 '안' 자만 나와도 이 연못 물을 깨끗이 뒤엎어버리고, 식구들을 모두 죽여버리겠노라고 전해라."

목숨을 구한 두 졸개 요괴는 아픔을 참으며 목숨을 구하고자 족쇄 달린 쇠줄을 질질 끌고 물속으로 뛰어들었어요. 깜짝 놀란 자라와 악어, 거북, 새우, 게와 물고기 정령들이 모두 달려와 그들을 에워싸고 물었어요.

"아니 자네 둘은 어째서 쇠줄을 질질 끌고 있는 겐가?"

하나는 귀를 덮어 누른 채 머리와 꼬리를 가로젓고, 하나는 주둥이를 감싸쥔 채 발을 구르고 가슴을 치며, 시끌벅적 용왕의 궁전으로 올라가 보고했어요.

"대왕님, 큰일 났습니다!"

이때 만성용왕은 사위인 구두부마와 한창 술을 마시고 있었는데, 그들 둘이 오는 걸 보자 즉시 잔을 놓고 무슨 일인지 물었어요.

"어젯밤 순찰을 돌다가 탑을 쓸러 온 당나라 승려와 손오공에게 붙잡혔습니다. 족쇄와 쇠줄에 꽁꽁 묶여 오늘 아침 국왕을 만났지요. 그런 뒤 또 손오공과 저팔계가 저희 둘을 붙들어 하나는 귀를, 하나는 입술을 베어 물속에 던지면서, 대왕께 자신들이 보탑의 보물을 찾으러 왔다고 고하라 시켰습니다."

그리고 전후 사정을 처음부터 끝까지 상세히 들려주었어요. 만성용왕은 손오공 제천대성이란 이름을 듣자마자 그만 너무 놀라 혼비백산 넋이 나가버렸지요. 그는 벌벌 떨며 구두부마에게 말했어요.

"사위, 다른 녀석이라면 그래도 싸워볼 만하지만, 그자라면 이거 정말 큰일이네."

그러자 구두부마가 웃으며 말했어요.

"장인어른, 걱정 마십시오. 제가 어려서부터 무예를 좀 익혀, 이 사해 천하에 한다 하는 호걸들 몇과 만난 적도 있습니다. 그깟 놈을 뭐 그리 무서워하십니까! 제가 나가서 그놈과 세 합만 싸우면, 그놈은 모가지를 웅크리고 항복하여, 감히 얼굴도 들지 못할 겁니다."

대단한 요괴! 그는 급히 몸을 솟구쳐 갑옷을 입고, 초승달 모양의 삽인 월아산月牙鏟이라는 무기를 휘두르며 용궁을 나서서 물길을 열고 수면으로 나와 외쳤어요.

"제천대성이란 게 어떤 놈이냐? 얼른 나와 목숨을 내놓아라!"

손오공과 저팔계가 연못가에 서 있다가 그 요괴의 차림새를 보니, 이러했어요.

머리에 쓴 투구 은빛으로 번쩍거리니
그 빛은 흰 눈이 무색하고
그 위에 늘어뜨린 두무[1] 투구
가을 서리 못지않게 빛을 뿜어낸다.
몸에 입은 비단 도포
오색구름이 옥을 덮은 듯 화려하고
허리에 맨 쇠뿔로 장식한 띠
얼룩 구렁이가 금덩이를 감고 있는 듯하네.
손에는 월아산
노을빛이 날고 번개가 번쩍번쩍
발에는 돼지 가죽 구두

1 다소 네모난 형태의 투구로 길이가 짧고 철편을 녹여 만들기도 하고 두꺼운 가죽으로 만들기도 한다. 표면에 철편을 촘촘히 이어붙이고 귀까지 덮이도록 만들었는데 비교적 가볍고 활동하기 편하여 전쟁 시 편리하게 이용할 수 있도록 고안되었다. 한대漢代 무장들이 늘 착용하던 투구이다.

물에 능하여 파도를 가른다.

멀리서 볼 땐 머리 하나에 얼굴 하나더니

가까이 보니 사면이 얼굴이네.

앞에도 눈, 뒤에도 눈

사방팔방 모두 볼 수 있고

왼쪽에도 입, 오른쪽에도 입

아홉 개 입이 모두 말을 하네.

한 번 호통을 치면 하늘이 흔들흔들

날아오르는 학의 울음소리처럼 구천을 꿰뚫네.

戴一頂爛銀盔　光欺白雪

貫一副兜鍪甲　亮敵秋霜

上罩着錦征袍　眞箇是彩雲籠玉

腰束着犀紋帶　果然像花蟒纏金

手執着月牙鏟　霞飛電掣

脚穿着猪皮靴　水利波分

遠看時一頭一面　近覩處四面皆人

前有眼　後有眼　八方通見

左也口　右也口　九口俱言

一聲吆喝長空振　似鶴飛鳴貫九宸

　　대답하는 사람이 아무도 없자 구두부마가 다시 한 번 소리쳤어요.

"어떤 놈이 제천대성이냐?"

　　손오공이 여의봉의 금테를 매만지고, 봉을 쓰다듬으며 말했어요.

"바로 이 몸이시다."

"네놈은 집이 어디냐? 어디 출신이야? 왜 제새국에 와서 국왕을 위해 탑을 지켜주는 것이냐? 간이 부은 모양이구나! 우리 부하를 붙잡아 감히 못된 행패를 부리더니, 이 산까지 와서 싸움을 걸어?"

그러자 손오공이 욕을 퍼부었어요.

"이 도둑놈아! 이 손 어르신을 모르는 모양이구나! 이리 와봐라, 내가 들려주지."

이 몸은 원래 화과산
큰 바다 사이 수렴동에 살았느니라.
어려서부터 도를 닦아 불사의 몸이 되었으니
옥황상제께서 제천대성에 봉하셨다.
두우궁에서 큰 소란을 피우니
하늘의 여러 신들도 날 이기기 어려웠지.
석가여래 청하여 오묘하고 높은 법력 펼치시니
광대무변의 지혜 과연 예사롭지 않더라.
근두운을 날려 신통력 내기를 했다가
산이 된 부처님 손에 무겁게 짓눌려 있었지.
꼬박 오백 년이 지나자
관음보살의 권유로 불문에 들어 비로소 목숨을 건졌다.
위대한 당나라 삼장법사께서 서천으로 가
머나먼 영취산에 참배하고 불경을 구하려 했지.
내 몸을 빼주면서 당나라 승려를 보호하여
길을 막는 요괴를 물리치고 수행하라 하셨지.
서역으로 가는 도중 제새국에 이르니
삼 대에 걸쳐 스님들 억울한 고초를 겪고 있더구나.

자비심을 베풀어 사정을 물어보니
바로 보탑에 광채가 사라졌기 때문이라더군.
우리 사부님 탑을 쓸며 진상을 알아내려는데
밤은 깊어 자정이라 천지 만물이 고요했다.
물고기 정령을 붙잡아 실상을 자백받으니
너희들이 보물을 훔쳐 갔다더구나.
함께 어울려 도둑질을 한 자로 용왕과
공주가 있는데 둘 다 이름이 만성이라지?
피비를 내려 탑 위의 광채를 적셔 흐리게 하고
남의 보물을 훔쳐내어 쓰고 있다지?
궁궐에서 자백한 것도 허튼소리 없으니
국왕의 명을 받들어 이곳으로 달려왔느니라.
그래서 토벌하러 찾아왔으니
이 어르신의 성일랑 다시 묻지 마라.
빨리 보물을 돌려주면
너희 집안 식구들 목숨만은 살려주마.
감히 멋모르고 덤비다간
강산이 다할 때까지 모진 꼴 당하게 해주마.

老孫祖住花果山	大海之間水簾洞
自幼修成不壞身	玉皇封我齊天聖
只因大鬧斗牛宮	天上諸神難取勝
當請如來展妙高	無邊智慧非凡用
爲翻觔斗賭神通	手化爲山壓我重
整到如今五百年	觀音勸解方逃命
大唐三藏上西天	遠拜靈山求佛頌
解脫吾身保護他	煉魔淨怪從修行

路逢西域祭賽城　屈害僧人三代命
我等慈悲問舊情　乃因塔上無光映
吾師掃塔探分明　夜至三更天籟靜
捉住魚精取實供　他言汝等偷寶珍
合伴爲盜有龍王　公主連名稱萬聖
血雨澆淋塔上光　將他寶貝偷來用
殿前供狀更無虛　我奉君言馳此境
所以相尋索戰征　不須再問孫爺姓
快將寶貝獻還他　免汝老少全家命
敢若無知騁勝强　教你水涸山頹都蹭蹬

구두부마가 이 말을 듣더니 싸늘하게 비웃으며 말했어요.

"알고 보니 경전을 가지러 가는 중이었구나. 남에게 죄가 있니 없니 간섭할 필요 없지 않느냐? 내가 남의 보물을 훔친 것이 네가 부처의 경문을 얻으러 가는 것과 무슨 상관이 있다고 여기 와서 싸움을 거는 것이냐?"

"정말 뭘 모르는 도둑놈일세. 국왕의 은혜를 받은 적도 없고, 물 한 모금 얻어 마신 것 없으니 왕을 위해 꼭 힘을 써줘야 할 필요는 없다만, 네가 그의 보물을 훔치고 그의 보탑을 더럽혀 수년 동안 금광사의 스님들이 억울한 고초를 겪었다. 스님들은 우리와 형제나 다름없는데, 내가 어찌 그들을 위해 힘써 억울한 누명을 벗겨 주지 않을 수 있겠느냐?"

"그렇다면 싸움을 하자고 온 게로구나. '주먹 쓸 때는 예의를 차리지 않는다(武不善作)'는 말도 있듯이 일단 싸움을 시작하면 인정사정 봐주지 않을 것이니, 순식간에 네 목숨이 달아나 경전 가지러 가는 일을 그르치게 될걸?"

손오공이 화가 치밀어 욕을 퍼부었어요.

"이런 못된 요괴놈! 뭐 잘난 게 있다고 그렇게 큰소릴 쳐대는 게냐? 덤벼라! 어르신의 여의봉 맛을 보거라!"

하지만 구두부마는 조금도 당황하지 않고 월아산을 휘둘러 여의봉을 막아내니, 난석산 봉우리에서 한바탕 살벌한 싸움이 벌어졌어요.

요괴가 보물을 훔쳐 보탑이 빛을 잃으니

손오공이 요괴를 잡아 국왕에게 보답코자 하네.

졸개 요괴 목숨을 구해 물속으로 돌아가니

늙은 용왕 간담이 서늘하여 대책을 상의하네.

구두부마 무예를 자랑하며

갑옷 걸치고 나와 평소의 힘을 뽐내네.

화가 난 제천대성 손오공

여의봉 휘두르니 용맹하기 이를 데 없네.

저쪽 괴물, 머리 아홉에 눈이 열여덟, 앞뒤로 빛을 내쏘고

이쪽 손오공, 무쇠 같은 팔뚝에 천 근의 힘이 있어, 상서로움이 가득 어렸네.

월아산은 막 돋은 초승달 같고

여의봉은 만 리 길 두루 날리는 서리 같네.

요괴가 말하네,

"상관없는 일이니 원한을 갚겠다며 나서지 마라!"

그러자 손오공이 말하네,

"못된 마음먹고 보물을 훔쳤으니 정말 나쁜 놈이로다!

발칙한 도둑놈아,

건방지게 까불지 말고

보물 돌려주고 목숨을 구해라."
여의봉과 월아산이 찌르고 막으며 승부를 다투니
이기고 지는 것 가릴 수 없는 싸움터가 되었네.

妖魔盜寶塔無光　　行者擒妖報國王

小怪逃生回水内　　老龍破膽各商量

九頭駙馬施威武　　披掛前來展素强

怒發齊天孫大聖　　金箍棒起十分剛

那怪物　九箇頭顱十八眼　　前前後後放毫光

這行者　一雙鐵臂千斤力　　藹藹紛紛倂瑞祥

鏟似一陽初現月　　棒如萬里徧飛霜

他說　你無干休把不平報

我道　你有意偸寶眞不良

那潑賊　少輕狂　　還他寶貝得安康

棒迎鏟架爭高下　　不見輸贏練戰場

　둘은 공격했다 물러섰다 서른 합이 넘게 싸웠지만 승부를 가
릴 수 없었어요. 저팔계가 산 앞에 서서 보다가 싸움이 한창 무르
익어갈 때쯤 쇠스랑을 들어 요괴의 등을 한 대 내리찍으려 했어
요. 원래 그 요괴는 머리가 아홉 개라 빙글빙글 돌아가며 모두 눈
이 있어서, 그 모습을 보았지요.

　저팔계가 등 뒤로 오자 요괴는 월아산 자루 끝을 감싼 원추형
쇠붙이 물미[鐏]로는 쇠스랑을 막고, 월아산 머리로는 여의봉을
막아냈어요. 그렇게 예닐곱 합을 버티다가 앞뒤의 협공을 도저히
막아낼 수 없자 데굴데굴 몸을 굴려 공중으로 솟구쳐 올라가 본
모습을 드러내니, 바로 구두충九頭蟲이었어요. 너무나 흉측하고
소름끼치게 무서운 생김새였지요!

털과 깃은 비단을 깔아놓은 듯
온몸은 솜털로 싸여 있네.
둘레는 한 길 넘는 크기요
길이는 자라나 악어와 흡사하네.
두 다리는 갈고리처럼 뾰족하고
아홉 개 머리는 고리처럼 둘러났네.
날개를 펼치면
너무나도 잘 날아
대붕도 그보다 힘 있진 못하네.
소리를 지르면
저 먼 하늘 끝까지 쩌렁쩌렁
신선의 학보다도 높은 소리 내지르네.
눈에는 섬광이 번득, 휘황한 금빛을 쏘아내니
그 오만한 기세 뭇 새들 따위와 다르다네.

毛羽鋪錦　圓身結絮

方圓有丈二規模　長短似黿鼉樣致

兩隻脚尖利如鉤　九箇頭攢環一處

展開翅　極善飛揚　縱大鵬無他力氣

發起聲　遠振天涯　比仙鶴還能高唳

眼多閃灼幌金光　氣傲不同凡鳥類

저팔계가 그 모습을 보고 깜짝 놀라 말했어요.

"형님! 내가 사람 노릇을 한 이후로 저렇게 흉측한 놈은 보질 못했소! 대체 무슨 기운이 이런 짐승을 낳았을까?"

"정말 희한한 놈일세! 희한한 놈이야! 잡으러 쫓아가야겠다!"

멋진 제천대성! 그는 급히 구름을 솟구쳐 공중으로 뛰어올라 여의봉을 휘둘러 머리를 내리쳤어요. 요괴는 거대한 체구를 뽐내며 날개를 쫙 펼쳐 비스듬히 날다가 쉭 하고 몸을 돌려 산 앞을 스치고 지났어요. 그러자 허리 중간에서 머리 하나가 또 뻗어 나왔는데, 떡 벌린 입이 마치 피를 담은 대야 같았지요. 요괴는 저팔계의 갈기털을 덥석 물고 반쯤은 움켜쥐고 반쯤은 질질 끌며 벽파담 속으로 끌고 들어갔어요. 용궁 밖에 이르자 다시 전의 모습으로 돌아가 저팔계를 땅바닥에 내던지며 소리를 질렀어요.

"애들아, 어디 있느냐?"

그러자 안에서 고등어와 삼치, 잉어, 쏘가리 정령과 거북, 자라, 악어 병사들이 우루루 몰려나와 대답했어요.

"여기 있습니다!"

"이 중놈을 저기에 묶어두고, 순찰 돌던 녀석들의 원수를 갚아주어라."

여러 정령들이 서로 밀치며 시끌벅적 떠들면서 저팔계를 떠메고 갔을 때, 용왕이 기뻐하며 구두부마를 맞이하러 나왔어요.

"자네 공이 크네. 어떻게 그놈을 잡아 왔는가?"

구두부마가 앞서 일어난 일을 한바탕 늘어놓았어요. 용왕은 즉시 술자리를 마련하여 부마의 공을 축하해주었으니, 그 일은 더 이상 얘기하지 않겠어요.

한편 손오공은 요괴가 저팔계를 잡아가자 내심 겁이 났어요.

"저 녀석이 이렇게 대단하다니! 사부님을 뵈러 왕궁으로 돌아가자니 국왕이 비웃을까 두렵고, 다시 싸움을 걸자니 나 혼자선 또 어찌해볼 도리가 없고, 더구나 물속 일엔 익숙하지 않은데 말이야. 일단 변신해 들어가서 요괴가 저팔계를 어떻게 처리해놓았는지 살펴보고, 기회가 생기면 저팔계를 빼내 와서 다시 시작하자."

멋진 제천대성! 그는 손가락을 구부려 결을 맺고, 몸을 한 번 흔들어 방게로 변해 물속으로 뛰어들어 곧장 화려하게 장식된 패루牌樓 앞으로 갔어요. 알고 보니 그 길은 지난번 그가 우마왕으로 변해 피수금정수를 훔쳐낼 때 갔었던 아주 낯익은 길이었어요. 곧바로 궁궐 아래 이르러 옆으로 살살 기어 들어가 보니, 용왕과 구두충이 함께 축하주를 마시고 있었어요. 손오공은 가까이 다가가지 못하고, 동쪽 회랑 아래로 기어갔어요. 거기에는 새우 정령과 게 정령 몇몇이 어울려서 정신없이 장난을 치고 있었어요. 손오공이 잠깐 그들이 얘기하는 걸 듣고서 그들이 말하는 식으로 물었어요.

"부마 나리께서 잡아 온 주둥이 긴 중놈, 이번엔 벌써 죽었겠지?"

정령들이 대답했어요.

"아직 죽지 않았어. 서쪽 회랑 아래 묶여서 낑낑거리고 있잖아. 왜?"

손오공은 그 말을 듣고 다시 살금살금 서쪽 회랑으로 기어갔어요. 멍텅구리는 정말로 그곳 기둥에 묶여 낑낑거리고 있었어요. 손오공이 앞으로 다가가 말했어요.

"팔계야, 날 알아보겠니?"

저팔계는 그 소릴 듣자 손오공인 줄 알고 말했어요.

"형, 이게 웬일이오? 내가 도리어 그놈에게 붙잡히다니!"

손오공이 사방에 아무도 없는 걸 확인하자 밧줄을 집게로 물어 끊어버리고 달아나게 해주었어요. 멍텅구리가 손을 빼내며 말했어요.

"형, 내 무기를 그놈이 가져가버렸으니, 그건 또 어쩌지?"

"어디 있는지 알아?"

"그놈이 궁전으로 가져가버렸소."

"먼저 패루에 가서 기다리고 있어."

저팔계는 살그머니 빠져나갔어요. 손오공이 다시 방게의 걸음으로 기어 궁전으로 올라가 살펴보았더니, 왼쪽 자리 아래로 빛이 번쩍거리는 것이었어요. 바로 저팔계의 쇠스랑이 내는 빛이었지요. 손오공은 몸을 숨기는 은신법을 써서 쇠스랑을 몰래 들고 나왔어요. 패루 앞에 도착해 저팔계를 불렀지요.

"팔계야, 무기를 받아라!"

멍텅구리가 쇠스랑을 받아 들자마자 말했어요.

"형님, 먼저 가시오. 이 몸은 궁전으로 싸우러 들어가야겠소. 이기면 그놈 일가족을 잡을 것이요, 이기지 못하면 도망쳐 나갈 테니 형이 벽파담 물가에서 도와주시오."

손오공이 크게 기뻐하며 조심하라고 당부하자, 저팔계가 말했어요.

"그깟 놈이 뭐가 무섭다고! 물속에서 싸우는 솜씨는 나도 꽤나 좋다고!"

손오공이 그를 놔두고 물밖으로 나온 데 대해서는 더 이상 말하지 않겠어요.

물속에 남은 저팔계는 검은 승복을 단단히 여미고 두 손으로 쇠스랑을 꽉 쥔 채, 고함을 지르며 쳐들어갔어요. 당황한 물속 여러 족속들이 허겁지겁 궁전으로 달려가 소리쳤어요.

"큰일 났습니다! 주둥이 긴 중놈이 밧줄을 끊고 거꾸로 쳐들어오고 있습니다!"

용왕과 구두충, 그리고 용궁 일가족 모두 당황하여 어찌할 바를 모르며 이리저리 숨느라 야단법석이었어요. 멍텅구리는 죽음을 불사하고 궁전으로 치고 들어가 쇠스랑을 휘둘러 문짝을 부수고 탁자며 의자를 때려 엎고, 술 마시는 데 쓰는 집기들도 몽땅 산산조각을 내버렸어요.

> 저팔계가 횡액을 만나 물속 요괴에게 붙잡히니
> 손오공이 고생을 마다않고 찾으러 가네.
> 은밀히 교묘한 계책을 써서 몰래 족쇄를 풀고
> 신령스런 위용 크게 떨치니 분노와 원한이 깊구나.
> 부마는 황망히 공주를 이끌고 몸을 숨기고
> 용왕은 벌벌 떨며 소리조차 내지 못하네.
> 화려한 수중 궁궐 문과 창 부서지고
> 용왕의 아들 손자 모두 혼이 나갔네.

> 木母遭逢水怪擒　心猿不捨苦相尋
> 暗地巧計偸開鎖　大顯神威怒恨深
> 駙馬忙携公主躱　龍王戰慄絕聲音
> 水宮絳闕門窗損　龍子龍孫盡沒魂

저팔계는 대모玳瑁 병풍을 가루로 만들고 산호수珊瑚樹를 내동 댕이쳐서 조각조각 부쉬버렸어요. 구두충은 공주를 안전하게 피신시킨 뒤 급히 월아산을 꺼내들고 앞쪽 궁으로 달려 나와 호통을 쳤어요.

"미련하고 못된 돼지놈아! 어찌 감히 양심을 속이고 우리 가족을 이리 놀라게 하는 거냐?"

저팔계가 맞받아 욕을 했어요.

"이런 도둑놈! 그러는 너는 왜 날 잡아왔더냐! 이번 일은 날 탓할 일이 아니다. 네놈이 날 집으로 청해 들인 것 아니냐! 얼른 보물을 내놓아라! 내가 보물을 가지고 국왕을 뵈러 가면 일은 끝나지만, 그렇지 않으면 네 일가의 목숨은 완전히 날아갈 줄 알아라!"

요괴가 어디 인정사정 봐주나요? 이를 악물고 저팔계와 칼날을 부딪치기 시작했어요. 용왕은 그제야 정신을 가다듬고 아들과 손자를 거느리고 각각 무기를 들고서 일제히 공격해 왔어요. 저팔계는 사태가 불리하게 돌아가자 쇠스랑을 내지르는 체하며 몸을 빼 도망쳤어요. 용왕이 여러 무리들을 이끌고 추격했지요. 순식간에 모두들 물속에서 뚫고 나와 벽파담 수면 위로 뛰어올랐어요.

한편, 손오공은 연못가에 서서 기다리고 있다가 갑자기 그들이 저팔계를 쫓아서 물밖으로 나오는 걸 보고, 곧장 구름을 타고 올라가 여의봉을 빼들고 호통을 쳤어요.

"꼼짝 마라!"

그러고서 여의봉을 한 번 휘두르자 순식간에 용왕의 머리가 깨져 흐물흐물 문드러졌어요. 가엾게도 피가 연못 가득 번져 붉은 물이 넘쳐흐르고, 시체가 물결에 흔들려 떨어진 비늘이 둥둥 떠다녔어요. 소스라치게 놀란 용왕의 아들과 손자들은 제각기 목숨만 구해 도망치고, 구두부마는 용왕의 시신을 수습해 용궁으로 돌아갔어요.

손오공과 저팔계는 더 이상 추격하지 않고 언덕으로 돌아와 그간의 일을 죽 얘기했어요. 저팔계가 말했어요.

"저놈이 기가 팍 죽었을 거야. 내가 쇠스랑을 휘두르며 무작정 쳐들어가 닥치는 대로 때려 부수니까 다들 혼비백산하더라고. 그 부마란 작자와 한참 싸우다가 용왕에게 쫓기게 되었는데, 다행히 형님 덕택에 때려죽일 수 있었소. 그놈들 돌아가서 분명 상을 치르느라 절대 밖으로 나오려 하지 않을 거고, 이제 벌써 날도 저물었는데 어쩌면 좋겠소?"

"날이 저물든 말든 무슨 상관이야! 이 틈을 놓치지 말고 네가 다시 내려가서 공격해. 반드시 보물을 손에 넣어야 궁으로 돌아 갈 수 있단 말이야."

멍텅구리는 마음이 영 내키지 않고 귀찮아져 우물우물 핑계만 댔어요. 손오공이 다그쳐 몰아붙였어요.

"동생, 더 머뭇거릴 필요 없이 방금처럼 유인해내기만 하면, 내 가 알아서 해치울게."

둘이 이렇게 한창 의논을 하고 있는데, 갑자기 광풍이 미친 듯 불어대고 음산한 안개가 싸늘히 퍼지면서 동쪽에서 곧장 남쪽으 로 향하는 것이었어요. 손오공이 주의를 기울여 살펴보니 바로 현성이랑군顯聖二郞君이 매산梅山의 육 형제를 데리고 가고 있었 어요. 그들은 매와 사냥개를 몰며 여우와 토끼를 짊어지고 노루 와 사슴을 떠메고 있었는데, 모두들 허리에 활을 차고 손에는 날 카로운 칼을 든 채, 바람과 안개를 일으키며 신바람 나게 가고 있 었어요. 손오공이 말했어요.

"팔계야, 저건 내 일곱 형제들이야. 저들을 불러다 싸움을 돕게 했으면 딱 좋겠는데. 불러올 수 있으면 정말 좋은 기회가 될 텐데 말이야."

"형제라면서 당연히 청해 올 수 있는 거 아니오?"

"그런데 저 안에 현성이랑군 형님이 계신단 말이야. 내가 전에 그에게 항복한 일이 있어서 보기가 영 껄끄러워. 그러니까 네가 가서 구름을 가로막고 '현성이랑군님, 잠깐 멈추십시오. 제천대 성이 여기에서 만나뵙고자 합니다'라고 말하란 말이야. 나라는 말을 들으면 분명 멈춰 설 거야. 그가 내려오면 내가 만나기가 좋 을 거 아냐?"

멍텅구리는 급히 구름을 솟구쳐 산으로 올라가 일행을 가로막고 큰 소리로 외쳤어요.

"현성이랑군님, 잠깐 행차를 멈추십시오. 제천대성께서 뵙기를 청하십니다."

현성이랑군은 이 말을 듣자 즉시 명을 내려 다른 육 형제를 멈추게 하고 저팔계와 인사를 나누었어요. 그리고 물었지요.

"제천대성은 어디에 있는가?"

"지금 산 아래에서 기다리고 계십니다."

"애들아, 어서 모셔 오너라!"

그들 육 형제는 바로 강康, 장張, 요姚, 이李, 곽郭, 직直이었는데, 각자 자기 진영을 나와 이렇게 외쳤어요.

"손오공 형님, 큰형님께서 모셔 오랍니다."

손오공이 앞으로 다가가 여러 사람들에게 인사하고 함께 산으로 올라갔어요. 현성이랑군이 나와 맞이하여 서로 손을 잡고 부축하며 만남의 기쁨을 나누었어요.

"제천대성, 자네가 큰 재난을 벗어나 불문의 계를 받고 조만간 공을 이루면 보련대寶蓮臺에 높이 앉게 될 테니, 정말 축하하네! 축하해!"

"어디 감히요! 일전에 크나큰 은혜를 입어놓고 작은 보답도 미처 하지 못했습니다. 재난에서 벗어나 서천西天으로 가고 있습니다만, 공을 이룰는지는 아직 모르겠습니다. 오늘은 제새국을 지나다 재앙에 빠진 승려들을 구해주기 위해 요괴를 잡아 보물을 찾으려 하고 있습니다. 그러다 우연히 형님의 수레 소리를 듣고, 도움을 청하고자 감히 길을 막았습니다. 형님께서 어디서 오시는 길인지 잘 모르겠지만, 어떻게 도움을 베풀어주실 수 있겠습니까?"

그러자 현성이랑군이 웃으며 말했어요.

"아무 일 없이 한가해서 형제들과 사냥을 하고 돌아오는 길이네. 제천대성께서 모른 체 않고 찾아주셨으니, 옛 친구의 정에 감격할 뿐일세. 힘을 합쳐 요괴를 잡자고 하신다면 어찌 감히 그 분부를 어기겠는가? 그런데 여기에 있는 도둑 요괴가 누구인가?"

"큰형님, 잊으셨습니까? 여기는 난석산이고, 산 아래가 바로 벽파담 만성용왕의 용궁입니다."

현성이랑군이 깜짝 놀라 의아해하며 물었어요.

"만성용왕이라면 분란을 일으킬 자가 아닌데, 어찌하여 감히 보탑의 보물을 훔쳤단 말인가?"

"최근 사위를 하나 얻었는데 그게 바로 구두충 정령이었습니다. 사위와 장인 둘이서 도둑이 되어 제새국에 피비를 내리고 금광사 탑 꼭대기에 있던 부처님의 사리를 훔쳐 갔습니다. 그런데 국왕은 그런 실정을 모르고 괜히 스님들만 잡아다 고문을 했지요. 저희 사부님께서 자비로운 마음으로 밤에 탑을 쓸고 계실 때, 제가 탑 위에 있다가 마침 졸개 요괴 둘을 잡게 되었습니다. 바로 그놈들이 보낸 순찰병들이었지요. 오늘 아침 궁으로 압송해 사실을 자백받았습니다. 그러자 국왕이 사부님께 요괴를 항복시켜달라고 청했고, 사부님께서 저희들을 보내셨지요. 먼젓번 싸움에서는 구두충 허리에서 머리 하나가 뻗어 나와 저팔계를 물고 가버렸었어요. 제가 다시 변신해서 물로 내려가 팔계를 풀어주었답니다. 그리고 방금 대판 싸움을 벌여 제가 용왕을 때려죽였습니다. 그러자 그 녀석이 시신을 거두어 상을 치르러 갔습니다. 저희 둘이 싸움을 걸어야겠다고 상의하고 있던 차에, 형님의 행렬이 지나가는 것을 보고 이렇게 무례를 범했습니다."

"용왕을 죽였다면 공격하기 딱 좋은 시기일세. 그놈이 꼼짝달

싹 손을 못 쓰게 만들고 소굴을 깡그리 없애버려야 해!"

그러자 저팔계가 말했어요.

"그렇긴 하지만, 이미 날이 저물었으니 어쩌겠습니까?"

현성이랑군이 대답했어요.

"병가에 이르길 '싸움은 때를 기다리지 않는다(征不待時)'고 했거늘, 어찌하여 날이 저문 것을 꺼린단 말인가!"

그러자 강, 요, 곽, 직 네 형제가 말했어요.

"큰형님, 서두르지 마십시오. 그놈 식구들이 모두 여기 있으니 다른 데 갈 리가 없습니다. 손오공 둘째 형님도 귀한 손님이시고 저팔계도 정과로 돌아왔는데, 마침 가지고 온 술과 안주도 있고 하니 부하들을 시켜 불을 지피게 해서 술자리 한판 벌여보는 게 어떻겠습니까? 두 분에게 축하도 하고 또 그참에 그 간의 정도 나눠지요. 일단 오늘 밤은 즐겁게 지내고, 내일 아침 다시 싸운다 한들 뭐가 늦겠습니까?"

현성이랑군이 크게 기뻐하며 말했어요.

"자네들 말이 정말 맞네그려."

즉시 부하들에게 술자리를 마련하라 일렀어요. 그러자 손오공이 말했어요.

"여러분들의 따뜻한 호의를 감히 물리칠 수 없군요. 하지만 승려가 된 이후로 우리 둘 다 재계하여 육식과 소식을 가리니 불편하실까 걱정입니다."

"소주素酒도 있네. 정갈한 과일도 있고 말이야."

여러 형제들은 달빛 별빛 밝은 아래, 하늘을 천장 삼고 땅을 자리 삼아 술잔을 들어 옛정을 나누었어요.

적막한 밤은 길고 즐거운 밤은 유난히 짧은 법. 어느새 동쪽 하늘이 훤히 밝아왔어요. 저팔계가 몇 잔 술에 흥이 올라 이렇게 말했어요.

"날이 밝아오니, 이 몸이 물 아래로 내려가 싸움을 걸겠소."

현성이랑군이 말했어요.

"천봉원수, 조심하시게. 그놈을 유인해내기만 하면 그다음엔 우리 형제들이 손을 쓰겠네."

저팔계가 웃으며 말했어요.

"알고 있습니다! 잘 알아요!"

여러분, 보세요, 저팔계는 옷을 추스르고 쇠스랑을 쥐고서, 물을 가르는 분수법分水法을 써서 물속으로 뛰어내렸어요. 그러고는 곧장 패루 아래로 가더니, 고함을 시르며 전각 안으로 쳐들이갔지요. 이때 용왕의 아들은 베옷을 입고 용왕의 시신을 지키며 곡을 하고 있었어요. 손자와 구두부마는 뒤에서 관을 수습하고 있었지요. 저팔계가 욕을 하며 앞으로 달려가 손을 번쩍 들어 육중한 쇠스랑 끝으로 내리치니, 용왕의 아들은 그 한 방에 머리에 아홉 구멍이 나버렸어요. 기겁한 용왕의 마누라와 무리들은 정신없이 안으로 달려 들어가 통곡하며 말했어요.

"주둥이 긴 중이 이번엔 또 내 아들을 때려죽였네!"

구두부마가 이 말을 듣고 곧 월아산을 휘두르며 용왕의 손자를 데리고 밖으로 나와 덤벼들었어요. 저팔계는 쇠스랑을 휘둘러 막고 싸우다 물러서고 하면서 물밖으로 뛰쳐나왔어요. 이쪽 연못가에 있던 제천대성과 일곱 형제들이 일제히 앞으로 달려가 창과 칼이 어지럽게 춤추니 용왕의 손자는 토막 난 고깃덩어리가 되고 말았어요.

구두부마는 일이 잘못되어가는 걸 보고 산 앞에서 데굴데굴 굴러 다시 본모습을 드러내더니, 날개를 펴 빙빙 선회하며 공중으로 날아올라 갔어요. 그러자 현성이랑군이 즉시 금궁金弓을 집어 온 탄환을 매기고 힘껏 당겨 위로 쏘았어요. 요괴는 급히 날개를 움츠려 산기슭을 스치며 날아와 현성이랑군을 물려고 했어요.

그리고 허리에서 머리 하나가 쑥 뻗어 나왔는데, 마침 그쪽에 있던 사냥개가 덥석 달려들며 컹! 하고 한입에 물어뜯으니 피가 뚝뚝 떨어졌어요. 괴물은 고통을 참으며 목숨만 구해 도망쳐서 곧장 북해로 날아갔어요. 저팔계가 뒤쫓으려 하자 손오공이 만류하며 말했어요.

"쫓지 마라. '궁지에 몰린 도둑은 쫓지 말라(窮寇勿追)'지 않더냐? 사냥개에게 머리를 물렸으니 살기보단 죽을 확률이 높다. 내가 그놈의 모습으로 변신할 테니, 네가 물길을 갈라 날 쫓으며 따라 들어와라. 공주를 찾아 속여가지고 보물을 가져오게 말이야."

현성이랑군과 여섯 형제가 말했어요.

"쫓지 않으려면, 뭐 그러시구려. 하지만 그런 종자를 세상에 남겨뒀다간 필시 후세 사람에게 해가 될 텐데?"

지금 구두충 가운데 피를 흘리는 것은 이 종자가 이어진 것이지요.

저팔계가 손오공의 말에 따라 물길을 여니, 요괴로 변신한 손오공은 앞에서 도망치고 저팔계가 호통을 치며 그 뒤를 쫓았어요. 그렇게 추격하여 점점 용궁에 가까워지자 만성공주가 말했어요.

"부마께선 어찌 그리 다급해하십니까?"

손오공이 말했어요.

"저팔계가 싸움에서 이기고 날 여기까지 쫓아 들어왔는데, 도무지 대적할 도리가 없소. 얼른 보물을 잘 숨겨두도록 합시다!"

공주는 워낙 다급한지라 가짜 진짜를 구별하지도 못하고 즉시

二浄涤關宮聖躯窑
僧怪巧齋廛除彝獲甲

요괴를 소탕하고 보물을 수호하다

뒤편 전각에서 순금으로 된 상자를 꺼내 손오공에게 건네주었어요.

"이게 부처님 사리예요."

그리고 또 백옥으로 된 상자를 꺼내 다시 손오공에게 건네주었어요.

"이건 구엽영지초예요. 이 보물을 가져다가 잘 숨겨놓으세요. 제가 저팔계와 두세 합 겨루며 막을 테니까요. 보물을 잘 수습해 둔 다음에 다시 나와 저놈과 싸우도록 하세요."

손오공은 두 상자를 몸에 잘 넣은 다음, 얼굴을 한 번 쓱 문질러 본래 모습으로 돌아온 뒤 물었어요.

"공주, 그래, 내가 정말 부마로 보이시오?"

공주가 깜짝 놀라 상자를 빼앗으려 하자, 저팔계가 달려들어 쇠스랑으로 어깨를 내리찍으니 공주는 그대로 바닥에 쓰러졌어요. 용왕의 마누라가 몸을 빼 도망치려 하자, 저팔계가 또 붙들어 놓고 쇠스랑을 들어 찍으려 했어요. 하지만 손오공이 말리며 말했어요.

"잠깐! 죽이지 마라. 산 놈이 있어야 제새국에 가서 공을 증명하기가 좋잖니?"

마침내 저팔계는 용왕의 마누라를 끌고 물속을 나오고, 손오공이 그 뒤를 이어 두 상자를 받쳐 들고 땅 위로 올라와 현성이랑군에게 말했어요.

"형님께서 애써주신 덕분에 보물을 얻고 요괴를 소탕하였습니다. 감사합니다."

"하나는 그 국왕의 홍복이 하늘처럼 큰 탓이요, 둘째는 자네의 신통력이 한량없기 때문일세. 내게 무슨 공이 있겠나?"

그러자 형제들이 모두 말했어요.

"손오공 둘째 형님이 이미 공을 세우셨으니 저희들은 여기서 작별을 고해야겠습니다."

손오공이 감사해 마지않으며 함께 남아 국왕을 만나보자고 했지만, 형제들은 모두 고사하고 부하들을 이끌고 관강 어귀로 돌아갔으니, 이 일에 대해서는 더 이상 얘기하지 않겠어요.

손오공이 상자를 받쳐 들고, 저팔계는 용왕의 마누라를 잡아끌며 구름과 안개를 갈아타고 순식간에 제새국에 도착했어요. 금광사에서 풀려난 스님들이 모두 성 밖으로 마중을 나와 있었지요. 그들 둘이 구름과 안개를 멈추는 것을 보고 앞으로 다가와 머리를 땅에 박으며 절을 올리고 성안으로 맞아들였어요. 국왕과 삼장법사는 한창 전각에서 얘기를 나누고 있었는데, 먼저 달려온 승려가 용기를 내어 궁궐 문으로 들어가 상주했어요.

"폐하, 손오공, 저팔계 두 나리께서 요괴를 잡고 보물을 찾아오고 계십니다."

국왕은 이 말을 듣자 얼른 전각에서 내려와 삼장법사, 사오정과 함께 그들을 맞이하며 신령스런 공적을 칭찬하고 감사해 마지않았어요. 그리고 곧 은혜에 감사하는 연회를 베풀라 명했지요. 삼장법사가 말했어요.

"잠깐 연회를 베푸는 일을 멈추십시오. 저희들이 탑의 보물을 제자리에 돌려놓은 뒤에나 했으면 합니다."

그리고 삼장법사가 다시 손오공에게 물었어요.

"너희들은 어제 여기를 떠났는데, 왜 오늘에서야 돌아왔느냐?"

손오공이 그 구두부마와 싸운 얘기며 용왕을 죽인 일, 현성이랑군을 만난 일, 요괴를 패배시킨 일, 그리고 부마로 변신하여 속여 보물을 뺏은 일을 자세히 들려주었어요. 삼장법사와 국왕, 문

문무백관들 모두 기쁨을 이기지 못했어요. 국왕이 또 물었어요.

"용왕의 마누라는 사람의 말을 할 줄 아느냐?"

저팔계가 말했어요.

"이자는 바로 용왕의 아내로서 용왕의 숱한 자손들을 낳았는데, 어찌 인간의 말을 모르겠습니까?"

국왕이 말했어요.

"사람의 말을 안다면, 도둑질을 하게 된 경위를 속히 말해보아라."

"저는 부처님의 사리를 훔친 일에 대해서는 전혀 모릅니다. 모두 죽은 남편과 사위 구두충이 탑의 광채가 바로 부처님의 사리 때문인 줄 알고, 삼 년 전에 피비를 내리고 그 틈에 훔쳐 간 것입니다."

"구엽영지초는 어떻게 훔친 것이냐?"

"제 딸인 만성공주가 대라천 영소전 앞에 몰래 들어가 서왕모마마의 구엽영지초를 훔쳐냈습니다. 부처님의 사리가 이 영지초의 신선 기운을 받아 자라면, 천 년이 가도 훼손되지 않고 만년토록 빛이 납니다. 땅 밑이건, 밭 가운데건 한 번 쓸기만 하면 만 갈래 노을빛, 천 갈래 상서로운 기운이 뻗쳐 나오지요. 이제 국왕께 잡힌 몸, 남편과 아들을 잃고 딸과 사위도 죽었으니, 제발 제 목숨만은 살려주십시오!"

저팔계가 말했어요.

"절대로 용서 못 한다!"

손오공이 말했어요.

"집안이 전부 죄를 범한 건 아니니, 내 용서해주마. 하지만 네가 영원히 저 보탑을 지켜야겠다."

"개똥밭에 굴러도 이승이 낫다지 않습니까? 그저 목숨만 살려주시면 뭐든지 시키시는 대로 하겠습니다."

그러자 손오공이 쇠줄을 가져오게 했어요. 신하가 즉시 쇠줄을 가져오자, 손오공은 그것으로 용왕 마누라의 비파골을 꿰고는 사오정에게 명했어요.

"국왕을 청하여 우리가 보물을 탑에 안치하는 걸 보시도록 해라."

국왕은 즉시 어가를 준비해서 삼장법사의 손을 잡고 같이 궁궐을 나서 여러 문무 관원들과 함께 금광사에 도착했어요. 탑에 올라 부처님의 사리를 십삼 층 꼭대기 보병 안에 놓고, 용왕의 마누라를 탑 가운데 기둥에 묶어놓았어요. 그리고 진언眞言을 외워 제새국의 토지신과 서낭신, 금광사의 호교가람을 불러 사흘에 한 번씩 마실 것과 먹을 것을 주어 살아갈 수 있게 하되, 조금이라도 어기는 것이 있으면 즉시 참형에 처하라고 명령했어요. 여러 신들이 보이지 않는 가운데 "예. 알겠습니다!" 하고 대답했어요.

손오공은 구엽영지초로 십삼 층 탑의 층마다 깨끗이 쓴 다음, 병 안에 안치하여 사리의 기운을 잘 기르도록 했어요. 그러자 비로소 보물이 새것처럼 손질되어 만 갈래 노을빛, 천 길 상서로운 기운이 뻗어 나와 예전 그대로 천하 팔방에서 볼 수 있고, 사방 이웃 나라에서 함께 바라볼 수 있게 되었어요. 손오공이 탑문을 내려오자 국왕이 감사하며 말했어요.

"부처님과 세 분 보살님이 여기에 오시지 않았더라면 어찌 이일을 밝힐 수 있었겠습니까?"

손오공이 말했어요.

"폐하, '금광'이란 두 글자가 좋지 않습니다. 오래 머무르는 물건이 아니니까요. '금'은 바로 유동적인 물건이며 '광'은 순간적으로 빛나는 기운이지요. 제가 이번에 폐하를 위해 애를 쓰기도 했으니, 이 절의 이름을 '복룡사伏龍寺'로 바꾸어 영원히 보존함이 어떠하옵니까?"

그러자 국왕은 당장 절의 이름을 바꾸라 명하고 새 편액을 거니, 바로 '칙건호국복룡사勅建護國伏龍寺'였어요. 한편으론 큰 연회를 열고, 또 한편으론 화공을 청해 일행 넷의 모습을 그리게 하고 오봉루五鳳樓에 이름을 새겨 넣도록 했어요. 국왕은 또 어가를 준비하여 삼장법사 일행을 전송하며 금과 옥으로 사례하려 했으나, 일행은 끝까지 사양하고 한 푼도 받지 않았지요. 이야말로,

> 사악한 요괴를 없애니 온 나라 평화롭고
> 보탑에 빛이 돌아오니 온 땅이 밝도다.
>
> 邪怪剪除萬境靜　　寶塔回光大地明

라는 것이었지요.

이번에 가는 길은 어떨지 알 수 없으니, 이에 대해서는 다음 회를 들어보시라.

제64회

삼장법사, 목선암에서 시를 논하다

그러니까 제새국 왕은 삼장법사 일행이 요괴를 붙잡고 보배를 찾아준 은혜에 감사했어요. 하지만 삼장법사가 그들이 준 금과 옥을 조금도 받지 않으니, 왕은 신하에게 명하여 삼장법사 일행이 입고 있는 옷과 똑같은 옷 두 벌, 신과 양말 두 켤레, 허리띠 두 개를 만들게 하고, 그 외에 마른 식량을 볶아주고, 통행증명서에 도장을 찍어주었어요. 그리고 큰 수레를 준비하고, 문무 대신들 및 성안의 온 백성들, 복룡사의 승려들과 함께 성대한 음악을 울리며 그들을 전송해주었어요.

이십 리 정도 가서 먼저 국왕과 작별하자, 나머지 무리가 이십 리를 더 전송하고 돌아갔어요. 한데 복룡사 승려들은 오륙십 리나 따라와 전송하며 돌아가려 하지 않았어요. 그 가운데 어떤 이는 서천까지 함께 가려 했고, 어떤 이는 그들 일행을 수행하며 모시려 했지요. 손오공은 그들이 모두 돌아가려 하지 않자 속임수를 썼어요.

그는 삼사십 개의 털을 뽑아 신선의 기운을 불어 넣으며 "변해라!" 하고 소리쳤어요. 그러자 털들이 모두 얼룩무늬의 사나운 호랑이로 변해 길을 가로막은 채 사납게 울부짖으며 날뛰니, 승려들은 겁을 집어먹고 감히 앞으로 나아가지 못했어요. 제천대성은 그 틈에 삼장법사를 인도하여 백마를 재촉해 떠났어요. 순식간에 그들이 멀어지자 승려들은 목놓아 통곡하며 소리쳤어요.

"은혜를 베풀어주신 의로운 나리시여, 저희들에게 인연이 없어 제도해주려 하지 않으시는군요!"

승려들이 통곡한 이야기는 더 이상 하지 않겠어요.

한편, 삼장법사, 두 사제와 함께 큰길에 오른 손오공은 털을 거둬들이고 곧바로 서쪽으로 향했어요. 계절은 바뀌어 어느새 겨울이 가고 봄이 와서 덥지도 춥지도 않았는지라, 느긋하게 길을 가기에 딱 좋았지요. 그러다가 문득 긴 고개가 나타났는데, 그 고개 위로 길이 나 있었어요. 삼장법사가 말을 멈추고 살펴보니 그곳에는 가시나무가 삐죽삐죽 자라고 넝쿨들이 단단히 감겨 있었어요. 길의 흔적은 있지만 좌우로 온통 바늘 같은 가시들이 가득했지요. 삼장법사가 말했어요.

"얘들아, 이 길을 어떻게 가냐?"

손오공이 말했어요.

"왜 못 가요?"

"얘들아, 아래쪽에 길의 흔적은 있지만 위에는 가시로 덮였으니, 뱀이나 벌레처럼 땅을 기어야만 갈 수 있겠다. 너희들이 가려 해도 허리도 펴기 어려운데, 나더러 어떻게 말을 타고 가라는 것이냐?"

저팔계가 말했어요.

"별것 아닙니다. 제가 쇠스랑을 뽑아 들고 쇠스랑 날로 가시를 치울 테니, 말을 타는 건 말할 것도 없고, 가마를 태워서라도 사부님이 지나시게 해드리겠습니다."

"네가 힘이 세다 해도 먼 길은 견디기 어려울 게다. 길이 얼마나 먼지도 모르는데 어찌 그렇게 많은 수고를 할 수 있겠느냐?"

그러자 손오공이 말했어요.

"따질 것 없이 제가 한번 가볼게요."

그가 몸을 솟구쳐 허공에서 바라보니, 길은 끝없이 길게 이어져 있었어요.

땅에 가득 덮여 하늘 멀리 이어지니
안개 서리고 비까지 몰고 다니네.
좁은 길에는 부드러운 풀 어지럽고
온 산에 푸른 덮개가 펼쳐진 듯하구나.
새로 돋은 잎 빽빽하여
서로 부대며 향기를 풍기네.
멀리 바라봐도 끝나는 곳 모르겠고
가까이 쳐다보면 자욱한 초록 구름 같네.
어지럽게 무성하고
울창하기 그지없네.
바람 소리 쏴쏴 울리고
햇빛은 눈부시게 반사되네.
그 중간에는 소나무, 잣나무도 있고 대나무도 있으며,
수많은 매화나무와 버드나무, 더 많은 뽕나무.
넝쿨풀은 오래된 나무를 휘감고
등나무 칡넝쿨은 수양버들 휘감았네.
시렁처럼 뒤엉키고
침상처럼 연이어 있네.

어떤 곳엔 꽃이 피어 비단을 펼쳐놓은 듯하고
끝없이 풀이 자라 멀리까지 향기 풍기네.
사람이면 뉘라서 가시밭길 만나지 않으랴만
서방의 가시밭처럼 긴 곳이 어디 있으랴!

匝地遠天　凝煙帶雨
夾道柔茵亂　漫山翠蓋張
密密搓搓初發葉　攀攀扯扯正芬芳
遙望不知何所盡　近觀一似綠雲莊
蒙蒙茸茸　鬱鬱蒼蒼
風聲飄索索　日影映煌煌
那中間有松有柏還有竹　多梅多柳更多桑
薜蘿纏古樹　藤葛纏垂楊
盤圍似架　聯絡如牀
有處花開眞布錦　無端卉發遠生香
爲人誰不遭荊棘　那見西方荊棘長

손오공은 한참 쳐다보다가 구름을 내리고 말했어요.
"사부님, 이 길은 정말 머네요!"
"얼마나 멀더냐?"
"아무리 봐도 끝이 없으니, 천 리는 돼 보입니다."
삼장법사가 깜짝 놀라며 말했어요.
"어쩌면 좋으냐?"
그러자 사오정이 웃으며 말했어요.
"사부님, 걱정 마십시오. 저희가 화전 일구는 것을 배웠으니, 불을 놓아 가시를 태워버리고 지나가십시다."
저팔계가 말했어요.

"헛소리 마라! 화전 일구는 것은 시월 무렵에 풀이 시들고 나무가 말라 불붙기가 좋아야 하는 것이다. 지금은 초목이 무성할 때인데 어떻게 불을 지를 수 있겠냐?"

그러자 손오공이 말했어요.

"불을 지를 수 있다 해도 사람들이 놀랄 거다."

삼장법사가 말했어요.

"그러면 어떻게 지나가지?"

저팔계가 말했어요.

"지나가야 할 거라면 저를 믿는 게 좋겠네요."

멋진 멍텅구리! 그가 손가락을 구부려 결을 맺고 주문을 외우며 허리를 굽히고 "커져라!" 하고 소리치니, 키가 스무 길가량 커졌어요. 그리고 쇠스랑을 한 번 흔들며 "변해라!" 하고 소리치니, 쇠스랑 자루가 서른 길 가까이 늘어났어요. 그는 걸음을 옮기며 두 손으로 쇠스랑을 휘둘러 가시를 양쪽으로 걷어치우며 말했어요.

"사부님, 저를 따라오세요."

삼장법사는 그걸 보고 매우 기뻐하며 즉시 말을 몰고 바짝 뒤따라갔어요. 사오정은 봇짐을 지고, 손오공도 여의봉으로 길을 열었어요. 이렇게 하루 내내 쉼 없이 가니 백십 리 정도 갈 수 있었어요. 날이 저물어가던 차에 마침 공터가 하나 보였어요. 길에는 돌 비석이 하나 세워져 있었는데, 그 위에는 큰 글씨로 '형극령荊棘嶺'이라고 새겨져 있었고, 그 아래에 작은 글씨로 다음과 같은 두 줄의 글귀가 새겨져 있었어요.

가시 무성한 팔백 리 길
예로부터 길은 있었으되 다니는 사람은 드물다.

저팔계가 그걸 보고 웃으며 말했어요.

"이 몸이 저기에 두 구절을 더 써줘야 되겠어.

　이제부터 저팔계가 길을 열었으니[1]
　그대로 서방까지 길이 모두 평탄하리라!

　　　　　　自今八戒能開破　直透西方路盡平

라고 말이야."

삼장법사가 기뻐하며 말에서 내리면서 말했어요.

"애들아, 고생 많았구나. 우리 여기서 밤을 보내고, 내일 다시 가자꾸나."

저팔계가 말했어요.

"사부님, 멈추면 안 됩니다. 지금 하늘도 맑고 하니, 제가 흥이 난 김에 밤새 길을 열겠습니다. 가버립시다, 제기랄!"

그러니 삼장법사는 따라갈 수밖에 없었어요.

저팔계는 앞으로 나아가 애를 썼어요. 삼장법사 일행은 사람도 쉬지 못하고 말도 걸음을 멈추지 못한 채 또 하루 밤낮을 걸었는데, 또 날이 저물고 있었어요. 앞에는 가시와 넝쿨이 어지럽게 얽혀 있고, 이따금 바람이 대나무를 스치며 스산한 소리를 냈어요. 다행히 또 빈터가 하나 나타났는데, 한가운데에 낡은 사당이 하나 있었어요. 사당 문 밖에는 소나무와 잣나무가 푸른 잎이 우거

1　원문의 구절은 "이제부터 여덟 가지 계율을 깨뜨릴 수 있으니"라고 번역할 수도 있다. 그러나 계율을 깨뜨리고 부처가 있는 서방으로 간다는 것은 불가능한 일이므로, 이 구절은 저팔계가 얼토당토않는 소리를 하고 있음을 우회적으로 비꼬고 있는 셈이다.

진 채 서 있었고, 복사꽃과 매화가 아름다움을 다투고 있었어요.
삼장법사가 말에서 내려 세 제자들과 함께 살펴보았어요.

바위 앞 낡은 사당 차가운 물 베고 있는데
저물녘 황량한 안개 버려진 언덕 뒤덮네.
백학 노니는 숲에선 세월이 깊어가고
녹음 무성한 누대 아래 시절이 절로 가네.
대나무가 푸른 패옥 흔드니 사람의 말소리 들리는 듯하고
새소리 여운은 근심을 호소하는 듯.
닭 울음 개 짖는 소리 들리지 않고 인적도 드무니
들꽃과 넝쿨이 담장 머리를 둘러쌌네.

嚴前古廟枕寒流　落日荒煙鎖廢垤

白鶴叢中深歲月　綠蕪臺下自春秋

竹搖靑珮疑聞語　鳥弄餘音似訴愁

雞犬不通人跡少　閑花野蔓繞牆頭

손오공이 그걸 보고 말했어요.
"여긴 길보다 흉한 것이 많은 곳이니 오래 머물러 있어서는 안 되겠습니다."
사오정이 말했어요.
"형님은 쓸데없는 의심을 하시는군요. 이처럼 인적도 없는 곳에는 괴수나 요괴도 없을 텐데, 뭘 겁내는 겁니까?"
그런데 말이 채 끝나기도 전에 한바탕 음산한 바람이 불더니, 사당 문 뒤쪽에서 웬 늙은이가 나왔어요. 그 늙은이는 머리에 각건角巾을 쓰고 색 바랜 옷을 입었으며, 손에는 지팡이를 짚고, 짚신을 신고 있었어요. 그 뒤에는 푸른 얼굴에 날카로운 송곳니가

삐져나온데다 붉은 수염에 몸이 시뻘건 귀신 하인이 있었는데, 그자는 머리에 밀가루 떡을 담은 쟁반을 이고 있었어요. 늙은이는 무릎을 꿇고 말했어요.

"제천대성님, 저는 형극령의 토지신입니다. 제천대성께서 이곳에 오신 줄 알았으나 대접할 게 없어서 떡을 한 쟁반 쪄 와서 사부님께 바치오니, 하나씩 잡수십시오. 여긴 팔백 리 안에 인가가 없으니, 조금 잡숫고 요기라도 하십시오."

저팔계가 기뻐하며 앞으로 나아가 손을 뻗어 떡을 집으려 했어요. 그런데 뜻밖에도 손오공이 한참 자세히 살펴보다가 호통을 내질렀어요.

"잠깐! 이놈은 좋은 놈이 아니다. 버릇없이 굴지 마라! 네가 무슨 토지신이냐? 손어르신을 속이려 들다니! 여의봉 맛이나 봐라!"

늙은이는 손오공이 때리려 하자 몸을 돌려 한 줄기 음산한 바람으로 변하더니, 휙 하는 소리와 함께 삼장법사를 잡아채 스스슥 어디론가 납치해 가버렸어요. 깜짝 놀란 제천대성은 쫓아가지도 못했고, 저팔계와 사오정은 모두 서로 바라보며 안색이 창백해졌으며, 백마도 놀라 울부짖기만 할 뿐이었어요. 깜짝 놀란 세 형제와 백마는 다급하게 사방을 둘러보았지만 도무지 행방을 찾을 수 없었어요. 그들이 이리저리 찾아다닌 얘기는 더 이상 하지 않겠어요.

한편, 그 늙은이와 귀신 하인은 삼장법사를 둘러메고 안개와 노을에 덮인 돌집[石屋] 앞에 이르러 그를 가볍게 내려놓더니, 그의 손을 잡고 말했어요.

"성승, 겁내지 마시오. 저는 나쁜 사람이 아니라 형극령의 십팔공十八公이라오. 맑은 바람에 달빛도 환한 밤이라 친구들을 모아

놓고 시를 논하며 회포를 풀어볼까 하고 특별히 그대를 청한 것이오."

삼장법사가 그제야 눈을 똑바로 뜨고 자세히 살펴보니 이런 모습이었지요.

아득하게 안개와 구름 가는 곳
맑디맑은 신선들이 사는 마을.
정결한 몸으로 수련하기 좋아
대나무 심고 꽃 가꿀 만하구나.
언제나 푸른 산봉우리에서 학이 찾아오고
이따금 맑은 못에서 개구리 우는 소리 들리네.
하늘나라 단약 굽는 곳보다 낫고
맑은 노을 덮인 멋진 산 있을 만한 곳이로다.
구름밭 갈고 달 낚는 따위는 말하지 말라
이곳에 은거하여 편히 지내면 자랑할 만하네.
오래 앉아 있으면 마음은 바다처럼 깊고 그윽한데
몽롱하게 떠오른 달 비단 창에 비치네.

漠漠煙雲去所　清清仙境人家
正好潔身修煉　堪宜種竹栽花
每見翠嚴來鶴　時聞清沼鳴蛙
更賽天臺丹竈　仍期華岳明霞
說甚耕雲釣月　此間隱逸堪誇
坐久幽懷如海　朦朧月上窗紗

삼장법사는 말없이 보다가 점차 달빛 밝고 별빛 초롱한 것을 깨달았어요. 그때 사람들의 말소리가 들렸는데, 모두들 이렇게 말하는 것이었어요.

"십팔공이 성승을 모셔 오셨구려."

삼장법사가 머리를 들어 보니 세 노인이 있었어요. 맨 앞에 있는 사람은 머리칼이며 수염이 서리같이 하얀 풍채였고, 두 번째 사람은 푸른 살쩍을 어지럽게 날리고 있었고, 세 번째 사람은 무심한 표정으로 눈썹이 짙은 사람이었어요. 그들은 각각 생김새나 옷차림이 달랐는데, 모두 삼장법사에게 예를 행했어요. 삼장법사가 답례하며 물었어요.

"제가 무슨 덕행이 있어서 감히 여러 신선들의 사랑을 받겠습니까?"

그러자 십팔공이 웃으며 말했어요.

"줄곧 성승께서 도를 갖추고 계시다는 소문을 듣고 오랫동안 기다렸는데, 다행히 이제야 만나뵙게 되었습니다. 기탄없이 비평하시면서 편안히 앉아 회포를 펼치시고 불가의 참된 지혜를 보여주시기 바랍니다."

삼장법사가 허리 굽혀 절하며 말했어요.

"신선 어른의 함자는 무엇인지요?"

십팔공이 대답했어요.

"서리같이 하얀 저분은 고직공孤直公이고, 푸른 살쩍의 저분은 능공자凌空子, 무심한 표정의 저분은 불운수拂雲叟이며, 저는 경절勁節이라 합니다."

"네 분 연세는 몇이나 되셨는지요?"

그러자 고직공이 대답했어요.

내 나이 이제 천 살을 넘겼는데
하늘 아래 우뚝 서 잎이 무성하게 사계절 내내 봄이로세.

향긋한 가지는 용이나 뱀처럼 뒤엉켜 울창하고
작은 껍질 겹겹이 두르고 눈서리 이겨낸 몸이라네.
어려서부터 튼튼하여 늙도록 버틸 수 있었으니
이제부턴 정말 즐겁게 수행하게 되었다네.
까마귀 깃들고 봉황새 묵어가니 세속의 무리는 아니고
대범하게 홀로 무성하여 세속의 먼지 멀리한다네.

我歲今經千歲古　撑天葉茂四時春

香枝鬱鬱龍蛇狀　碎影重重霜雪身

自幼堅剛能耐老　從今正直喜修眞

鳥栖鳳宿非凡輩　落落森森遠俗塵

또 능공자가 웃으며 말했어요.

내 나이 천 살에 바람과 눈에도 의연하여
높은 줄기 신령한 가지에 힘도 절로 세다네.
고요한 밤이면 빗방울 듣는 듯한 소리 내고
맑은 가을이면 구름 펼쳐진 듯 그늘 드리우네.
단단한 뿌리는 이미 장생의 비결 터득했고
타고난 운명은 불로의 방법 얻기에 더 적합하네.
머무는 학과 용[2]은 속된 무리가 아니니
푸르고 무성하게 신선의 마을 가까이 산다네.

吾年千載傲風雪　高榦靈枝力自剛

夜靜有聲如雨滴　秋晴陰影似雲張

盤根已得長生訣　受命尤宜不老方

2　송나라 때의 소식蘇軾과 소철蘇轍 형제는 각기 「영회절구詠檜絶句」와 「영임씨열세당전대회시詠任氏閱世堂前大檜詩」에서 노송나무를 용과 학에 비유한 적이 있는데, 여기서 노송나무의 정령이 그 시들의 표현을 응용하여 자기 자랑을 늘어놓은 것이다.

留鶴化龍非俗輩　蒼蒼爽爽近仙鄕

불운수도 웃으며 말했어요.

모진 세월에 헛되이 천 년을 보냈으나
늘그막 풍경은 맑고 그윽하다네.
속세의 먼지에 뒤섞이지 않고 끝내 냉담했지만
눈서리 무던히 겪어 절로 풍류가 생겼다네.
일곱 현자[3]와 짝이 되어 도를 논하고
여섯 은자[4]와 친구 되어 함께 노래를 주고받았네.
귀한 악기 치듯 고운 소리 평범하지 않나니
자연 그대로의 성정으로 신선과 노니네.

$$歲寒虛度有千秋　老景瀟然淸更幽$$
$$不雜囂塵終冷漠　飽經霜雪自風流$$
$$七賢作侶同談道　六逸爲朋共唱酬$$
$$戛玉敲金非瑣瑣　天然情性與仙遊$$

그러자 십팔공 경절이 웃으며 말했어요.

나 또한 천 년 남짓 살면서
푸르고 올곧은 모습으로 떳떳하게 살았다오.
비와 이슬 내리는 자연의 힘 사랑하고

---

3 진晉나라 때의 죽림칠현竹林七賢 즉, 완적阮籍과 혜강嵇康, 산도山濤, 유영劉伶, 상수向秀, 왕
융王戎, 완함阮咸을 가리킨다.

4 당나라 천보天寶 연간(742~755)에 이백李白이 산동山東 임성任城에서 나그네 생활을 할 때
공소보孔巢父, 한준韓準, 배정裴政, 장숙명張叔明, 도면陶沔 등과 모임을 결성하여 조래산徂徠
山 아래의 죽계竹溪에서 노닐곤 했다. 이 때문에 당시 사람들은 이들 여섯을 '죽계육일竹溪六
逸'이라고 불렀다.

荊棘嶺悟能努力
木仙庵三藏談詩

저팔계가 형극령을 헤치고, 삼장법사는 요괴들과 시를 논하다

만물을 만든 하늘과 땅의 지혜 빌려 썼다오.
모든 골짝에 바람과 안개 가득해도 오직 나만이 무성했고
사계절의 운행 벗어나 나 홀로 푸르렀소.
덮개 펼치고 푸른 그림자 드리워 신선 나그네 머물게 하여
바둑 두고 거문고 타며 도서를 강론하게 했다오.

> 我亦千年約有餘　蒼然貞秀自如如
> 堪憐雨露生成力　借得乾坤造化機
> 萬壑風煙惟我盛　四時洒落讓吾疎
> 蓋張翠影留仙客　博弈調琴講道書

삼장법사는 모두를 칭송했어요.

"네 분 신선들께선 모두 장수를 누리시어, 경절 신선만 하더라도 천 살이 넘으셨군요. 연세가 많아 도를 얻었고 풍채도 맑고 빼어나시니, 혹시 한나라 때의 '사호四皓'[5]가 아니신지요?"

그러자 네 노인이 말했어요.

"너무 과찬이십니다! 저희들은 '사호'가 아니라 깊은 산에서 절개 지키는 '사조四操'입니다. 성승께선 연세가 몇이신지요?"

삼장법사는 합장한 채 허리를 굽히며 대답했어요.

사십 년 전 모친의 배 속에서 나왔는데
태어나기도 전에 이미 운명적으로 재난을 당했지요.
목숨 건지려다 물에 떨어져 물결 따라 떠내려가던 차에
다행히 금산에서 구해져 승려가 되었지요.

---

5 '상산사호商山四皓'를 가리킨다. 진秦나라 말엽과 한나라 초엽에 상산에는 동원공東園公, 기리계綺里季, 녹리선생甪里先生, 하황공夏黃公 등 네 은사가 살고 있었다. 그들은 나이도 많고 벼슬살이도 하지 않으며 지냈는데, 모두 수염과 눈썹이 하얗다고 해서 '사호'라고 불렸다.

성정을 기르며 경전 읽음에 태만함이 없었고

성심으로 부처께 참배하며 잠시라도 게으름 피우지 않았

지요.

이제 황상의 명을 받고 서천으로 파견되어 가던 차에

도중에 신선들을 만나 사랑을 받게 되었습니다.

四十年前出母胎　　未產之時命己災

逃生落水隨波滾　　幸遇金山脫本骸

養性看經無懈息　　誠心拜佛敢俄捱

今蒙皇上差西去　　路遇仙翁下愛來

네 노인이 모두 칭송했어요.

"성승께선 모친의 배 속에서 나올 때부터 부처의 가르침을 따르셨으니, 과연 어려서부터 수행하여 참된 중정中正을 이루고 도를 갖춘 뛰어난 승려이십니다. 저희들이 다행히 성승의 존안을 뵈었으니 큰 가르침을 청하는 바입니다. 바라옵건대 선법禪法으로 한두 가지 가르침을 주시면, 저희가 평생의 위안으로 삼기에 충분하겠습니다."

삼장법사는 그 말을 듣자 무서운 마음이 싹 사라져서, 곧 네 노인을 향해 이렇게 말했어요.

"선禪이란 고요한 상태이고, 법法이란 제도濟度하는 것입니다. 고요함 속에서 제도하는 일은 깨달음이 없이는 불가능합니다. 깨달음이란 마음의 근심을 씻어 속세의 먼지에서 벗어나는 것입니다. 사람으로 태어나기도 어려운데, 중국에서 태어나기는 더 어렵고, 게다가 올바른 불법을 만나기는 더욱 어렵습니다. 이 세 가지가 두루 갖춰진다면 정말 말할 수 없이 큰 행운이라 하겠습니다.

지극한 덕과 오묘한 도는 아득히 막막하고 희이希夷한[6] 것이니 육근六根과 육식六識을 제거해야 얻을 수 있는 것입니다. 보리菩提라는 것은 윤회전생도 없고 남거나 모자람도 없는지라, 공空과 색色을 모두 포괄하고, 성스러움도 평범함도 모두 내치는 것입니다.

원시천존(=노자)을 찾아가 수련의 참된 방법[鉗鎚]을 묻고, 석가모니에게 깨달음의 수단을 깨우치십시오. 망상罔象의 능력을 발휘하고[7] 열반涅槃의 경지를 열심히 찾아다니십시오. 지각[覺] 속에서 지각하고 깨달음[悟] 속에서 깨달으며, 조금의 신령한 빛일지라도 온전히 보존해야 합니다.

마음의 뜨겁고 환한 빛을 열어 사바세계를 비추고, 불법의 세계를 마음껏 노닐며 독존獨尊의 불성佛性을 드러내십시오. 깊고 미묘한 경지에 이르러 그것을 더욱 굳건히 지키고만 있으면 '도로 들어가는 오묘한 관문[玄關]'을 뉘라서 건널 수 있겠습니까? 저는 본래 '큰 깨달음의 선[大覺禪]'을 충실히 수행하고 있사온데, 인연이 있고 뜻이 있어야 깨달을 수 있겠지요."

네 노인은 그 말을 귀 기울여 듣고 한없이 기뻐하며 모두들 고개 숙여 귀의하고, 허리 굽혀 감사했어요.

"성승께선 바로 깨달음의 근본이 되는 참선의 지혜를 지니셨군요."

불운수가 말했어요.

---

6 '희希'는 소리가 없는 것[無聲]이고, '이夷'는 색상이 없는 것[無色]을 가리킨다. 『노자』에서는 "눈으로 보이지 않는 것을 '이'라 하고, 귀로 들을 수 없는 것을 '희'라 한다(視之不見名曰夷 聽之不聞名曰希)"고 했다.

7 '망상罔象'은 『장자·천지天地』에 등장하는 가상의 인물이다. 여기에 따르면 검은 진주[玄珠], 즉 현묘하고 참된 도를 잃어버리자 파지派知, 이주離朱, 끽후喫詬 등이 찾아 나섰으나 찾지 못하고, 결국 '망상'이 나서서 찾아냈다고 한다. 이에 대한 성현영成玄英의 주석에 따르면, "망상이란 무심을 가리키니, 소리와 색상을 떠나고, 생각과 근심을 끊어버리는 것이다(罔象 無心之謂 離聲色 絶思慮)"라고 했다. '무심'이란 허심虛心, 즉 '마음을 비우는 것'을 의미한다.

"선이 비록 고요하고 법이 비록 제도한다 해도 성정이 안정되고 마음이 성실해야 합니다. 큰 깨달음을 얻은 참된 신선이 되려면 삶도 죽음도 없는 무생지도無生之道에 이르러야 합니다. 저희들이 추구하는 현묘한 도리는 이와 크게 다릅니다."

"도라는 것은 '항상 변하지 않는 것[常]'이 아니고 본체[體]와 작용[用]은 하나로 합쳐지는 것인데, 어떻게 다르다는 것입니까?"

불운수가 웃으며 말했어요.

"저희들은 타고날 때부터 견실해서 본체와 작용이 그대와 다릅니다. 하늘과 땅에 감응해서 몸이 태어났고, 비와 이슬을 맞아 색이 윤택해졌습니다. 바람과 서리에도 의연히 웃고, 세월의 풍화도 이겨냈습니다. 잎사귀 하나도 시들지 않고, 모든 가지들이 절조를 지키고 있습니다. 그 말씀대로라면 구속이 없는 충담허정沖淡虛靜을 추구하지 말고 바라문의 말씀을 지켜야 한다는 것인 듯합니다.

하지만 도라는 것은 본디 중국에 있는 것인데 오히려 서방에서 구하시려 하는군요. 쓸데없이 짚신이 닳도록 찾아가 도대체 무얼 구하려는 것인지 모르겠습니다. 그것은 돌사자의 배를 갈라 심장과 간을 꺼내고, 들여우의 침[8]을 골수에 흘려 넣는 일입니다.

근본을 잊고 참선하며 망령되게 불교의 정과를 구하는 것은 모두 이곳 형극령에 뒤얽힌 칡넝쿨과 등나무처럼, 담쟁이나 오이 넝쿨처럼 어지럽게 뒤얽힌 말입니다. 이런 사람이 어떻게 중생을 서방으로 이끌 수 있겠으며, 이런 방법으로 어떻게 인수印授[9]를

8　'야호연野狐涎', 즉 '들여우의 침'은 불교에서 외도外道를 가리키는 '야호선野狐禪'과 중국어 발음이 통한다. 이것은 어떤 사람이 참선하다가 한 구절을 잘못 이해하는 바람에 오백 생에 걸쳐서 들여우의 몸으로 윤회했다고 하는 『전등록傳燈錄』의 기록에서 비롯된 표현이다.

9　"경전의 글을 통하지 않고(不立文字), 별안간의 깨달음으로 부처의 경지에 이른다(頓悟成佛)"는 선종의 주장을 가리킨다.

행할 수 있겠습니까? 반드시 현실을 직시하고 잘 살펴야 합니다.

고요함 속에 저절로 생애가 있게 됩니다. 그렇지 않으면 바닥 없는 바구니에 물을 긷고, 뿌리 없는 쇠로 된 나무에 꽃이 피기를 바라는 일입니다. 신령한 산꼭대기에서 발길이 묶여 있었으니, 우리의 훌륭한 모임(도교)으로 돌아와 낙원[10]에 들어가십시오."

삼장법사가 그 말을 듣고 고개 숙여 감사 인사를 하니, 십팔공이 그를 만류하며 부축했어요. 고직공이 삼장법사를 일으켜 세우자, 능공자가 하하 웃으며 말했어요.

"불운의 말은 분명 빠진 부분이 있습니다. 성승께선 일어나십시오. 다 믿어서는 안 됩니다. 저희들이 이 달 밝은 밤에 모인 것은 원래 수행에 관해 강론하기 위해서가 아니라, 잠시 편안하게 시를 읊으며 마음껏 회포를 풀어보기 위해서입니다."

그러자 불운수가 미소를 띤 채 손가락으로 돌집을 가리키며 말했어요.

"시를 읊을 거면 잠시 암자로 들어가 차나 한잔 마시는 게 어떻습니까?"

삼장법사가 몸을 일으키고 돌집을 살펴보니, 문 위에 '목선암木仙菴'이라는 큰 글씨가 새겨져 있었어요. 그들은 함께 돌집으로 들어가 서열을 정해 앉았어요. 그때 시뻘건 몸의 귀신 하인이 복령고茯苓膏[11] 한 쟁반에 향기로운 국물 다섯 잔을 받쳐 들고 왔어요. 네 노인이 삼장법사에게 먼저 먹으라고 하자 삼장법사가 깜짝 놀라 머뭇거리며 감히 먹지 못했어요. 그러다가 네 노인이 일제히 먹기 시작하자 삼장법사도 그제야 두 덩이를 먹었어요. 그

---

10 '낙원'이라고 번역한 이 단어는 본문에서 '용화龍華', 즉 미륵불彌勒佛이 중생을 제도할 때 앉아 있었다는 나무 이름으로 표기되어 있다. 그러므로 원래 이 단어는 불교의 극락세계를 가리키는 말이지만, 여기서는 삼장법사에게 도교의 낙원을 설명하기 위해 사용된 것으로 보인다.

11 복령은 오래 묵은 소나무 뿌리에서 자라는 버섯이다.

들이 각기 향기로운 국을 마시자 귀신 하인이 잔을 거두어 갔어요.

삼장법사가 조심스럽게 방 안을 몰래 살펴보니, 그 안은 달빛 아래 있는 것처럼 영롱한 빛이 비추고 있었어요.

물은 돌가에서 흘러나오고
향기는 꽃 속에서 날려 오네.
자리 가득 맑고 고아한 정취 흐르니
속세의 먼지 한 점도 없구나.

水自石邊流出　香從花裡飄來
滿座清虛雅致　全無半點塵埃

삼장법사는 이 신선 세계를 보고 마음이 흡족하여 기분이 즐겁고 상쾌해졌어요. 결국 그는 참지 못하고 한 구절을 읊조렸어요.

참선하는 마음은 달빛처럼 먼지 한 점 없고

禪心似月迥無塵

그러자 경절 노인이 즉시 뒤를 이었어요.

시흥은 하늘처럼 푸르고 신선하구나.

詩興如天青更新

이번엔 고직공이 나섰어요.

멋진 구절 느긋하게 지어내니 비단 수를 놓은 듯하고

好句漫裁搏錦繡

또 능공자가 뒤를 이었어요.

멋진 글 꾸며내지 않아도 주옥같은 말 토하네.

佳文不點唾奇珍

마지막으로 불운수가 말했어요.

여섯 왕조가 한 번 씻겨 지나니 번성했던 영화도 모두 사라
지고
'사시'를 다시 간추려 '아'와 '송'을 나누네.[12]

六朝一洗繁華盡　四始重刪雅頌分

삼장법사가 말했어요.
"제가 잠시 실언하여 엉터리 같은 몇 글자를 내뱉었으니, 정말
'공자 앞에서 문자 쓰는(班門弄斧)'[13] 격이었습니다. 마침 여러 신
선님들의 말씀을 들으니 참신하고 빼어나군요. 정말 훌륭한 시인
들이십니다!"
경절 노인이 말했어요.

---

12 『사기』「공자세가孔子世家」에서는 『시경詩經』의 체례에 대해 이렇게 설명했다. "『관저關雎』의
첫 구절[亂]은 『국풍國風』의 시작이고, 『녹명鹿鳴』은 『소아小雅』의 시작이며, 『문왕文王』은 『대
아大雅』의 시작이며, 『청묘淸廟』는 『송頌』의 시작이다." 이것은 『시경』을 이루는 주요 부분을
시작하는 작품들의 제목을 나열한 것이다.
13 원래 의미는 "노반魯班의 집 앞에서 도끼 들고 춤춘다"는 뜻이다. 노반은 전국시대의 유명한
장인으로, 『회남자淮南子』「제속훈齊俗訓」에 따르면, 그는 나무로 솔개[鳶]를 만들어 그걸 타
고 하늘을 날았다고 한다.

"성승께서 쓸데없는 말씀을 하시는군요. 출가한 사람은 처음과 끝을 모두 온전히 해야 하는 법입니다. 첫 구절을 읊으셨는데 마지막 구절이 없어서야 되겠습니까? 마저 끝내주시지요."

"저는 재주가 미흡하니, 수고스럽자만 십팔공께서 훌륭한 작품으로 맺어주십시오."

"인심도 좋으십니다! 성승께서 시작한 시구인데 어째서 끝을 맺으려 하지 않습니까? 보석 같은 문장을 보여주시는 데에 너무 인색한 것도 도리가 아닙니다."

삼장법사는 할 수 없이 다음 구절을 이어 읊었어요.

솔바람 살짝 베고 누웠는데 차는 아직 끓지 않았고
감회를 읊으니 멋스럽고 봄기운 가득하네.

半枕松風茶未熟　吟懷瀟洒滿腔春

십팔공이 말했어요.

"뒷부분이 특히 훌륭합니다!"

고직공이 말했어요.

"이보게, 자네는 시의 맛을 잘 알아서 그저 감상만 하고 있는데, 자네도 한 편 더 읊어보는 게 어떤가?"

십팔공은 사양하지 않고 시원스럽게 말했어요.

"저는 정침법頂針法[14]을 써보겠습니다."

봄에도 화려한 꽃 피우지 않고 겨울에도 시들지 않으며
구름이 찾아오고 안개가 흘러가도 그저 없는 듯이 서 있네.

14　시는 짓는 방법 가운데 하나로서, 정진법頂眞法 또는 연주법聯珠法이라고 부른다. 이것은 앞 구절의 마지막 글자로 다음 구절의 첫 글자를 시작하는 방법이다.

春不榮華冬不枯　雲來霧往只如無

그러자 능공자가 말했어요.

"저도 정침법으로 두 구절을 이어보겠습니다."

사바세계의 그림자를 흔드는 바람은 없건만

나그네는 복과 장수 그림을 좋아하네.

　　　　　　　　無風搖拽婆娑影　有客忻憐福壽圖

불운수도 역시 같은 수법으로 뒤를 이었어요.

서산처럼 굳고 지조 있게 늙고 싶어서

남녘의 마음 비운 사내처럼 맑디맑다네.

　　　　　　　　圖似西山堅節老　清如南國沒心夫

마지막으로 고직공이 역시 정침법으로 뒤를 이었어요.

잎사귀 쳐내면 동량棟梁이라 불리고

누대에 가로로 걸쳐지면 어사대御史臺가 된다네.[15]

　　　　　　　　夫因側葉稱梁棟　臺爲橫柯作憲烏

삼장법사는 그 구절들을 듣고 찬탄해 마지않았어요.

"정말 '양춘백설陽春白雪'처럼 고상하고 우아하면서도 호방한

15　옛날에는 어사대御史臺를 '헌대憲臺' 또는 '오대烏臺'라고도 불렀다. 『한서』「주박전朱博傳」에
　　는, 어사대 안에 잣나무를 줄지어 심어두었는데 항상 밤이면 까마귀 수천 마리가 찾아왔다가
　　새벽이면 떠났기 때문에, 그 까마귀들을 '조석오朝夕烏'라고 불렀다는 기록이 있다. 바로 이
　　때문에 당시의 어사부御史府를 '오부烏府' 또는 '오대'라고 불렀다는 것이다.

기세가 하늘을 찌릅니다. 재주는 없지만 다시 두 구절을 읊어보 겠습니다."

그러자 고직공이 말했어요.

"성승께선 도를 갖춘 선비시며 수양의 경지가 높으신 분입니다. 이제 연구聯句를 제시할 필요 없이, 온전한 한 편을 들려주십시오. 저희들도 억지로나마 화답해보겠습니다."

삼장법사는 할 수 없이 미소를 머금고 율시律詩 한 편을 읊었어요.

석장 짚고 서쪽으로 와 부처님 참배하나니
오묘한 경전 구해 길이 전하길 바라나이다.
황금 영지의 세 번 피는 꽃은 시단을 상서롭게 하고
극락의 보수寶樹 온갖 꽃 피고 연꽃은 향기 풍기네.
백척간두에서 한 걸음 내딛어야만
온 세상에 부처의 법 세워 퍼뜨릴 수 있다네.[16]
옥을 다듬어 부처님의 장엄한 모습 만드나니
극락의 문 앞이 바로 이 도량일세.

杖錫西來拜法王　願求妙典遠傳揚

金芝三秀詩壇瑞　寶樹千花蓮蕊香

百尺竿頭須進步　十方世界立行藏

修成玉像莊嚴體　極樂門前是道場

네 노인이 그걸 듣고 모두 칭찬했어요. 그러자 십팔공이 말했어요.

---

16 『경덕전등록景德傳燈錄』에 나오는 "백척간두에서 한 걸음 내딛어야 온 세상을 온전하게 할 수 있으리라(百尺竿頭須進步 十方世界是全身)"라는 구절을 변형한 것이다.

"제가 재주는 없는데, 외람되나마 억지로 한 수를 화창和唱해보겠습니다."

경절이 고고하게 나무 왕을 비웃나니
신령한 참죽나무도 나만큼 이름 높지 않지.[17]
백 길 벼랑에 용인 듯 뱀인 듯 구불구불 걸린 채
가는 샘물 천 년을 흘려 향기로운 호박을 만들어내지.[18]
천지와 어울려 기개를 낳았는데
기쁘게도 비바람 덕분에 도를 갈무리하게 되었네.
시들어가는 몸 신선의 자질 없어 부끄럽지만
복령고 덕분에 장수 누리며 지내게 되었네.

勁節孤高笑木王　靈椿不似我名揚
山空百丈龍蛇影　泉泌千年琥珀香
解與乾坤生氣槪　喜因風雨化行藏
衰殘自愧無仙骨　惟有茯膏結壽場

고직공이 말했어요.
"이 시는 첫 구절이 호방하고 구절을 잇는 것도 힘차지만, 마지막 구절은 너무 겸손한 표현을 썼구려. 훌륭합니다, 멋져요! 이 늙은이도 한 수 화창해보겠습니다."

서리 맞은 듯 하얀 자태로 항상 날짐승 쉬어 감을 기뻐하며

---

17 『장자』「소요유逍遙遊」에는 아주 먼 옛날에 8천 년을 봄으로 삼고 8천 년을 가을로 삼는 커다란 참죽나무가 있었다고 했다. 여기서 참죽나무는 장수를 누리는 신령한 나무를 대표하는데, 그것이 정절을 자랑하는 자기, 즉 소나무보다는 못하다는 뜻이다.

18 옛날 중국에서는 호박이란 송진이 땅으로 들어가서 만들어진 것이라고 생각하여, 그 안에 소나무의 정기가 절로 빛난다고 여겼다.

사절당[19] 앞에서 큰 그릇 뽐내었네.

구슬 끼운 갓끈처럼 이슬 맞은 채 푸른 덮개 덮고

돌밭에 산들바람 불 때 싸늘한 향기 부서져 흩어지네.

고요한 밤 긴 복도 옆에서 나지막하게 읊조리고

소슬한 가을 낡은 건물가에서 옅은 그림자 숨겼네.

원소절元宵節 봄맞이할 때 장수를 빌어주었고[20]

늙어서는 산속 도량에서 의젓하게 살고 있네.

霜姿常喜宿禽王　四絶堂前大器揚

露重珠纓蒙翠蓋　風輕石齒碎寒香

長廊夜靜吟聲細　古殿秋陰淡影藏

元日迎春曾獻壽　老來寄傲在山場

능공자가 웃으며 말했어요.

"멋진 시로군요! 훌륭합니다! 정말 하늘 가운데를 지나는 달과 같습니다. 이 늙은이야 어찌 화창할 수 있겠습니까? 하지만 그냥 지나기 뭐하니까 별것 아닌 구절이나마 억지로 지어보겠습니다."

동량으로 쓸 재목은 제왕 가까이 있는 법이라

태청궁 밖에서 명성을 드날렸네.[21]

환한 집 안에 은은하게 푸른 기운 풍기고

어두운 벽에도 언제나 비췻빛 향기 풍겨 보내지.

---

19 당나라 건부乾符 연간(874~879)에 장사長沙 악록산岳麓山 도림사道林寺에 세운 건물 이름이다. 건물 안에 심전사沈傳師와 구양순歐陽詢의 글씨가 있어서 두보杜甫와 송지문宋之問의 시에 소재가 됨으로써 유명해졌다.

20 『본초강목本草綱目』에 따르면, 잣나무는 추운 겨울을 이겨내는 단단한 재질로 장수하는 나무이기 때문에, 원소절에 그 열매로 술을 담가 사악한 것을 물리친다고 했다.

21 도교의 유명한 도량 근처에 노송나무[檜]가 많았다고 하는데, 특히 박주亳州의 태청궁에 있는 여덟 그루의 노송나무는 노자가 직접 심은 것이라고 전해진다.

굳센 절개 늠름하게 천고에 빼어나고

깊은 뿌리 얽어 황천까지 뻗었네.

구름을 찌르고 세상을 뒤덮은 채 무성한 그림자 드리우며

온갖 꽃들 자태와 향기 뿜내는 곳에는 함께 있지 않는다네.

梁棟之材近帝王　太淸宮外有聲揚
晴軒恍若來靑氣　暗壁尋常度翠香
壯節凜然千古秀　深根結矣九泉藏
凌雲世蓋婆娑影　不在群芳艶麗場

불운수가 말했어요.

"세 분의 시는 맑고 고상하여 마치 고운 비단 주머니를 열어놓
은 듯합니다. 저는 힘도 없고 재주도 없는데, 세 분의 가르침을 받
고 막혔던 가슴이 갑자기 열렸습니다. 어쩔 수 없이 저도 몇 구절
지어볼 테니 비웃지나 마십시오."

기수淇水 물가의 정원에서 성왕을 즐겁게 했고[22]

위천의 너른 대밭은 신분을 뽐낼 만하지.[23]

푸른 껍질엔 상아의 눈물 얼룩지지 않았고[24]

---

22 「기오淇澳」는 『시경』 「위풍衛風」에 들어 있는 노래 제목이다. 기수는 하남성河南省에 있는 강
물이다. '오澳'는 강가의 굽은 만灣를 가리키는 '오隩'와 통한다. 기수 강변에는 대나무가 많기
로 유명하기 때문에, 대나무의 정령이 이 강을 언급한 것이다.

23 『사기』 「화식열전貨殖列傳」에 따르면, 위천 땅에 있는 천 묘畝의 대밭은 천 호千戶를 거느린 제
후의 재산과 맞먹는다고 했다.

24 『박물지博物志』에 따르면, 순舜임금의 둘째 부인을 상부인湘夫人이라 하는데, 순임금이 죽자
그녀가 눈물을 대나무에 닦으니, 대나무가 온통 얼룩이 졌다고 한다. 이렇게 눈물 자국이 얼룩
진 대나무를 반죽班竹이라고 한다. 상부안은 나중에 강물에 뛰어들어 자살했다가, 강을 지키
는 신이 되어 '상아' 또는 '상비湘妃'로 불리게 된다.

얼룩무늬 대껍질은 한나라 역사의 향기 전할 만하지.[25]

잎사귀에 서리 내려도 안색이 바뀌지 않나니

안개 덮인 가지는 이제 어떻게 색을 숨길까?

왕휘지王徽之[26]가 죽은 후로는 알아주는 사람 드물지만

예부터 글 쓰는 사람들 사이에서 명성이 높았다네.

淇澳圍中樂聖王　渭川千畝任分揚

翠筠不染湘娥淚　班籜堪傳漢史香

霜葉自來顏不改　煙梢從此色何藏

子猷去世知音少　亘古留名翰墨場

삼장법사가 말했어요.

"여러 신선님들의 시는 정말 아름답고 완벽하여 공자의 제자인 자유子游나 자하子夏라 하더라도 한 글자도 덧붙이지 못할 지경입니다. 많은 사랑을 베풀어주셔서 너무나 감사합니다! 하지만 밤이 이미 깊었으니, 세 제자들이 어디서 저를 기다리고 있을지 모릅니다. 아무래도 저는 오래 머물러 있을 수 없을 것 같사오니, 이쯤에서 작별을 고하게 해주시면 더욱 한없는 사랑을 베풀어주시는 일이겠습니다. 부디 제게 돌아가는 길을 좀 가르쳐주십시오."

네 노인들이 웃으며 말했어요.

"성승께선 걱정하지 마십시오. 저희들에게도 이번 만남은 천년에 한 번이나 있을 법한 특별한 것이었습니다. 하물며 하늘빛도 맑고 상쾌하여, 비록 밤이 깊긴 했지만 달빛이 대낮처럼 밝지

25　'대껍질[籜]'은 옛날에 종이가 없을 때 사용하던 죽간竹簡을 가리킨다. 앞 구절에서 이 대나무 정령은 자신이 얼룩무늬 대나무가 아니라고 했는데, 여기서 '얼룩[班]'이라는 표현을 쓴 것은 『한서』를 쓴 반고班固를 연상시키기 위한 장치인 듯하다.

26　진晉나라 때의 인물로, 대나무를 무척 좋아한 것으로 유명하다.

않습니까? 조금 더 편히 앉아 계십시오. 날이 밝으면 고개를 지나실 때까지 전송해드리겠습니다. 제자분들도 반드시 만나시게 될 것입니다."

이렇게 말하고 있던 차에 돌집 밖에서 두 명의 어린 계집종들이 붉은 비단으로 감싼 등불을 켜 든 채, 선녀 한 명을 인도하며 찾아왔어요. 그 선녀는 살구꽃 가지 하나를 손에 든 채 안으로 들어와 인사를 했어요. 그녀가 어떻게 생겼는지 볼까요?

푸른 자태는 비취로 장식한 듯
발그레한 얼굴은 연지 같구나.
별 같은 눈동자 아름답게 반짝이고
가늘고 둥근 눈썹 곱고 가지런하네.
아래에는 오색 어우러진 분홍치마를 입었고
위에는 연분홍 주름진 홑옷을 입었네.
활처럼 굽은 신은 봉황새 부리처럼 코가 뾰족하고
능라 비단 버선에 수놓은 비단 끈 동여맸네.
천대산 선녀[27]처럼 아름답고 요염하구나,
한창 때의 달기[28]라도 이보다 못하리.

青姿粧翡翠　丹臉賽胭脂

星眼光還彩　娥眉秀又齊

下覷一條五色梅淺紅裙子　上穿一件煙裡火比甲輕衣

弓鞋彎鳳嘴　綾襪錦拖泥

---

27 『유명록幽明錄』에 따르면, 동한 때 유신劉晨과 완조阮肇가 약초를 캐러 천태산에 들어갔다가 길을 잃었는데, 그곳에서 두 명의 선녀를 만났다. 그녀들의 집으로 가서 반년 동안 지내다가 집으로 돌아와보니, 이미 세월이 많이 흘러 자신들의 칠 대 후손들이 살고 있었다고 한다.

28 상나라 마지막 왕인 주紂가 정치를 내팽개치고 빠져들어 총애하던 여인이다. 상나라가 망한 후에 피살되었다.

　네 노인이 몸을 일으키고 허리를 굽혀 인사하며 물었어요.

　"살구 선녀[杏仙]께서 어떻게 오셨습니까?"

　그 여인은 모두를 향해 인사하고 이렇게 말했어요.

　"훌륭한 손님이 서로 시를 주고받는 모임인 '갱수賡酬'에 오셨다는 것을 알고, 한번 뵙고자 찾아왔어요."

　그러자 십팔공 삼장법사를 가리키며 말했어요.

　"훌륭한 손님은 여기 계신데, 만나뵈려고 수고까지 하실 필요 있겠소?"

　삼장법사는 허리를 굽혀 절할 뿐, 아무 말도 못 했어요. 그러자 그 여인이 하녀에게 말했어요.

　"얼른 차를 올려라."

　그러자 노란 옷을 입은 두 하녀가 붉은 옻칠을 한 쟁반을 받쳐들고 들어왔는데, 그 위에는 여섯 개의 작은 찻잔과 사발 하나가 놓여 있었어요. 접시 안에는 몇 가지 진귀한 과일들이 담겨 있었고, 숟가락이 가로로 걸쳐져 있었어요. 그들은 또 무쇠에 황동을 상감한 찻주전자를 들고 있었는데, 안에 담긴 차의 향긋한 냄새가 코를 찔렀어요. 그 여자는 차를 따라 봄날 파뿌리 같은 하얀 손가락을 살짝 드러내어 차 접시를 받쳐 들더니 먼저 삼장법사에게 올리고, 다음으로 네 노인에게 올렸어요. 그리고 자기도 한 잔을 들고 같이 마셨어요. 능공자가 말했어요.

　"살구 선녀께서도 앉으시지요?"

　그제야 여자도 자리에 앉았어요. 차를 다 마시자, 그녀는 허리를 숙여 경의를 나타내며 말했어요.

　"신선들께서 오늘 밤 즐거운 모임을 가지셨는데, 멋진 구절을 한두 개 가르쳐주시지요."

불운수가 대답했어요.

"저희들이야 모두 천박한 말들만 했을 뿐이고, 다만 성승께서는 정말 성당盛唐의 작품에 버금가는 훌륭한 작품을 지으셨습니다."

그러자 그 여인이 말했어요.

"괜찮으시다면 제게도 좀 보여주세요."

네 노인이 곧 삼장법사가 쓴 두 편의 시와 선법에 관한 강론을 죽 들려주자, 여인은 얼굴 가득 환한 웃음을 지으며 모두에게 말했어요.

"제가 재주가 없어서 못난 시를 바치기 뭐하지만, 이렇게 멋진 시를 들으니 그냥 넘어갈 수 없을 것 같군요. 억지로나마 성승의 두 번째 시에 대해 율시 한 편으로 화답할까 하는데, 괜찮을까요?"

그러고는 낭랑한 목소리로 이렇게 읊었어요.

위로는 한 무제 때부터 이름을 남겼고[29]
주나라 때에는 공자께서도 강단 옆에 심으셨네.[30]
동신선은 나를 사랑하여 숲을 이루게 하셨고[31]

---

29 송나라 때 정초鄭樵의 『통지通志』에 따르면, 한 무제가 봉래산과 영주산을 방문했을 때 누군가 살구를 바쳐서 무제가 칭찬해주었는데, 이 때문에 그 지역 사람들이 살구를 '한제행漢帝杏' 또는 '금행金杏'이라고 불렀다 한다.

30 산동山東 곡부曲阜의 공자 사당 앞에 '행단杏壇' 유적이 있는데, 전설에 따르면 공자가 직접 제자들을 가르치던 강단이라고 한다.

31 삼국시대 오吳나라의 동봉董奉은 여산廬山에 은거하면서 병자들을 무료로 치료해주었는데, 다만 병이 중한 사람에게는 살구나무 다섯 그루를, 가벼운 사람에게는 한 그루를 심어달라고 했다. 이렇게 몇 년이 지나자 그 일대는 십여만 그루의 살구나무가 울창한 숲을 이루었다. 나중에 그는 이곳에서 수련하여 신선이 되었다고 하는데, 이 때문에 이 숲을 '동신선의 살구나무 숲[董仙杏林]'이라고 부른다.(『태평광기』 21권 「신선」)

손초는 일찍이 한식날 제사에 쓰기도 했다네.[32]

비에 젖어 윤기 나는 붉은 열매의 자태 아름답구나.

푸른 잎에 안개 피어나면 축축하게 열매 숨기네.

지나치게 익으면 조금 시긴 하지만

해마다 떨어진 곳은 보리밭 옆이라네.

上蓋留名漢武王　周時孔子立壇場

董仙愛我成林積　孫楚曾憐寒食香

雨潤紅姿嬌且嫩　烟蒸翠色濕還藏

自知過熟微酸意　落處年年伴麥場

네 노인들은 그 시를 듣고 모두들 칭찬했어요.

"세속의 먼지가 없이 맑고 고상하며, 구절 속에 봄의 의미가 담겨 있구려. '비에 젖어 윤기 나는'으로 시작되는 두 구절은 정말 멋지오!"

여인은 웃으며 조용히 대답했어요.

"황공하기 그지없네요! 마침 성승의 시를 들으니 정말 구상이며 표현들이 수놓은 비단처럼 아름다웠어요. 괜찮으시다면 한 수 들려주셔서 가르침을 주시겠어요?"

삼장법사가 대답하지 못하자, 여인은 점점 끌리는 마음을 드러내며 슬금슬금 엉덩이를 밀어 점점 가까이 다가앉으면서, 나지막하게 속삭였어요.

"가지 마세요. 이 좋은 밤에 놀지 않으면 뭐 하겠어요? 인생은 빛살 같으니, 몇 년이나 오래 살겠어요?"

32 서진西晉 때의 손초(?~293)는 글재주가 뛰어나서 혜제惠帝 때에 풍익馮翊 땅의 태수를 지내기도 했다. 그는 살구로 담근 술[杏仁酪]과 보리로 쑨 죽으로 춘추시대 진晉나라 사람이었던 개자추介子推를 위해 제사를 지낸 적이 있다고 한다.(종름宗懍, 『형초세시기荊楚歲時記』)

십팔공이 말했어요.

"살구 선녀께서 그토록 우러러보는 마음이 있는데 성승께서 어찌 보살펴주시지 않겠습니까? 어여삐 여겨주시지 않는다면 흥취를 모르시는 것이지요."

고직공이 말했어요.

"성승께선 도를 갖추고 명성도 높은 분이시니 절대 구차하게 일을 벌이지 않으실 겁니다. 이런 식으로 일이 이루어지면 우리가 죄를 짓는 겁니다. 명예를 더럽히고 덕을 손상시켜서는 길이 이름을 남길 수 없습니다. 살구 선녀께서 마음이 있으시면 불운수와 십팔공에게 중매를 서라고 하십시오. 저와 능공자가 신랑 쪽에서 중매하여 혼인을 성사시키면, 좋은 일이 아니겠습니까!"

삼장법사가 그 말을 듣고 안색이 변하여 자리에서 벌떡 일어서며 소리쳤어요.

"너희들은 모두 한통속인 요괴들이로구나! 이렇게 나를 유혹하다니! 아까는 서로 권면하면서 현묘한 도리에 대해 논했으니 괜찮았지만, 지금은 어째서 미인계로 나를 속이고 해치려는 것이냐? 이게 무슨 도리란 말이냐!"

네 노인들은 삼장법사가 화내는 모습을 보자 모두들 놀라 손가락을 깨물고 어쩔 줄 몰라 하며 감히 입을 열지 못했어요. 그러자 시뻘건 몸의 귀신 하인이 우레처럼 사납게 소리쳤어요.

"이놈의 중이 보살펴준 은혜를 모르는구나! 우리 아기씨가 어디가 모자라단 말이냐? 재능도 빼어나고 몸매도 아름다운데다, 바느질은 말할 것도 없고 시 짓는 재능도 당신에게 어울리고도 남는데, 왜 이렇게 거절하는 것이냐? 실수하는 거야! 고직공께서 아주 타당한 말씀을 하셨으니, 합당한 절차 없이 결합할 수 없다면 내가 다시 당신의 혼례를 주관해드리지."

삼장법사는 깜짝 놀라 안색이 창백해진 채, 그들이 뭐라고 말도 안 되는 소리를 지껄여도 따르지 않았어요. 그러자 귀신 하인이 다시 말했어요.

"이놈의 중이 좋은 말로 하니까 듣지 않는구나. 우리가 촌놈의 거친 성격을 발휘하면, 너를 납치해버릴 것이야! 중노릇도 못 하게 만들고 장가도 못 가게 만들면 인생 망치는 거 아니겠어?"

하지만 삼장법사는 무쇠처럼, 돌처럼 단단한 마음으로 따르지 않았어요. 그리고 속으로 생각했지요.

'제자들은 어디서 나를 찾고 있단 말이냐!'

그러면서 그는 흐르는 눈물을 참지 못했어요. 그 여자는 미소를 지으며 가까이 다가와, 푸른 소매 속에서 연노랑 능라 비단으로 만든 긴 수건을 꺼내 그의 눈물을 닦아주며 말했어요.

"걱정하지 마세요. 당신이랑 저랑 사랑스럽게 어울려서 놀다가요."

삼장법사는 버럭 고함을 지르고 벌떡 일어나 도망쳤으나, 그들이 붙들어 끌고 가는 바람에 날이 밝을 때까지 고함치며 싸웠어요.

그런데 문득 어디선가 "사부님! 사부님! 어디서 말씀하고 계시는 겁니까?" 하는 소리가 들렸어요. 알고 보니 제천대성과 저팔계, 사오정은 백마를 끌고 봇짐을 진 채, 밤새 쉬지도 못한 채 삼장법사를 찾아다녔던 것이지요. 그들은 가시덤불을 헤치며 이리저리 찾아다니면서 구름과 안개를 뚫고 팔백 리 형극령을 지나 서쪽으로 내려왔다가, 삼장법사의 고함을 듣고 소리쳐 불렀던 것이지요. 삼장법사는 문밖으로 뛰쳐나가 소리쳤어요.

"오공아, 나 여기 있다. 빨리 와서 구해다오! 빨리!"

네 노인들과 귀신 하인, 그리고 그 여자와 하녀들은 몸을 한 번 흔드는가 싶더니 모두 사라져버렸어요. 잠시 후에 저팔계와 사오정이 모두 삼장법사 앞으로 와서 물었어요.

"사부님, 어떻게 여기까지 오시게 된 겁니까?"

그러자 삼장법사는 손오공을 붙들고 말했어요.

"애들아, 정말 고생 많았다. 어제 저녁 무렵에 보았던 그 늙은이가 자기는 공양을 바치러 온 토지신이라고 했는데, 네가 호통치며 때리려 하자 나를 떠메고 이곳으로 왔다. 그가 내 손을 잡고 저 문안으로 들어가니 세 노인이 나를 만나러 왔다며 거기 있었는데, 모두들 날더러 '성승'이라 부르더구나. 그들 모두 말하는 것이 맑고 고상한데다, 시도 아주 잘 읊더구나. 그래서 그 사람들과 시를 주고받았다. 또 한밤중에 예쁜 여자 하나가 등불을 들고 여기로 와 나를 만나더니, 시를 한 수 읊으며 날더러 '훌륭한 손님'이라 부르더구나. 그런데 내 모습을 보더니 결혼을 하고 싶다는 거지 뭐냐? 그제가 내가 사태를 깨닫고 거절했다. 또 그자들이 이쪽저쪽으로 중매를 선다느니, 혼례를 주관하겠다느니 하며 나섰지만 난 절대로 그럴 수 없다고 버텼다. 마침 그들을 뿌리치고 도망치려던 참인데, 뜻밖에 너희들이 찾아왔지. 날도 밝고, 너를 무서워해서 그랬겠지만, 그자들은 조금 전까지 나를 잡아끌더니 갑자기 사라져버렸구나."

손오공이 말했어요.

"그자들과 이야기하고 시를 논하면서 이름을 물어보신 적은 없나요?"

"물어봤지. 그 늙은이는 십팔공이라는데 호가 경절이라 했고, 둘째는 고직공, 셋째는 능공자, 넷째는 불운수라 했다. 그 여자한테는 살구 선녀라고 부르더구나."

저팔계가 말했어요.

"이것들은 어디 있어요? 좀 전에 어디로 가던가요?"

"어느 쪽으로 갔는지는 모르겠다만, 시를 논한 곳은 여기서 멀지 않다."

그들 셋이 삼장법사와 함께 가 보니, 그곳에는 '목선암'이라는 글자가 새겨진 돌벼랑이 있었어요. 삼장법사가 말했어요.

"여기가 바로 그곳이다."

손오공이 자세히 살펴보니, 그곳에는 원래 한 그루 큰 노송나무와 오래된 잣나무와 소나무, 대나무가 있고, 대나무 뒤쪽에는 단풍나무가 한 그루 있었어요. 다시 벼랑 쪽을 보니, 거기에는 오래된 살구나무 한 그루와 두 그루 납매화臘梅花 나무 및 두 그루 단계목丹桂木이 서 있었어요. 손오공이 웃으며 말했어요.

"너희들 요괴 본 적 있어?"

저팔계가 말했어요.

"아뇨."

"너도 모르는 모양인데, 이 나무들이 여기에서 정령이 된 거야."

"형님, 그 정령들이 이 나무들이란 걸 어떻게 아오?"

"십팔공이란 바로 소나무이고,[33] 고직공은 잣나무, 능공자는 노송나무, 불운자는 대나무, 시뻘건 몸의 귀신 하인은 단풍나무, 살구 선녀는 살구나무, 하녀들은 단계목과 납매화 나무야."

저팔계가 그 말을 듣고 다짜고짜 쇠스랑으로 열댓 번 내리찍어 단계목과 살구나무, 단풍나무들을 쓰러뜨려버리니, 과연 그 뿌리 밑에서 모두 붉은 피가 철철 흘렀어요. 그러자 삼장법사가 다가와 붙들며 말했어요.

"애야, 해치지 마라. 그것들이 정령이 되긴 했지만 나를 해치진 않았다. 길이나 찾아가자꾸나."

---

33 '송松' 자를 쪼개면 '십팔공十八公'이 된다.

그러자 손오공이 말했어요.

"사부님, 그것들을 애석하게 여기실 필요 없어요. 나중에 큰 요괴가 되면 사람들을 많이 해칠 테니까요."

그 멍텅구리는 마음껏 쇠스랑을 휘둘러 소나무며 잣나무, 노송나무, 대나무를 모조리 쓰러뜨려버렸어요. 그러고 나서야 삼장법사를 말에 태우고, 큰길을 따라 일제히 서쪽으로 떠났지요.

결국 앞으로 가는 길이 어떻게 될지는 알 수 없으니, 이에 대해서는 다음 회를 들어보시라.

제65회

황미대왕, 가짜 소뇌음사를 세워
함정을 파다

이번 회의 인과는
사람들에게 선을 권면하여
절대 악한 짓을 저지르지 않게 하는 것.
하나의 마음이 생겨나면
밝은 정신으로 환히 살피게 되니
그에 따라 행동하게 되지.
우둔하거나 약삭빠르면 그대 어찌 도를 배울 것인가?
그 두 가지에는 마음의 약이 없다네.
살아서 길이 있을 때 수련해야지
떠돌며 방황하지 말지라.
근원을 파악하고
본래의 껍질을 벗고
불로장생의 비방을 찾아
그것을 굳게 움켜쥐어야 하리라.
수시로 마음을 밝히고 본성을 깨달아

올바른 법[1]을 헤아려야 하리라.
숱한 난관을 뚫고 어두운 바다를 메우면
틀림없이 선한 이가 난새와 학을 타게 될지니,
그 사이에 죽은 자를 애도하고 또 자비를 베풀면
극락으로 올라가게 되리라.

這回因果　勸人爲善　切休作惡
一念生　神明照鑒　任他爲作
拙蠢乖能君怎學　兩般還是無心藥
赴生前有道正該修　莫浪泊
認根源　脫本骸
訪長生　須把捉
要時時明見　醍醐斟酌
貫徹三關塡黑海　管敎善者乘鸞鶴
那其間愍故更慈悲　登極樂

　　그러니까 삼장법사는 오롯이 경건하고 정성스러운 마음을 갖
고 있었고 또 하늘신들이 그를 지켜주었기에, 이런 초목의 정령
들까지 그를 인도하고 배웅하며 하룻밤의 고상한 모임을 갖게
해준 후, 날카로운 가시밭에서 벗어나 다시는 넝쿨들에 얽매이지
않게 해주었어요. 일행 넷이 서쪽으로 한참을 가노라니 또 겨울
이 저물고, 바로 이렇게 봄이 한창인 때가 되었어요.

1　본문의 '제호醍醐'는 원래 우유를 발효하여 만든 것 가운데 최상의 것을 가리킨다. 불교에서는
　　종종 '올바른 법[正法]' 또는 지혜를 비유하는 말로 사용된다.

만물의 정화 피어날 때가 되고[2]

북두칠성의 손잡이가 동쪽 정월의 자리로 돌아왔네.[3]

땅에는 온통 새싹들이 푸르고

제방엔 눈 뜨는 버들 싹들이 파릇파릇.

고개에는 온통 복사꽃 피어 붉은 비단처럼 넘실거리고

계곡에는 안개 긴 물줄기 푸른 비단처럼 맑구나.

얼마나 많은 비바람 겪었던가?

그 심정 한이 없네.

햇빛 반짝이는 꽃술 아름답고

제비 물고 다니는 이끼와 꽃술 가볍구나.

산 풍경은 왕유가 기교를 다해 그린 그림 같고

새소리는 소진蘇秦[4]의 혀 놀림처럼 듣기 좋구나.

향긋한 풀들 수놓은 듯 펼쳐져 있지만 감상하는 이 없는데

나비의 춤과 벌의 노래에 그래도 정이 담겨 있구나.

物華交泰　斗柄回寅

草芽徧地綠　柳眼滿堤青

一嶺桃花紅錦浣　半溪煙水碧羅明

幾多風雨　無限心情

日曬花心艷　燕啣苔蕊輕

山色王維盡濃淡　鳥聲季子舌縱橫

2　본문의 '교태交泰'라는 말은 『주역周易』「태괘泰卦」의 '천지교태天地交泰'라는 말에서 나왔다. 당唐나라 공영달孔穎達의 『주역정의周易正義』에 보면 "하늘과 땅의 기운이 뒤섞여 만물을 자라게 하여 만물이 대통함을 얻게 되었기 때문에 태泰라고 한 것이다"라는 말이 있다.

3　본문의 '두병斗柄'은 북두칠성의 자루에 위치하고 있는 다섯 번째, 여섯 번째, 일곱 번째 별을 가리킨다. 하나라 달력은 십이간지를 열두 달로 삼았다. 인寅은 정월인데 그때 북두칠성의 자루별은 동쪽을 가리킨다. 그러므로 "두병회인斗柄回寅", 즉 "북두칠성 자루별이 인의 자리로 돌아왔다"는 것은 봄이 돌아오고 정월이 시작된 것을 말한다.

4　전국시대의 종횡가縱橫家 소진은 자가 계자季子인데, 뛰어난 말솜씨로 남북의 여섯 나라가 합종合縱의 맹약을 맺어 강한 진秦나라에 대항해야 한다고 유세했다.

삼장법사와 제자들도 꽃구경하며 즐기느라 걸음을 늦췄어요. 그렇게 가고 있던 차에 문득 하늘에 닿을 듯 높은 산 하나가 멀리 보였어요. 삼장법사가 채찍을 들어 가리키며 말했어요.

"오공아, 저 산은 또 얼마나 높은지 모르겠구나! 그대로 푸른 하늘에 닿아 은하수까지 꿰뚫어버릴 것 같구나."

"옛날 시에, '오직 하늘만이 위에 있을 뿐, 그와 나란한 산은 결코 없다(只有天在上 更無山與齊)'고 하지 않았습니까? 그냥 저 산이 아주 높아서 거기에 견줄 만한 다른 산이 없다고 하실 일이지, 어떻게 산이 하늘에 닿을 수 있겠어요?"

저팔계가 말했어요.

"하늘에 닿는 산이 없다면 어째서 곤륜산崑崙山을 하늘의 기둥[天柱]이라고 하는 거요?"

"네가 알 턱이 있냐? 옛날부터 '하늘의 서북쪽은 채워지지 않았다(天不滿西北)'라는 말이 있다. 곤륜산은 서북 방향인 건궁乾宮 위치에 있지. 그래서 하늘을 머리에 이고 허공을 막는다는 뜻으로 천주산이라고 부르는 것이다."

사오정이 웃으며 말했어요.

"큰형님, 그런 좋은 얘기는 둘째 형님께 해주지 마시오. 둘째 형님은 그런 얘기를 들으면 다른 사람한테 가서 아는 척한다고요. 일단 올라가 보면 높이를 알 수 있겠지요."

그 멍텅구리는 사오정을 쫓아가며 티격태격 다투었고, 삼장법사는 말을 나는 듯이 빨리 몰았어요. 잠시 후에 그 산언덕 근처에 도착했어요. 한 걸음 한 걸음 산을 올라가며 보니 그 산은 이런 모습이었지요.

숲속에서는 바람이 쏴쏴 불고

계곡에서는 물이 졸졸 흐르네.

까막까치도 이 산을 넘기 어렵고

신선도 지나가기 어렵겠구나.

수많은 벼랑과 골짜기

굽이굽이 끝이 없네.

먼지 휘몰아쳐 지나는 이 없고

기암괴석 가득하니 아무리 봐도 물리지 않네.

곳곳에 구름은 물처럼 일렁이고

곳곳에 선 나무에서는 새소리 시끄럽네.

사슴은 영지 물고 가고

원숭이는 복숭아 따서 돌아오네.

여우와 담비 왔다 갔다 벼랑 위를 뛰어다니고

사슴과 노루 들락날락 고개 위에서 장난치네.

갑자기 호랑이 울음소리 간담을 서늘케 하고

얼룩 표범, 푸른 이리 길을 가로막네.

林中風颯颯　澗底水潺潺

鴉雀飛不過　神仙也道難

千崖萬壑　億曲百灣

塵埃滾滾無人到　怪石森森不厭看

有處有雲如水滉　是方是樹鳥聲繁

鹿啣芝去　猿摘桃還

狐貉往來崖上跳　麋獐出入嶺頭頑

忽聞虎嘯驚人膽　斑豹蒼狼把路攔

삼장법사는 이런 짐승들을 보자 매우 놀랐어요. 하지만 신통력이 대단한 손오공이 여의봉을 휘두르며 소리를 한 번 지르자 이리, 파충류, 호랑이, 표범 등이 놀라 달아났어요. 손오공은 그렇게 길을 열어 삼장법사를 인도해 높은 산을 올라갔어요. 산봉우리를 넘어 서쪽 평지로 내려가는데 문득 상서로운 빛이 가득하고 오색 안개가 피어오르는 모습이 보였어요. 거기에는 누대와 전각이 있었는데 종소리와 경쇠 소리가 은은하게 들려왔어요. 삼장법사가 제자들에게 물었어요.

"얘들아, 어떤 곳인 것 같으냐?"

손오공이 고개를 들고 손차양을 만들어 자세히 살펴보니, 그곳은 정말 멋진 곳이었지요.

진귀한 누각에 보배로운 불좌

훌륭한 사찰 있는 멋진 땅이로구나.

텅 빈 골짜기엔 자연의 소리로 가득하고

적막한 곳에 자연의 향기 물씬 풍기네.

빗물 머금은 푸른 소나무 높은 누각을 가리고

구름 머무는 푸른 대나무 강당을 둘러싸고 있네.

희미한 노을빛 속에 용궁 같은 모습 드러내고

아련한 오색 기운 속에 부처님 계신 곳이 멋지구나.

붉은 난간과 옥문

아름다운 용마루와 조각한 들보.

불경 강론하는 자리에는 향기가 가득하고,

불경 이야기하는 곳에는 달빛이 창에 걸렸네.

붉은 꽃 핀 나무에서 새 울고

돌 샘물가에서 학이 물을 마시네.

사방에 꽃이 피어 기원琪園*은 아름답고

삼면의 문이 열리니 사위성舍衛城*이 빛나네.

누대가 우뚝 솟아 있어 문은 가파른 산을 마주하고 있고

종과 경쇠 소리 은은하게 울리니 메아리가 길게 들리네.

창문 여니 미풍이 불어오고

주렴 걷으니 안개가 자욱하네.

한가롭고 맑은 스님의 마음은 있어도

영달 쫓는 속된 생각은 없도다.

속세의 먼지 진정한 선경에 이르지 않으니

정토에 훌륭한 도량을 만들어내었구나.

珍樓寶座　上刹名方

谷虛繁地籟　境寂散天香

青松帶雨遮高閣　翠竹留雲護講堂

霞光縹緲龍宮顯　彩色飄搖沙界長

朱欄玉戶　畫棟雕梁

談經香滿座　語鑾月當牕

鳥啼丹樹内　鶴飮石泉旁

四圍花發琪園秀　三面門開舍衛光

樓臺突兀門迎嶂　鐘磬虛徐聲韻長

牕開風細　簾捲烟茫

有僧情散淡　無俗意和昌

紅塵不到眞仙境　靜土招提好道場

손오공은 그 모습을 보고 대답했어요.

"사부님, 저곳이 사원이기는 합니다만, 상서로운 빛과 구름 가운데 사악한 기운이 뒤섞여 있으니 무슨 까닭인지 모르겠습니다. 겉모습으로 봐선 뇌음사인데 그 절이 여기에 있을 리가 없습니

다. 저곳에 도착하면 절대 함부로 안으로 들어가서는 안 될 듯합니다. 지독한 술수에 걸려들지도 모르니까요."

"저 절이 뇌음사 모습과 같다면 이 산이 영취산이라는 게 아니냐? 너는 내 정성된 마음과 이곳에 온 뜻을 그르치게 하지 마라."

"아닙니다. 아니에요. 영취산은 저도 몇 번 가본 적이 있는데, 절대 이 길이 아닙니다."

그러자 저팔계가 끼어들었어요.

"뇌음사가 아니라 해도 분명 좋은 사람이 살고 있을 겁니다."

사오정도 말했어요.

"그렇게 의심할 필요 없어요. 이 길을 가다 보면 저 사원의 문 앞을 지나치지 않을 수 없으니, 뇌음사인지 아닌지는 가서 척 보면 알 게 아니에요?"

손오공이 말했어요.

"사오정 말이 일리가 있구나."

삼장법사는 말을 채찍질하여 절 문 앞에 이르러 '뇌음사'라는 세 글자를 발견하자 황급히 말에서 구르듯 내려와 땅바닥에 엎드렸어요. 그는 손오공을 욕했어요.

"못된 원숭이놈, 나를 골탕 먹이려 하다니! 뇌음사가 빤히 여기 있는데도 나를 속이려 하느냐?"

손오공이 웃으며 대꾸했어요.

"사부님, 화내지 마시고 다시 한 번 보세요. 문 위에는 네 글자가 씌어 있는데, 어째서 세 글자만 읽고 저를 꾸짖으시는 겁니까?"

삼장법사가 벌벌 떨면서 기어 일어나 다시 보니 정말로 '소뇌음사小雷音寺'라는 네 글자가 씌어 있었어요. 그가 말했어요.

"소뇌음사라 해도 분명 안에 어떤 부처님이 계실 게다. 불경에도 삼천제불이란 말이 있는 걸 보면 아마 한 곳에 계시지는 않을 것이다. 관음보살이 남해에, 보현보살普賢菩薩이 아미산峨眉山에, 문수보살文殊菩薩이 오대산에 계신 것처럼 말이다. 이곳은 어떤 부처님의 도량인지 모르겠구나. 옛말에 '부처나 불경은 있어도 특정한 지방이나 별다른 보물 같은 것은 없다(有佛有經 無方無寶)'라고 했는데 들어가 보자."

"들어가서는 안 됩니다. 이곳은 길한 것은 적고 흉한 것은 많은 그런 곳이라고요. 만약에 화를 당하게 되더라도 저를 탓하지 마세요."

"부처님은 안 계시더라도 불상은 분명 있을 것이다. 이 불제자의 소원이 부처님을 뵙고 참배하려는 것인데 어째서 너를 탓하겠느냐?"

삼장법사는 즉시 저팔계에게 금란가사를 가져오도록 하고 승모를 바꿔 쓰고, 의관을 단정히 하더니, 문으로 걸어갔어요. 그때 문안에서 누군가의 말소리가 들려왔어요.

"당나라 승려여, 그대는 동녘 땅에서 우리 부처님을 참배하러 왔으면서 뭘 그렇게 꾸물거리는 것이오?"

삼장법사는 이 말을 듣자 즉시 절을 올렸어요. 저팔계도 큰절을 하고 사오정도 무릎을 꿇었지요. 하지만 제천대성만은 말을 끌고 짐을 수습하면서 뒤에 서 있었어요. 두 번째 문 안으로 들어가니 바로 여래가 계시는 대웅전이었어요. 대웅전 문 밖 연화대 아래에는 오백나한과 삼천게체, 네 금강신장과 여덟 보살, 비구니, 우바새들과 무수한 성승들, 수도승들이 줄지어 서 있었어요. 정말 향 연기가 아름답게 피어나고 상서로운 기운이 가득했어요. 깜짝 놀란 삼장법사와 저팔계, 사오정은 한 걸음 옮길 때마다 절을 하면서 신령한 대臺를 향해 배례하러 올라갔어요. 그 와중에도 손오공은 드러내놓고 절을 올리지 않았어요. 그러자 연화대에 앉아 있던 사람이 사나운 목소리로 고함을 질렀어요.

"저 손오공은 어째서 석가여래님을 뵙고도 절을 올리지 않는 계냐?"

손오공은 다시 한 번 자세히 살펴보고는 가짜인 것을 알아채고 말과 짐을 내버려둔 채, 여의봉을 손에 들고 호통을 쳤어요.

"이 못된 짐승들, 정말 간도 크구나! 어째서 부처님 이름을 사칭하여 석가여래의 맑은 덕을 더럽히느냐? 꼼짝 마라!"

손오공은 두 손으로 여의봉을 휘두르며 앞으로 달려가 내리쳤어요.

손오공은 두 손으로 여의봉을 휘두르며 앞으로 달려가 내리쳤어요. 그런데 공중에서 쨍그랑 하는 소리가 들리더니 바라[5] 하나가 떨어져 손오공을 머리부터 발끝까지 통째로 가둬버렸어요. 깜짝 놀란 저팔계와 사오정이 황급히 쇠스랑과 항요장을 휘두르려는데 나한과 게체, 성승과 수도승들이 일제히 몰려와 포위했어요. 둘은 손쓸 틈도 없이 모두 붙잡혀버렸지요. 그들은 삼장법사까지 붙잡아 함께 줄로 단단히 묶어놓았어요.

알고 보니 연대 자리에서 부처의 모습을 하고 있던 자는 요괴 왕이었고, 여러 나한 등은 모두 졸개 요괴들이었어요. 요괴 왕은 부처의 모습을 거둬들이고 원래 요괴의 모습을 드러냈어요. 그는 세 명은 들어다 뒤쪽에 가둬놓도록 하고, 손오공은 바라 속에 가둬둔 채 열어보지 못하게 했어요. 그대로 연대 위에 사흘 정도 놓아두면 고름으로 변해버릴 테니, 그때 가서 나머지 세 명을 쇠 우리 속에 넣고 쪄 먹을 생각이었지요. 바로 이런 것이었어요.

---

5 불교와 관련된 악기 중 하나로 자바라 종류의 악기이다. 쟁반같이 생긴 두 개의 판을 마주쳐서 울리면 소리가 난다. 요발鐃鈸, 혹은 동발銅鈸이라고도 한다.

푸른 눈 원숭이는 진짜와 가짜를 알아보았지만
삼장법사는 가짜를 진짜 부처로 알고 절하는구나.
사오정은 눈이 멀어 함께 참배하였고
저팔계는 생각이 어리석어 함께 맞장구를 치는구나.
사악한 괴물은 강퍅한 마음먹고 본성을 속이고
요괴는 악한 마음 품고 도를 깨달은 이를 속이는구나.
정말 깨달은 도는 작은데 마귀의 시험은 크기만 하니
이단의 문으로 잘못 들어가 쓸데없이 고생만 하는구나.

碧眼猢兒識假眞　禪機見像拜金身
黃婆盲目同參禮　木母痴心共話論
邪怪生强欺本性　魔頭懷惡詐天人
誠爲道小魔頭大　錯入旁門枉費身

졸개 요괴들은 삼장법사 일행을 뒤쪽에 가둬두고 말도 뒤편에 묶어놓았어요. 그리고 삼장법사의 가사와 승모는 짐보따리 속에 넣어 함께 보관해두었지요. 그리고 단단히 감시했다는 것은 말할 필요도 없겠지요.

한편, 손오공은 깜깜한 바라 속에 갇혀 조급한 마음에 온몸에 땀을 흘리며 이리저리 치받아보았지만 나갈 수가 없었어요. 다급한 마음에 여의봉으로 마구 두드렸지만 바라는 꿈쩍도 하지 않았어요. 그는 뾰족한 계책이 떠오르질 않자 몸을 밖으로 잡아 늘여 바라를 깨뜨려보려고 했어요. 손가락을 구부려 결을 맺고 키를 천여 길이나 키워보았지만 바라도 그를 따라 길어져 빛이 비치는 틈이라고는 전혀 없었어요. 그는 다시 손가락을 구부려 결을 맺고 이번에는 몸을 아래로 작게 하여 겨자씨만하게 했어요. 하지만 바라도 몸을 따라 작아져서 역시 틈이라고는 찾아볼 수

삼장법사가 가짜 뇌음사에서 재난을 당하다

가 없었지요.

그는 다시 여의봉에 신선의 기운을 불어 넣고 "변해라!" 하고 외쳐 깃대처럼 만들었어요. 그것으로 바라를 지탱해놓고 다시 뒷머리 털 중에서 긴 것으로 두 가닥을 뽑아서 "변해라!" 하고 외쳤어요. 머리털은 즉시 매화꽃 모양의 머리에 다섯 개의 받침이 달린 송곳으로 변했어요. 그는 그것으로 여의봉을 받쳐놓은 아랫부분을 무수히 찔러댔어요. 하지만 쩽쩽 하는 소리만 날 뿐 조그만 구멍도 뚫을 수 없었어요.

손오공은 조급해져서 다시 손가락을 구부려 결을 맺고 "옴람 정법계唵嚂靜法界, 건원형리정乾元亨利貞" 하고 주문을 외워 오방게체, 육정육갑, 그리고 열여덟 명의 호교가람들을 불러냈어요. 그들이 바라 밖에서 물었어요.

"제천대성님, 저희들은 모두 요괴가 사부님을 해치지 못하도록 보호하고 있는 중인데, 무슨 일로 저희들을 부르셨습니까?"

"사부님은 내 충고를 듣지 않았으니 죽어도 싸다. 그건 그렇고 너희들은 빨리 무슨 수를 써서라도 이 바라를 열어 나를 꺼내다오. 그런 다음에 다시 대책을 세우도록 하자. 이 안은 빛도 통하지 않고 온몸이 후끈거려 숨이 막혀 죽겠다."

여러 신들이 바라를 열어보려고 했으나, 마치 만들어질 때부터 서로 붙어 있었던 것처럼 열릴 생각을 않는 것이었어요. 금두게체가 말했어요.

"제천대성님, 이 바라가 무슨 보물인지는 몰라도 위아래가 한덩어리로 붙어 있습니다. 저희들은 힘이 부족하여 열 수가 없습니다."

"나도 이 안에서 여러 가지 신통력을 부려봤지만 열 수가 없었다."

금두게체는 이 말을 듣더니 육정 신장神將으로 하여금 삼장법사를 보호하도록 하고, 육갑 신장은 바라를 지키고, 가람들은 앞 뒤에서 망을 보도록 했어요. 그리고 자신은 상서로운 빛에 올라 타서 순식간에 남천문南天門에 이르러 안으로 급히 들어갔어요. 그는 들어오라는 명을 기다리지도 않고 곧장 영소보전으로 올라가 옥황상제를 알현하고 엎드려 아뢰었어요.

　"폐하, 저는 오방게체의 사자입니다. 제천대성이 당나라 승려를 보호하여 경전을 가지러 가다가 어떤 산을 지나게 되었는데, 그곳에 소뇌음사라는 절이 있었습니다. 당나라 승려는 영취산으로 잘못 알고 들어가 참배를 하였습니다. 하지만 사실은 요괴가 가짜를 만들어놓고 삼장법사 일행을 함정에 빠뜨린 것이었습니다. 제천대성도 바라 속에 갇혔는데, 빠져나올 문이라곤 하나도 없어 곧 죽을 지경에 이르렀기에 특별히 와서 아룁니다."

　옥황상제는 즉시 교지를 내렸어요.

　"이십팔수의 신장들로 하여금 즉시 가서 재난을 해결하고 요괴를 물리치게 하라."

　이십팔수의 신장들은 감히 지체할 수 없어 금두게체와 함께 남천문을 나왔어요. 그들이 산사의 문으로 들어갔을 때는 밤 열 시쯤이었어요. 크고 작은 요괴들은 삼장법사를 붙잡았다고 해서 요괴 왕으로부터 상을 받고 각자 잠자러 간 상태였지요. 이십팔수의 신장들은 요괴들이 깨지 않도록 조용히 바라 밖에 이르러 말했어요.

　"제천대성님, 저희들은 옥황상제께서 제천대성님을 구해드리라고 보낸 이십팔수의 신장들입니다."

　손오공은 이 말을 듣고 매우 기뻐하며 말했어요.

　"이 손 어르신이 나갈 수 있도록 무기를 써서 이것을 깨버려라."

"쳐서는 안 됩니다. 이 물건은 온통 금으로 된 보물이어서 치면 분명 소리가 날 겁니다. 소리가 나면 요괴들을 깨우게 되어 구하기가 어렵게 되지요. 저희들의 무기로 바라를 벌려볼 테니, 조금이라도 빛이 보이면 바로 탈출하십시오."

"그래, 알았다."

여러분, 좀 보세요. 그들은 각기 창이며 검, 도, 도끼로 파헤쳐도 보고, 들어도 보고, 열어도 보고, 쑤셔도 보았어요. 자정이 되도록 그렇게 해보았지만 바라는 한 덩어리로 주조된 것처럼 꿈쩍도 하지 않았어요. 손오공도 안에서 이리저리 둘러보며 기어갔다 굴러왔다 해보았지만, 한 줄기 빛도 발견할 수가 없었어요. 그러자 항금룡亢金龍이 말했어요.

"제천대성님, 너무 초조하게 생각하지 마세요. 이 보물은 마음먹은 대로 변하는 물건인 듯하니, 분명 변화시킬 수 있을 겁니다. 안에서 두 쪽을 합쳐놓은 부분을 손으로 만지고 계시다가, 제가 뿔 끝을 들이밀면 벌어진 틈으로 어떤 것으로든지 변하여 탈출하십시오."

손오공은 그 말에 따라 정말 안에서 이리저리 만져봤어요. 항금룡은 몸을 작게 하여 뿔 끝을 마치 바늘 끝처럼 만들더니, 바라 두 쪽이 붙은 부분을 따라 밀어 넣었어요. 안쓰럽게도 천 근의 힘을 다 써서야 간신히 안으로 들어갈 수가 있었지요.

항금룡이 다시 본래의 몸과 뿔로 돌아가게 하는 술법을 써서 "커져라! 커져라!" 하고 외치자 뿔이 사발만 한 굵기로 커졌어요. 하지만 바라의 틈은 금으로 주조한 것 같지 않게, 마치 살가죽이 자라는 것처럼 항금룡의 커지는 뿔을 꽉 물고 있어서, 사방에 털 끝만 한 틈도 없었어요. 손오공은 그의 뿔을 만지면서 말했어요.

"안 되겠어! 위아래 할 것 없이 조그만 틈도 없군. 어쩔 도리가 없겠어. 자네가 아픔을 좀 참고 나를 데리고 나가줘야겠어."

멋진 제천대성! 그는 여의봉으로 강철 송곳을 만들더니 항금룡의 뿔 끝에 구멍을 뚫었어요. 그리고 몸을 겨자씨만하게 만들더니 그 구멍 속으로 들어가 쪼그리고 앉아 소리쳤어요.

"뿔을 뽑아라! 뽑아!"

항금룡은 힘을 얼마나 썼는지 뿔을 뽑고 나자 기력이 다해 땅바닥에 쓰러졌어요. 손오공은 그의 뿔 끝에 뚫린 구멍에서 나오더니, 원래 모습으로 돌아와 여의봉을 꺼내들고 쨍그랑 하는 소리와 함께 바라를 내리쳤어요.

그러자 마치 구리 산이 무너져내리고 금광이 주저앉는 듯한 소리가 났어요. 아깝게도 불가의 보물은 산산조각으로 부서져버렸어요. 그 소리에 이십팔수의 신장들은 깜짝 놀랐고, 오방게체도 머리털이 곤두섰으며, 크고 작은 여러 요괴들이 모두 잠에서 깨어났어요.

요괴 왕은 자다가 놀라서 급히 일어나 옷을 입고, 북을 울려 졸개 요괴들을 모아 각자 무기를 들도록 했어요. 어느덧 날이 밝아오고 있었지요. 요괴들이 우르르 연화대 아래로 달려가 보니, 손오공과 이십팔수의 신장들이 깨어진 바라를 둘러싸고 있었어요. 요괴 왕은 대경실색하여 즉시 명을 내렸어요.

"얘들아, 앞문을 꽉 닫아라. 누구도 내보내서는 안 된다."

손오공은 그 말을 듣자 즉시 여러 별의 신장들을 거느리고 구름을 타고 공중으로 뛰어올랐어요. 요괴 왕은 깨진 금 조각을 줍더니 요괴 병사들을 산사 문 밖에 배치했어요. 요괴 왕은 분통이 터졌지만 어쩔 도리가 없었지요. 그는 갑옷을 입더니 짧고 부드러운 낭아봉狼牙棒[6]을 휘두르며 진영을 나와 크게 소리쳤어요.

"손오공, 사내대장부는 그렇게 멀리 도망가지 않는 법이다. 빨리 이리 와서 나와 세 합만 겨뤄보자."

손오공이 참지 못하고 여러 별의 신장들과 함께 구름을 내려 살펴보니, 그 요괴는 바로 이런 모습이었지요.

헝클어진 머리에는
납작하고 얇은 금테를 둘렀고
빛나는 눈에는
두 갈래 누런 눈썹 곤두서 있네.
뭉툭한 코에는
큰 구멍이 뻥 뚫려 있고
네모난 입에는
이빨이 날카롭구나.
비늘 같은 쇳조각 엮은 갑옷 입었고
술이 달린 비단 허리띠를 매었네.
발에는 주름이 있는 가죽신[7]을 신었고
손에는 낭아봉을 들었구나.
그 형상 짐승인 듯 짐승이 아닌 듯하고
그 얼굴이 사람이 아닌 듯 사람 같구나.

蓬著頭　勒一條扁薄金箍

光着眼　簇兩道黃眉的竪

懸膽鼻　孔竅開查

6　단단하고 무거운 나무로 만드는데 윗부분에는 수많은 못을 박아 그 모양이 이리 이빨과 같아서 낭아봉狼牙棒이라고 부른다.

7　본문의 오라해烏喇鞋는 소가죽이나 돼지 가죽으로 만들어 앞부분에 주름이 있는 신을 말한다.

四方口　牙齒尖利

穿一副叩結連環鎧　勒一條生絲攢穗縧

脚踏烏喇鞋一對　手執狼牙棒一根

此形似獸不如獸　相貌非人却似人

　손오공은 여의봉을 치켜들고서 소리쳤어요.

　"네놈은 어떤 요상한 괴물이기에 감히 멋대로 가짜 석가여래 노릇을 하며 산을 차지하고 가짜 소뇌음사까지 만들어놓았느냐?"

　"이 원숭이놈아, 네가 내 이름을 잘 몰라서 이 선산仙山에 와서 행패를 부린 것이구나. 이곳은 소서천小西天이라는 곳이다. 내가 수행하여 정과를 얻었기 때문에 하늘이 나한테 진귀한 누각을 하사해준 것이다. 내 이름은 황미노불黃眉老佛이라고 하는데, 이곳 사람들은 몰라서 황미대왕黃眉大王이니 황미 나리님 하고 부른다. 네가 서천에 간다는 것과 재주가 좀 있다는 것은 오래전부터 알고 있었다. 그래서 불상을 세워놓고 술법을 부려 네 사부를 유인해, 너와 승부를 겨루려고 한 것이다. 만약에 나를 당해낸다면 네 일행을 용서해주어 너희들이 정과를 이룰 수 있도록 해주겠다. 하지만 나를 당해내지 못한다면 너희들을 때려죽이고, 내가 석가여래를 만나 경전을 얻어 중화에 전하는 공과를 차지하겠다."

　손오공이 웃으면서 말했어요.

　"요괴야, 큰소리는 그만 치고 싸우고 싶으면 빨리 이리 와서 내 여의봉이나 받아라."

　황미대왕은 즐거워하면서 낭아봉으로 여의봉을 막았어요. 이번 싸움은 정말 대단했지요.

두 개의 몽둥이

서로 다른데,

말하자면 이렇게 대단하다네.

하나는 짧고 탄력 있는 불가의 무기이고

하나는 견고하고 단단한 바닷속 보물이구나.

모두 마음대로 변화하는 능력이 있는데

이번에 서로 만나 강함을 다투는구나.

짧고 탄력 있는 낭아봉은 알록달록 장식이 되어 있고

견고하고 단단한 여의봉은 교룡의 모습이구나.

굵어졌다 가늘어졌다 정말 자랑할 만하고

짧게 길게 하는 것이 정말 마음대로일세.

원숭이와 요괴가

어울려 싸우니

이번 싸움은 정말로 장난이 아니구나.

길들여진 원숭이 가르침을 지켜 불심 가진 원숭이가 되었고

못된 요괴 하늘을 속이고 가짜 부처 노릇을 하였구나.

화내고 원망하며 각자 사정을 봐주지 않고

제각기 사납고 무서운 표정 짓고 있구나.

저쪽이 정면으로 공격하며 봐주려 하지 않자

이쪽도 정면으로 막아내며 양보하지 않는구나.

구름을 내뿜으니 해가 어두워지고

안개를 토해내니 산봉우리 가리는구나.

몽둥이를 주고받으며 서로 맞서 싸우매

생사를 잊은 이 싸움 삼장법사 때문이라네.

> 兩條棒　不一樣　説將起來有形狀
>
> 一條短軟佛家兵　一條堅硬藏海藏

都有隨心變化功　　今番相遇爭强壯

短軟狼牙雜錦樁　　堅硬金箍蛟龍像

若粗若細實可誇　　要短要長甚停當

猴與魔　齊打仗　這場眞個無虛詐

馴猴秉敎作心猿　　潑怪欺天弄假像

嗔嗔恨恨各無情　　惡惡兇兇都有樣

那一個當頭手起不放鬆　這一個架丟劈面難謙讓

噴雲照日昏　吐霧遮峰嶂

棒來棒去兩相迎　　忘生忘死因三藏

　그들은 쉰 합을 겨루었지만 승부를 가릴 수 없었어요. 산사의 문 앞에서는 징을 치고 북을 두드리며 여러 요괴들이 함성을 지르고 깃발을 흔들고 있었어요. 이쪽 편에 있던 이십팔수의 신장들과 오방게체 등은 제각기 무기를 들고 함성과 함께 황미대왕을 포위했어요. 산사 문 밖에 있던 졸개 요괴들은 깜짝 놀라서 북을 치지도 못하고 손이 떨려서 차마 징을 치지도 못했어요.

　하지만 황미대왕은 태연자약하게 한 손으로는 낭아봉을 휘두르며 여러 신장들을 막아내고, 다른 손으로는 흰 천으로 된 낡고 긴 자루를 풀어서 공중에 던졌어요. 휘익 하는 소리와 함께 제천대성과 이십팔수의 신장들, 오방게체가 한꺼번에 자루 속으로 빨려 들어갔어요. 황미대왕은 자루를 어깨에 들쳐 메고 돌아갔어요. 졸개 요괴들도 모두 기뻐하며 의기양양 돌아갔지요. 황미대왕은 부하들에게 밧줄 사오십 개를 꺼내 오도록 하여 자루를 풀어 한 명씩 붙잡아 묶었어요. 모두 뼈가 물러지고 근육이 저리고 피부가 움푹 파이도록 묶었어요.

　졸개 요괴들은 그들을 뒤쪽으로 들어다가 인정사정없이 모두 땅바닥에 내동댕이쳤어요. 황미대왕은 연회를 마련하도록 하여 아침부터 저녁까지 기분 좋게 실컷 마시고서야 연회를 끝내고 잠자리에 들었는데, 그 이야기는 더 이상 하지 않겠어요.

한편 제천대성과 여러 신장들은 묶인 채로 한밤중을 맞이했어요. 그런데 문득 구슬피 우는 소리가 들리는 것이었어요. 귀를 기울여 들어보니 삼장법사의 목소리였어요. 그는 울면서 이렇게 한탄하고 있었지요.

"오공아, 내가"

안타깝게도 그때 네 말을 듣지 않아
결국 오늘 이런 재난을 당하게 되었구나.
바라 속에서 네가 죽어가고 있으니
밧줄로 내가 묶여 있는 것을 누가 알겠느냐?
우리 일행 넷이 고난을 당한 것은 팔자가 사납기 때문이니
삼천 가지 공덕이 모두 허사가 되겠구나.
어떻게 하면 이 곤경을 빠져나가
평탄히 서방에 갔다 돌아올 수 있을까?

自恨當時不聽伊　致令今日受災危
金鏡之内傷了你　麻繩綑我有誰知
四衆遭逢緣命苦　三千功行盡傾頹
何由解得迻遭難　坦蕩西方去復歸

손오공은 그 말은 듣고 불쌍한 생각이 들어서 남몰래 중얼거렸어요.

'사부님이 내 말을 듣지 않았다가 이런 재난을 당하고 있지만,

고난을 겪고 있는 중에도 이 몸을 그리워하고 있구나. 밤이 깊어 요괴들이 잠자느라 지키는 자들이 없는 틈에 이들을 풀어주어 달아나도록 하자.'

멋진 제천대성! 그는 둔신법遁身法을 써서 몸을 작게 하여 밧줄을 벗겨내고, 삼장법사가 있는 곳으로 다가가 "사부님" 하고 불렀어요. 삼장법사는 목소리를 알아듣고 대답했어요.

"네가 어떻게 이곳에 왔느냐?"

손오공은 조용조용 지금까지 있었던 일을 모두 얘기해줬지요. 삼장법사는 매우 기뻐하며 말했어요.

"얘야, 빨리 나를 좀 구해다오. 다음부터는 네가 시키는 대로 하고 다시는 고집을 부리지 않으마."

손오공은 그제야 손을 움직여 먼저 삼장법사를 풀어주고, 저팔계와 사오정도 풀어줬어요. 그런 다음에 다시 이십팔수의 신장들과 오방게체를 모두 풀어줬지요. 손오공은 말을 끌고 오더니 얼른 그들을 먼저 내보냈어요. 그런데 산사 문 밖으로 나왔는데 짐이 어디 있는지 알 수가 없어서, 손오공이 다시 가서 찾으려 하자 항금룡이 말렸어요.

"제천대성께서는 물건만 중시하고 사람은 하찮게 여기시는군요. 사부님을 구했으면 됐지 뭐 또 짐까지 찾으려 하십니까?"

"사람도 정말 중요하지만 의발衣鉢도 중요하다. 봇짐 속에는 통행증명서, 금란가사, 자금紫金 바리때가 들어 있다. 모두 불가의 귀중한 보물들이니 어찌 찾으러 가지 않겠느냐?"

그러자 저팔계가 말했어요.

"형님은 가서 찾아보시오. 우리는 먼저 가서 기다리고 있을 테니까."

보세요. 여러 별의 신장들은 삼장법사를 빼곡히 둘러싸더니 섭법攝法을 써서 함께 신통력을 발휘해 바람을 일으켜 담을 뛰어넘고 큰길로 내달아 산비탈을 내려가더니, 평평한 곳에 멈추어 서서 손오공을 기다렸어요. 대략 자정쯤 된 시간이었지요.

제천대성은 살금살금 안으로 들어갔어요. 알고 보니 겹겹이 문들은 모두 단단히 잠겨져 있었지요. 그가 높은 누각으로 기어올라 살펴보니 창문도 모두 잠겨 있었어요. 안으로 들어가려고 했으나 소리가 날까 봐 문을 열 수 없었지요. 손오공은 손가락을 구부려 결을 맺고 몸을 한 번 흔들어 선서仙鼠, 즉 세가에서 박쥐라고 부르는 것으로 변했어요. 여러분, 그놈이 어떻게 생겼는지 아세요?

머리가 뾰족한 것도 쥐 같고
눈에서 빛이 나는 것도 쥐를 닮았네.
날개가 있어 어두워지면 나가고
낮에는 빛이 없는 곳에 숨어 있다네.
기와 구멍에 들어가 몸을 숨기고
모기를 낚아채 먹이를 찾는다네.
달 밝은 밤을 특히 좋아하니
날아다니기 제일 좋은 때이기 때문이지.

頭尖還似鼠　眼亮亦如之
有翅黃昏出　無光白晝居
藏身穿瓦穴　覓食撲蚊兒
偏喜晴明月　飛騰最識時

그는 기와 구멍을 막아놓지 않은 서까래 밑으로 들어갔어요. 문을 지나 중간쯤 이르러 보니, 세 번째 문 누각의 창문 아래서 한 줄기 빛이 반짝이는 것이었어요. 그것은 등불 빛이나 반딧불도 아니고 노을빛이나 번갯불도 아니었어요. 그가 나는 듯이 뛰어 불빛 가까이 가 보니 봇짐에서 빛이 나오고 있는 것이었어요. 요괴는 삼장법사의 가사를 벗겨 개지도 않은 채 아무렇게나 봇짐 속에 쑤셔 넣었던 것이었지요.

금란가사는 본래 불가의 보물로 위쪽에는 여의주, 마니주摩尼珠, 홍마노紅瑪瑙, 자산호紫珊瑚, 사리자舍利子, 야명주夜明珠와 같은 구슬이 달려 있어서 빛을 냈던 것이었어요. 손오공은 가사와 바리를 보고 너무 기뻐 원래 모습으로 돌아와 메는 끈이 제대로 되어 있는지도 살피지 않고 집어서 어깨에 들쳐 메고 아래로 내려갔어요.

그런데 뜻밖에 한쪽이 툭 하고 풀어져서 누각의 판자 바닥에 와르르 쏟아졌어요. 아! 어찌 이런 일이! 때마침 그 누각 아래서 자고 있던 황미대왕은 그 소리에 놀라 깨었어요. 그는 벌떡 일어나더니 마구 소리쳐댔어요.

"누구냐! 웬 놈이냐?"

크고 작은 여러 졸개 요괴들이 모두 일어나 등불을 켜고 일제히 소리를 지르며 이리저리 살펴봤어요. 한 요괴가 와서 보고했어요.

"당나라 중이 달아났습니다."

이어 또 다른 요괴가 오더니 말했어요.

"손오공 일행이 모두 달아났습니다."

황미대왕은 급히 명을 내렸어요.

"문을 닫아걸고 잘 지켜라!"

손오공은 그 말을 듣자 다시 그의 그물망에 걸려들까 두려워, 봇짐을 챙겨 메지도 못한 채 근두운을 솟구쳐 누각의 창문 밖으로 뛰어나와 달아났어요. 졸개 요괴들은 이리저리 찾아보았지만 삼장법사 일행을 찾을 수가 없었지요. 어느덧 날이 밝아오고 있었어요. 황미대왕이 낭아봉을 들고 졸개들을 이끌고 뒤쫓아 가보니, 이십팔수의 신장들과 오방게체 등이 구름과 안개를 뭉게뭉게 일으키며 산비탈 아래에 머물러 있었어요. 황미대왕이 고함을 쳤어요.

"어딜 도망가느냐? 내가 왔다."

각목교角木蛟가 다급히 외쳤어요.

"이보게 형제들, 요괴가 나타났어."

항금룡, 저토복氐土蝠, 방일토房日兎, 심월호心月狐, 미화호尾火虎, 기수표箕水豹, 두목해斗木獬, 우금우牛金牛, 저토맥氐土貉, 허일서虛日鼠, 위월연危月燕, 실화저室火猪, 벽수유壁水㺄, 규목랑奎木狼, 누금구婁金狗, 위토체胃土彘, 묘일계昴日雞, 필월오畢月烏, 자화후觜火猴, 삼수원參水猿, 정목안井木犴, 귀금양鬼金羊, 유토장柳土獐, 성일마星日馬, 장월록張月鹿, 익화사翼火蛇, 진수인軫水蚓 등은 금두게체, 은두게체, 육정육갑, 호교가람을 거느리고 저팔계, 사오정과 함께 삼장법사와 백마는 내버려둔 채 각자 무기를 들고 일제히 솟아올랐어요. 황미대왕은 그 모습을 보고서 껄껄 비웃으며 휘파람을 한 번 불자 사오천 명의 크고 작은 요괴들이 모두 위세를 떨치니, 서쪽 산비탈 위에서는 일대 혼전이 벌어졌어요. 정말 대단한 싸움이었지요.

요괴가 사납게 날뛰며 삼장법사를 속이니
온유한 삼장법사가 요괴를 어찌 당하랴?
온갖 계책 다 써도 고난을 벗어나기 어렵고
갖은 수단 다 동원해도 평온해질 수 없구나.

여러 하늘 장수들이 몰려와서 호위하고
여러 신성神聖들이 싸움을 돕는구나.
사정을 봐주면 저팔계가 아니고
뜻이 굳건하니 과연 사오정이로구나.
천지를 진동시키며 뒤엉켜 싸우고
물샐틈없는 그물망을 펼치며 거세게 싸우네.
저쪽에서는 깃발을 흔들며 함성을 지르고
이쪽에서는 북을 치고 징을 두드리네.
빽빽한 창과 칼 섬뜩한 빛 어지럽고
무수한 검과 극 살기 가득하네.
졸개 요괴들 사납고도 용맹하니
하늘 병사들이 어찌 당하랴?
근심스런 구름 해와 달을 가리고
어두운 안개 산과 강을 뒤덮네.
힘겹게 밀고 당기며 서로 싸우니
모두가 삼장법사가 아미타불에 절하였기 때문이라네.

魔頭潑惡欺眞性　　眞性溫柔怎奈魔

百計施爲難脫苦　千方妙用不能和

諸天來擁護　衆聖助干戈

留情虧木母　定志感黃婆

渾戰驚天并振地　强爭設網與張羅

那壁廂搖旗吶喊　這壁廂擂鼓篩鑼

槍刀密密寒光蕩　劍戟紛紛殺氣多

妖卒兇還勇　神兵怎奈何

愁雲遮日月　慘霧罩山河

苦搿苦拽來相戰　皆因三藏拜彌陀

졸개 요괴들은 갈수록 용맹해졌어요. 황미대왕은 요괴들을 이끌고 앞으로 공격해 들어왔어요. 한참 승부를 가리지 못하고 있는데 손오공이 고함을 쳤어요.

"이 어르신이 왔다."

저팔계가 그를 맞이하며 물었어요.

"짐은 어찌 됐소?"

"이 몸의 목숨도 잃을 뻔했는데, 짐이 다 뭐냐?"

사오정이 항요장을 들고서 말했어요.

"그만 얘기하고 빨리 요괴들이나 무찌릅시다."

이십팔수의 신장들과 오방게체, 육정육갑 등은 졸개 요괴들에게 포위된 채 뒤엉켜 싸우고 있었고, 황미대왕은 낭아봉을 휘두르며 손오공 삼 형제를 치러 왔어요. 손오공과 저팔계, 사오정은 여의봉과 항요장, 쇠스랑을 휘두르며 막아냈어요. 정말 천지가 어두워질 정도로 대단한 싸움이었지만 좀체 승리를 거둘 수가 없었어요. 이렇게 싸우다 보니 태양은 서쪽 산기슭으로 지고 달이 동쪽 바다의 산에서 떠올랐어요. 황미대왕은 날이 어두워지는 것을 보더니 휘파람을 불어 졸개 요괴들에게 조심하라고 주의를 주고 보물 자루를 꺼냈어요. 손오공은 요괴가 자루를 풀어 손에 쥐는 것을 보고 소리쳤어요.

"큰일 났다. 도망쳐!"

그는 저팔계와 사오정, 여러 하늘의 신장들을 돌볼 겨를도 없이 펄쩍 하늘로 뛰어올랐어요. 여러 신장들과 저팔계, 사오정은 그의 말뜻을 알아채지 못하고 모두 황미대왕이 던진 긴 자루 속에 다시 갇히게 되었어요. 오직 손오공만이 달아났던 거지요. 황미대왕은 병사들을 거두어 사찰로 돌아와서 다시 밧줄을 꺼내와 전처럼 묶게 했어요. 그리고 삼장법사와 저팔계, 사오정은 대들

보에 높이 매달아 놓고, 백마는 뒤편에 묶어놓게 했어요. 여러 신장들도 모두 결박해 지하 광 속으로 데려가 덮개를 닫아놓게 했지요. 졸개 요괴들이 명령에 따라서 처리한 일에 대해서는 더 이상 하지 않겠어요.

한편 손오공은 하늘 높이 뛰어올라 목숨을 건졌어요. 그는 요괴 병사들이 모두 돌아가고 깃발을 내걸지도 않는 것을 보고, 일행이 이미 모두 사로잡힌 것을 알았어요. 그는 상서로운 빛을 내려 동쪽 산꼭대기로 내려와, 이를 악물며 요괴를 원망하고 삼장법사 생각에 눈물을 흘렸어요. 고개를 들어 하늘을 쳐다보니 서글퍼져서 절로 탄식이 흘러나왔어요.

"사부님, 어느 전생에서 이런 재난의 씨앗을 뿌려 놓으셨기에 이생에서 한 발자국 뗄 때마다 요괴를 만나시는 겁니까? 이런 고통을 벗어나기 어려울 듯하니 어쩌면 좋단 말입니까?"

그는 혼자서 한참 탄식하다가 다시 마음을 진정시키고 속으로 자문자답해봤어요.

'저 요괴가 가지고 있는 것이 어떤 자루이기에 저렇게 많은 것들을 담을 수 있는지 모르겠군. 지금 수많은 하늘신들과 장수들이 모두 잡혀 들어갔으니, 내가 하늘에 가서 구원을 청한다면 옥황상제에게 꾸지람을 들을지도 몰라. 내가 기억하기에 호號가 탕마천존蕩魔天尊이라고 불리는 북방진무北方眞武가 지금 남섬부주 무당산武當山[8]에 있다던데, 그에게 사부님을 좀 구해달라고 청해야겠다.'

이는 바로,

---

8 선석산仙石山이라고도 불린다. 대파산맥大巴山脈의 지류로 후베이성湖北省 쥔현均縣 남쪽에 위치하고 있는데 도교에서 명산으로 받들고 있다.

신선의 도가 아직 이루어지지 않아서 원숭이와 말[9]이 흩어
지고,

　　마음을 주재하지 못하니 오행이 생기 없이 마르는구나.

仙道未成猿馬散　　心神無主五行枯

라는 것이었어요.

　　결국 이번에 가서 과연 어떻게 되는지는 알 수 없으니, 이에 대
해서는 다음 회를 들어보시라.

9　『서유기』에서는 종종 '심원心猿'또는 '의마意馬'라는 표현으로 마음을 나타낸다. 여기서 '원
　마猿馬'는 바로 '심원의마'를 줄여서 나타낸 것이다.

제66회

미륵불의 도움으로
황미 요괴를 사로잡다

그러니까 제천대성은 어쩔 도리가 없어 근두운을 날려 곧장 남섬부주 무당산으로 날아가 탕마천존을 뵙고, 삼장법사와 저팔계, 사오정, 하늘 병사들을 재앙에서 풀어달라고 아뢰려 했어요. 쉬지 않고 하늘을 날아가자 하루도 되지 않아 탕마천존이 있는 선경仙境이 저 멀리 보였어요. 구름을 내리고 자세히 살펴보았더니, 정말 훌륭한 곳이었어요.

동남쪽의 큰 도읍
하늘 가운데 솟은 신선의 산이로다.
부용봉 우뚝 솟았고
자개령 험준하네.
구강의 물은 멀리 형주荊州와 양주揚州까지 뻗었고
백월의 산들은 익진[1]까지 끝없이 이어지네.
위쪽엔 태허의 보배로운 동굴 있으니

---

1 춘추시대 진晉의 수도였던 산시성山西省 이청현翼城縣 동남쪽을 가리키는 듯하다.

선현들[2]이 토론하던 영대로다.

삼십육 궁에선 경쇠 소리 들려오고

수천수만의 신도들이 향을 올리네.

순임금이 순수巡守한 일과 우임금이 기도한 일이

옥과 금에 새겨져 있네.

누각에는 푸른 새 날아들고

정기旌旗가 붉은 옷자락처럼 펼쳐져 있네.

땅에 늘어선 명산 우주까지 웅장하게 뻗었고

하늘에서는 선경은 허공까지 펼쳐졌네.

몇 그루 빈랑나무 매화나무 막 꽃 피웠고

온 산엔 어여쁜 풀잎 파릇파릇 돋아났네.

시내 바닥에 용이 숨었고

벼랑에는 호랑이가 엎드리고 있네.

깊은 숲에선 어수선한 짐승들 소리 들리는 듯하고

순록은 사람 가까이 지나가네.

백학은 구름과 벗하여 노송나무에 둥지 틀고

푸른 난새 붉은 봉새는 해를 보고 우짖네.

옥허는 우러를 만한 신선의 땅이요

금궐은 자애로운 천제가 세상을 다스리는 곳이라네.

> 巨鎭東南　中天神岳
>
> 芙蓉峰竦傑　紫蓋嶺巍峨
>
> 九江水盡荊揚遠　百越山連翼軫多
>
> 上有太虛之寶洞　朱陸之靈臺
>
> 三十六宮金磬響　百千萬客進香來

2　원문에는 '주륙朱陸'이라고 되어 있어, 남송 시대 사람인 주희朱熹와 육구연陸九淵을 가리키
는 듯하나 정확히는 알 수 없다. 『서유기』는 명대에 지어졌지만 시대 배경은 당대이기 때문에,
원칙적으로 주희와 육구연이 등장하는 것은 시대착오이다.

舜巡禹禱　玉簡金書

樓閣飛青鳥　幢幡擺赤裾

地設名山雄宇宙　天開仙境透空虛

幾樹櫊梅花正放　滿山瑤草色皆舒

龍潛澗底　虎伏崖中

幽含如訴語　馴鹿近人行

白鶴伴雲栖老檜　青鸞丹鳳向陽鳴

玉虛師相眞仙地　金闕仁慈治世門

　　탕마천존은 정락국淨樂國 왕과 선승善勝 왕후가 햇빛을 삼키는 꿈을 꾸고 깨어난 뒤 잉태되어, 열네 달 후인 개황開皇 원년 갑신년(581) 삼월 초하루 정오에 왕궁에서 태어났어요.

　　어려서부터 용맹했고
　　자라서는 신령스러웠는데
　　왕위는 이어받지 않고
　　오직 수행에만 힘썼지.
　　부모도 어쩔 수 없었기에
　　황궁을 버리고 떠났다네.
　　수행해 입정에 들었던 것은
　　바로 이 산에서였지.
　　공이 완수되고 수행이 끝나자
　　대낮에 날아올랐지.
　　옥황상제 호를 내리시어
　　진무라고 불렀네.
　　현묘한 진리에 감응하여

거북이와 뱀이 형체를 합쳤네.

천지 사방에서

모두 그분을 영험하다 하니

미묘한 것 모두 통찰해내시고

그 영험함 곳곳에서 드러내시어

태초부터 세상 끝날 때까지

마귀와 요괴 정벌하시네.

幼而勇猛　長而神靈

不統王位　惟務修行

父母難禁　棄捨皇宮

參玄入定　在此山中

功完行滿　白日飛昇

玉皇敕號　眞武之名

玄虛上應　龜蛇合形

周天六合　皆稱萬靈

無幽不察　無顯不成

劫終劫始　剪伐魔精

　　제천대성은 선경의 경치를 즐기면서 어느덧 첫 번째 하늘문, 두 번째 하늘문, 세 번째 하늘문을 지나 태화궁太和宮 밖에 막 이르렀는데, 갑자기 상서로운 기운 속에서 오백 명의 영관靈觀들이 모여들었어요. 영관 하나가 앞으로 나와 손오공을 맞이했어요.

　"거기 오시는 분은 뉘시오?"

　"나는 제천대성 손오공인데, 어르신을 뵙고 싶다."

　영관들은 이 말을 듣고는 곧 안에 아뢰었어요. 탕마천존은 즉시 궁전에서 내려와 손오공을 태화궁으로 맞으러 나왔어요. 손오공이 예를 올리며 여쭈었지요.

"폐를 끼칠 일이 하나 있습니다."

"무슨 일이오?"

"삼장법사를 모시고 서역 땅으로 경전을 구하러 가는 도중에 어려움을 만났습니다. 서우하주西牛賀州에 이르렀더니 소서천이란 산이 있고, 소뇌음사에는 요괴가 하나 있더군요. 저희 사부님께서는 절 안에 들어가서서 아라, 게체, 비구, 성승들이 늘어서 있는 것을 보곤 진짜 부처님인 줄 알고 엎드려 절을 올리다가 난데없이 그놈들에게 붙잡혀 묶여버렸습니다. 저도 경계를 소홀히 한 틈에 그놈이 던진 금 바라에 갇혀버렸는데, 그것은 바늘만 한 틈도 없이 입이 꽉 물려 있더라고요.

다행히 금두게체가 옥황상제에게 상주를 드려 이십팔수를 그날 밤 하계로 내려보내 저를 도와주게 했지요. 천만다행으로 항금룡이 뿔을 바라 안으로 집어넣어서 저를 구해주었어요. 제가 금 바라를 산산조각 내자 그 요괴도 놀라서 깨어났지요. 막 싸우고 있던 차에 또 하얀 천으로 된 긴 자루를 펼치더니 저와 이십팔수, 또 오방게체까지 모두 그 안에 집어넣고 끈으로 꽁꽁 묶었지요.

제가 그날 밤 빠져나와 이십팔수 여러분과 우리 스승님 등을 구해냈지만, 옷과 바리때를 찾느라 또 요괴를 깨우는 바람에 하늘 병사들과 함께 다시 싸웠지요. 그런데 그 요괴가 긴 자루를 꺼내 만지작거리는 걸 보고 저는 낌새를 알아채고 도망갔습니다만, 다른 이들은 다시 안으로 끌려 들어갔지요. 저는 어쩔 도리가 없어서, 어르신께서 도와주십사 하고 이렇게 부탁드리러 왔습니다."

"내가 전에 북방을 진압하고 진무의 지위에 올라 천하의 요괴들을 정벌한 것은 옥황상제의 명에 따른 것이었소. 그 뒤에 또 맨발에 머리를 풀어헤치고 씩씩하고 신령스러운 뱀과 거북을 타고서, 오뢰신장五雷神將과 거규사자巨虯獅子, 맹수독룡猛獸毒龍을 거느리고 동북쪽의 요사스럽고 음험한 기운을 거둔 것은 원시천존元始天尊의 명에 따른 것이었소. 지금은 무당산에서 조용한 생활을 즐기고, 태화전에서 편안하게 지내고 있으며, 산과 바다는 고요하고 하늘과 땅은 모두 맑고 태평지요. 우리 남섬부주南贍部洲와 북구로주北俱蘆洲의 땅에서는 요마가 모두 토벌되었고, 사악한 귀신은 자취를 감추었는데, 이제 제천대성께서 내려오셨으니 가지 않을 수 없군요.

다만 하늘나라에서 분부가 없는데 함부로 군사를 움직일 수가 없소. 만약 법력으로 여러 신들을 보냈다간 옥황상제께서 책망하실까 걱정이고, 제천대성의 부탁을 거절하자니 또 인정상 못 할 짓이지요. 제 생각에 서쪽으로 가는 길에 요괴가 있다 해도 뭐 대단한 놈은 아닐 것이오. 거북, 뱀 두 장군에게 다섯 신룡神龍을 이끌고 가서 돕게 할 테니, 틀림없이 요괴를 잡고 당신 스승도 구할 수 있을 거요."

손오공은 탕마천존에게 절을 올려 깊이 감사드리고 각기 날카로운 무기를 든 거북, 뱀, 신룡들과 함께 서쪽으로 나아가 하루도 안 되어 소뇌음사에 도착했지요. 구름을 내리고 곧바로 절 앞으로 가서 싸움을 걸었어요.

한편 황미대왕은 여러 요괴들을 누각 아래에 모아놓고 이렇게 말했어요.

"손오공이 요즘은 안 나타나는데, 이번엔 또 어디로 군사를 빌리러 간 건지 모르겠군."

이 말이 채 끝나기도 전에 앞문을 지키던 졸개 요괴가 아뢰었어요.

"손오공이 용, 뱀, 거북 장수들 몇몇을 이끌고 문밖에서 싸움을 걸고 있습니다."

"이 원숭이놈이 어떻게 용, 뱀, 거북 장수들을 청해 왔지? 이것들은 대체 어디에서 온 걸까?"

황미대왕은 곧 갑옷을 걸쳐 입고 절문을 나서며 크게 소리쳤어요.

"너희들은 어디 용신이기에 감히 내 선경에 발을 들여놓는 거냐?"

다섯 신룡과 두 장수는 늠름한 모습으로 정신을 가다듬고 호통을 쳤어요.

"이 못된 요괴놈! 우리는 바로 무당산 태화궁 혼원교주 탕마천존께서 보낸 다섯 신룡과 거북과 뱀, 두 장수이다. 오늘 제천대성의 청을 받고 여기 와서 네놈을 잡아들이라고 우리 천존님께서 명을 내리셨다. 죽기 싫으면 얼른 삼장법사와 별신들을 풀어드리렷다! 안 그랬다간 이 산에 있는 요괴들을 모조리 박살 내고 집들은 재만 남게 태워버릴 테니까."

요괴는 그 말을 듣고 화가 치솟았어요.

"이 짐승 새끼들아! 네가 무슨 재주가 있기에 큰소리치고 있는 거냐? 게 서라! 내 방망이를 받아라!"

다섯 신룡과 두 장수는 구름을 일으켜 비를 퍼붓고 흙과 모래를 휘날리면서, 각자 창과 칼 같은 무기를 들고 몰려들어 공격했어요. 제천대성도 여의봉을 휘두르며 뒤를 따랐지요. 이 싸움은 정말 굉장했어요.

흉악한 요괴 무용을 보이자

손오공은 구원병을 청해 오네.

흉악한 요괴 무용을 보여

제멋대로 보배로운 누각을 차지하고 불상을 벌여놓았네.

손오공은 구원병을 청하러

멀리 선경을 찾아가 신룡을 빌려 왔네.

거북과 뱀, 물과 불 일으키자

요괴는 무기를 휘두르네.

다섯 신룡 명 받고 서쪽 가는 길 올랐고

손오공은 삼장법사 위해 뒤에서 거드네.

검과 미늘창 빛은 오색 번개 빛처럼 흔들리고

창과 칼 놀리자 무지갯빛 번쩍이네.

이쪽의 낭아봉

짧고도 탄력 있어 더 매섭고

저쪽의 여의봉

맘먹은 대로 늘어나고 줄어드는구나.

폭죽 터지듯 타닥타닥

꽹과리 두드리듯 쨍쨍 소리 울리네.

물과 불 함께 요괴를 치자

칼날들 몰려들어 요괴를 에워싸네.

고함은 이리와 호랑이 놀라게 하고

떠들썩한 함성에 귀신도 떠네.

막상막하 혼전 속에

요괴는 다시 보배를 꺼내드네.

兇魔施武　　行者求兵

兇魔施武　擅据珍樓施佛像

行者求兵　遠參寶境借龍神

龜蛇生水火　妖怪動刀兵

五龍奉旨來西路　行者因師在後收

劍戟光明搖彩電　槍刀晃亮閃霓虹

這個狼牙棒　強能短軟

那個金箍棒　隨意如心

只聽得拐扑響聲如爆竹　叮噹音韻似敲金

水火齊來征怪物　刀兵共簇繞精靈

喊殺驚狼虎　喧嘩振鬼神

渾戰正當無勝處　妖魔又取寶和珍

　　손오공이 다섯 신룡과 두 장수를 이끌고 요괴와 싸운 지 한 시간이 되자, 요괴는 긴 자루를 풀어 들었어요. 손오공은 그걸 보고 깜짝 놀라 소리쳤어요.

　　"여러분, 조심하시오!"

　　신룡들과 뱀, 거북 두 장수는 뭘 조심하라는 것인지 몰랐던지라, 공격을 멈추게 하고 앞으로 한 걸음 나서서 막아섰어요. 요괴는 휙 하는 소리와 함께 긴 자루를 던졌어요. 제천대성은 다섯 신룡과 두 장수는 돌아볼 틈도 없이 근두운을 타고 하늘 높이 솟구쳐 달아났어요. 요괴는 신룡과 거북, 뱀을 모두 긴 자루에 거두어 가버렸어요. 요괴가 승리하고 절에 돌아가 그들을 끈으로 묶어 지하 광에 가두고 뚜껑을 덮어둔 것은 더 이상 얘기하지 않겠어요.

　　보세요! 제천대성은 근두운을 내리고 산꼭대기 위에 비스듬히 기대앉아서 풀이 죽은 채 분해서 이렇게 말했어요.

　　"이 요괴놈이 정말 대단하구나."

그러더니 저도 모르게 눈을 감고 잠이 든 것 같았어요. 그런데 갑자기 누가 이렇게 소리치는 게 들렸어요.

"제천대성님, 졸지 말고 어서 빨리 가서 구하세요! 당신 사부님 목숨이 경각에 달렸어요!"

손오공이 눈을 번쩍 뜨고 벌떡 튀어 일어나 보니 바로 일치공조日値功曹였어요. 손오공이 버럭 소리를 질렀어요.

"네 이 시답지 않은 놈아! 지금까지 어디서 먹을 것에만 정신이 팔려서 점호에도 나오지 않고 있다가, 이제 와서 날 놀라게 하는 거냐? 어서 복사뼈나 내밀어! 이 어르신이 두어 대 때려 분풀이나 하게!"

일치공조는 황망히 예를 올리며 아뢰었어요.

"제천대성님, 인간 세상의 팔자 좋은 신선이신 대성님께서 무슨 답답한 일이 있단 말씀이십니까? 저희들은 뒤에서 삼장법사를 보호하라는 보살님의 명을 받은지라 토지신 같은 신들과 함께 잠시라도 그 곁을 떠날 수 없습니다. 그래서 늘 와서 뵐 수가 없는 것인데, 어째서 도리어 꾸짖으시나요?"

"그래, 네가 보호했다고 하는데, 지금 여러 별신들과 게체, 가람과 우리 사부님은 저 요괴에게 잡혀 어디에 갇혀서 무슨 고생을 하고 계시냔 말이냐!"

"제천대성님의 사부님과 사제님들은 모두 대웅전 낭하에 매달려 있습니다. 별신들 이하 여러분들은 모두 지하 광에서 곤욕을 치르고 계시고요. 요 이틀 동안 제천대성님의 소식을 못 듣고 있었는데, 방금 그 요괴가 신룡과 거북, 뱀을 잡아와 그들도 지하 광에 가둔 것을 보고 제천대성님이 청해 오신 병사라는 걸 알았지요. 제가 일부러 제천대성님을 찾으러 왔으니, 피곤하다 마시고 제발 얼른 구원을 청하러 가십시오."

손오공은 여기까지 듣더니 자기도 모르게 일치공조를 보고 눈물을 흘리며 말했어요.

"난 이제 하늘궁전에 올라갈 면목도, 바닷속으로 내려갈 낯짝도 없어. 보살님께서 일의 경위를 물으실 것도 두렵고, 여래님의 존안을 뵙는 것도 걱정스러워. 방금 잡아간 건 진무천존의 거북, 뱀, 다섯 신룡들이었어. 이제 더 도움을 청할 데가 없으니 어떡하지?"

일치공조가 웃으며 대답했어요.

"제천대성님, 마음 푹 놓으세요. 한 군데 훌륭한 병사가 있는 곳이 생각났는데, 청해 온다면 반드시 요괴를 항복시킬 수 있습니다. 방금 제천대성님께서 가셨던 무당산은 남섬부주에 있는 곳이지요. 이 병사들도 남섬부주 우이산盱眙山 빈성蠙城에 있는데, 바로 지금의 사주泗州이지요. 그곳에 국사왕보살國師王菩薩이라는 분이 계시는데 신통력이 대단하십니다. 그분 밑에 소장태자小張太子라는 제자 하나가 있고, 사대신장도 있는데, 전에 수모낭낭水母娘娘을 물리친 적이 있습니다. 지금 가서 청하신다면 그분도 은혜를 베풀어 도와주실 테니, 반드시 요괴를 잡고 스승님을 구할 수 있습니다."

손오공은 매우 기뻐했어요.

"너는 가서 우리 스승님을 보호해라, 무슨 일이 있으면 안 돼. 이 어르신이 청하러 갔다 올 테니."

손오공은 근두운을 솟구쳐 요괴의 소굴을 빠져나와 바로 우이산으로 날아가, 하루가 안 되어 벌써 도착했지요. 자세히 보니 정말 훌륭한 곳이었어요.

남쪽으로는 양자강 나루 가깝고

북쪽으로는 회수를 바라보고 있네.

동쪽으로는 해교[3]로 통하고

서쪽으로는 봉부를 접하고 있네.

산 정상에는 도관들이 우뚝 서 있고

산 움푹한 곳에는 콸콸 솟아 흐르는 샘물 있네.

삐죽삐죽 기암괴석.

쭉쭉 잘 뻗은 고송들

온갖 과일들 계절 맞춰 새로 열리고

온갖 꽃가지 햇빛 받아 피어나네.

사람은 개미 떼처럼 왕래가 많고

배들은 돌아가는 기러기 떼처럼 넓게 퍼져 있네.

위쪽엔 서암관, 동악궁, 오현사, 귀산사가 있는데

향기로운 안개 속 종소리의 여운 푸른 하늘까지 뻗어가네.

또 유리천, 오탑곡, 팔선대, 행화원이 있는데

산 빛과 나무 색 빈성에 비치네.

흰 구름은 가로걸려 움직이지 않고

숲속의 새는 지저귀다 말다 하네.

무슨 태산, 숭산, 형산, 화산만 빼어나다고 하는가?

이곳은 봉래산, 영주산 같은 선경이라네.

南近江津　北臨淮水

東通海嶠　西接封浮

山頂上有樓觀崢嶸　山凹裡有澗泉浩涌

嵯峨怪石　槃秀喬松

百般果品應時新　千樣花枝迎日放

人如蟻陣往來多　船似雁行歸去廣

3　바닷가의 산이 많은 지역. 여기에서는 영남 지방을 말한다.

上邊有瑞巖觀　東岳宮　五顯祠　龜山寺　鐘韻香煙中碧漢
又有玻璃泉　五塔峪　八仙臺　杏花園　山光樹色映螺城
　　　　　　　　　　　　　　白雲橫不度　幽鳥倦還鳴
說甚泰嵩衡華秀　此間仙景若蓬瀛

　제천대성은 구경을 하다가, 곧 회하淮河를 지나 빈성 안으로 들어가 대성선사大聖禪寺의 절문 앞에 도착했어요. 절 건물은 우뚝 솟았고, 긴 복도는 화려하게 꾸며져 있었으며, 보탑 하나가 우뚝 서 있었어요.

　구름을 뚫고 하늘 높이 천 길이나 솟았으니
올려다보면 황금 병이 푸른 하늘까지 뻗어 있는 듯.
위아래로 빛이 나서 우주에 응집되고
동서로 그림자도 없이 주렴에 비치네
처마의 방울 바람에 흔들리니 천상의 음악 같고
햇살이 얼음 교룡에 비치니 서천의 궁전 대하는 듯하네.
신령스런 새들 날아들어 때때로 지저귀고
아득히 보이는 회수 끝없이 흘러가네.

　　　　　　　　　　插雲倚漢高千丈　仰視金瓶透碧空
　　　　　　　　　　上下有光凝宇宙　東西無影映簾櫳
　　　　　　　　　　風吹寶鐸聞天樂　日映冰虯對梵宮
　　　　　　　　　　飛宿靈禽時訴語　遙瞻淮水渺無窮

　손오공은 구경하다 걷다 하면서 두 번째 문 아래에 이르렀어요. 국사왕보살은 손오공이 올 것을 벌써 알고 있었던지라, 소장태자와 함께 문밖에 나와서 맞이했어요. 서로 인사를 마친 후 손오공이 말했어요.

"제가 당나라 삼장법사를 모시고 서역으로 경전을 가지러 가는 길에 소뇌음사란 절에 이르렀는데, 그곳에서 황미 요괴라는 놈이 부처님 행세를 하고 있었습니다. 제 스승님께선 진짜와 가짜를 알아보지 못하시고 절을 올리다 그놈에게 잡혀갔습니다. 또 요괴가 금 바라로 저를 가두었으나 다행히 하늘에서 내려온 별신들께서 구해주셨습니다. 제가 금 바라를 깨부수고 그놈과 싸우려니까, 또 긴 자루 하나를 꺼내 하늘신, 게체, 가람과 우리 사부님과 사제들을 몽땅 거두어 가버렸습니다. 제가 좀 전에 무당산에 가서 현천상제玄天上帝께 구원을 청하자 요괴를 잡으라고 다섯 신룡과 거북, 뱀을 보내주셨습니다만, 또 그놈의 긴 자루에 잡혀가 버렸습니다. 저는 달리 의지할 곳도 없어 엎드려 보살님께 엎드려 도움을 청하러 왔습니다. 그러니 큰 힘을 펼치시어, 저와 함께 가셔서 수모낭랑을 잡던 신통력과 백성을 구원하셨던 신묘한 법력으로 사부님을 구해주십시오. 경전을 구해 돌아가면 중국 땅에 영원히 전해져, 우리 부처님의 지혜가 드날리고, 지혜로 가득한 깨달음의 세계를 일으켜 세울 것입니다."

그러자 국왕이 대답했어요.

"오늘 일은 정말 우리 불교를 흥성하게 하는 일이니 내가 마땅히 가야겠지요. 그런데 때가 초여름으로 막 회수가 불어날 계절인데다, 새로 수원대성水猿大聖이란 놈이 들어와서 말이오. 그놈은 물을 만나면 날뛰는 놈이라, 내가 없는 동안에 말썽을 일으키면 다스릴 수 있는 신이 없소이다. 그러니 오늘은 제자 녀석더러 네 장수를 거느리고 당신과 함께 가서 요괴를 물리치도록 도우라고 하지요."

손오공은 감사를 드렸어요. 곧 네 장수와 소장태자와 함께 다시 구름을 타고 소서천으로 돌아와 곧장 소뇌음사로 갔어요. 소 장태자는 닥나무로 만든 하얀 창[楮白槍]을 들고, 네 장수는 네 자루의 곤오검鯤鋙劍을 빙빙 돌리며 제천대성과 함께 앞으로 나아가 싸움을 걸었어요. 졸개 요괴가 다시 보고하자, 요괴 왕도 여러 요괴들을 이끌고 요란하게 북을 울리면서 밖으로 나왔어요.

"못된 원숭이놈! 이번엔 어떤 놈을 데려왔느냐?"

이 말이 끝나기도 전에 소장태자는 네 장수를 지휘하며 앞으로 나서서 버럭 소리를 질렀어요.

"못된 요괴놈! 눈깔이 없는 모양이구나. 우리들이 여기 있는 게 안 보이느냐?"

"어디서 온 조무래기 장수기에 감히 저 원숭이놈을 도우러 온 거냐?"

"나는 사주대성인 국사왕보살의 제자로, 명을 받아 네 장수를 이끌고 네놈을 잡으러 왔다!"

"너 같은 꼬마가 무슨 무예가 있다고 감히 이렇게 함부로 날뛰는 게냐!"

"내 무예가 궁금하다면 말해주마."

대대로 서쪽 땅 유사국에서 살았고
내 부친께선 원래 유사국의 왕이셨지.
어려서부터 병이 많았고
왕이 될 팔자가 아니라
못된 별신들이 훼방을 놓았지.
스승님 덕분에 장생의 비결 앙모하게 되었나니
인연이 있어 약방을 내려주셨다.
단사 반 알로 병이 물러갔으니

스승을 좇아 수행하길 원하고 왕 노릇 마다했다.

배움을 이루니 늙지 않고 하늘과 수명을 같이하게 되었고

얼굴은 영원히 어린 소년과 같아졌노라.

내 일찍이 용화회에도 참석했었고

구름을 타고 부처님을 뵌 적도 있었지.

안개와 바람을 부려 물의 요괴 잡아들이고

용을 잡고 호랑이를 무찔러 산을 다스렸노라.

백성을 보살피니 불탑 높이 올려

고요한 바다에 사리의 빛 밝고 그윽하게 빛난다.

날카로운 닥나무 창으로 요괴를 꼼짝 못 하게 할 수 있고

회색 승복 소매 휘날리며 요괴를 굴복시킬 수 있지.

지금 고요하고 평화로운 빈성에서는

온통 소장태자의 명성이 드높다네.

祖居西土流沙國	我父原爲沙國王
自幼一身多疾苦	命干華蓋惡星妨
因師遠慕長生訣	有分相逢捨藥方
半粒丹砂祛病退	愿從修行不爲王
學成不老同天壽	容顏永似少年郎
也曾趕赴龍華會	也曾騰雲到佛堂
捉霧拿風收水怪	擒龍伏虎鎮山場
撫民高立浮屠塔	靜海深明舍利光
楮白槍尖能縛怪	淡緇衣袖把妖降
如今靜樂蠟城內	大地揚名說小張

요괴는 이 말을 듣고 피식 비웃으며 말했어요.

"이봐 태자, 네가 왕위를 버리고 국사왕보살을 따라 수행해서

무슨 장생불로술을 얻었다는 게냐? 고작 회수의 물에 사는 요괴나 잡을 뿐이지. 그런데 손오공의 허튼소리를 믿고 천산만수千山萬水를 건너 여기까지 명을 받고 왔다니. 네놈이 무슨 장생이며 불로를 할 수 있단 말이냐!"

소장태자는 이 말을 듣고 화가 치밀어 올라 창을 비껴들고 정면에서 공격했고, 네 장수들도 일제히 달려들어 공격했어요. 제천대성도 여의봉을 들고 앞으로 나서 싸웠지요. 대단한 요괴! 그는 전혀 두려워하지 않고 짧고 낭창낭창 탄력 있는 낭아봉을 빙빙 돌리며 좌우로 막고 이리저리 공격했어요. 이 싸움은 정말 대단했어요.

소장태자
닥나무 창 들었고
네 자루 곤오검은 더욱 위세 넘치네.
손오공은 또 여의봉을 놀리며
한마음으로 요괴를 에워싸고 죽이려 하네.
요괴는 신통력이 대단한지라
조금도 두려워하지 않고 좌우로 막아내네.
낭아봉은 불가의 보물이라
검으로 베고 창으로 휘둘러도 끄떡없다네.
휭휭 광풍 소리 들리고
또 어둑어둑 사악한 기운 뒤덮이네.
저쪽은 속세를 그리워하는 마음에 세상 어지럽히고
이쪽은 한마음으로 부처님 뵙고 경전 가져오려 하네.
몇 번이나 재주를 뽐냈고
여러 차례 사납게 날뛰기도 했지.

구름과 안개 내뿜으니

해와 달, 별의 빛을 가리고

성나고 언짢은 마음에 모두 선량함을 잃었네.

오랫동안 최고의 법술法術을 부리며

힘들게 온갖 재주 겨루게 되었네.

小太子　楮白槍　　四柄鋼鏰劍更强

悟空又使金箍棒　　齊心圍繞殺妖王

妖王其實神通大　　不懼分毫左右搪

狼牙棒是佛中寶　　劍砍槍輪莫可傷

只聽狂風聲吼吼　　又觀惡氣混茫茫

那箇有意思凡弄本事　　這箇專心拜佛取經章

幾番馳騁　　數次張狂

噴雲霧　　閉三光　　奮怒懷嗔各不良

多時三乘無上法　　致令百藝苦相將

여럿이 한참 동안 싸웠지만 승부가 나지 않자, 요괴는 다시 긴 자루를 풀었어요. 손오공이 또 소리를 질렀지요.

"여러분 조심하세요!"

소장태자와 여러 장수들은 '조심하라'란 말이 무슨 뜻인지 몰랐지요. 요괴는 화라락 네 장수와 소장태자를 한꺼번에 긴 자루 안에 가둬버렸고, 손오공만이 미리 눈치채고 도망갔지요. 요괴 왕이 승리를 거두고 절로 돌아가 그들 역시 끈으로 단단히 묶어 지하 광에 갖다 놓고 단단히 봉하게 한 것은 더 이상 말하지 않겠어요.

손오공은 근두운을 날려 공중에 솟아올랐다가, 요괴가 절로 돌아가 문을 닫는 것을 보고서야 구름을 내려 서산 언덕에 섰어요.
그리고 슬프게 울부짖었어요.

"사부님, 제가"

　　가르침을 받잡고 불문에 귀의한 이후로
　　감격스럽게도 보살님 덕분에 재난에서 벗어나게 되었습
니다.
　　사부님을 모시고 서역 땅으로 구도의 길을 떠나서는
　　서로 도와 뇌음사에 이르려고 했습니다.
　　굽이굽이 평탄한 길이라더니
　　이렇게 험악하고 요괴가 괴롭힐 줄 어찌 알았겠습니까?
　　온갖 방법 다 써봐도 사부님 구하기 어렵고
　　사방으로 하소연하고 도움을 청해도 모두 헛수고였네요.

自從秉敎入禪林　感荷菩薩脫難深

保你西來求大道　相同輔助上雷音

只言平坦羊腸路　岂時崔巍怪物侵

百計千方難救你　東求西告枉勞心

　　제천대성이 이렇게 슬퍼하고 있는데, 별안간 서남쪽에서 오색
구름 하나가 땅으로 내려오더니 온 산에 큰비가 몰아쳤어요. 그
러더니 누군가가 이렇게 소리쳤어요.

"오공아, 날 알아보겠느냐?"

　손오공이 급히 앞으로 나아가 보니, 그 사람은 이러했어요.

　　큰 귀에 통통한 볼 네모난 얼굴에
　　두툼한 어깨에 둥그런 배 몸집은 넉넉하네.

희희낙락 얼굴엔 화색이 돌고

두 눈은 가을 물결처럼 반짝반짝.

넓은 소매 휘날리는 모습 귀티가 흐르고

초연히 짚신 신은 모습 씩씩하네.

극락세계에서도 으뜸인 부처님

미륵불께서 웃고 계시네.

> 大耳橫頤方面相　　肩査腹滿身軀胖
>
> 一腔春意喜盈盈　　兩眼秋波光蕩蕩
>
> 敞袖飄然福氣多　　芒鞋灑落精神壯
>
> 極樂場中第一尊　　南無彌勒笑和尚

손오공이 보고 급히 절을 올리며 말했어요.

"동쪽에서 오시는 부처님, 어디 가십니까? 제가 미처 길을 피해드리지 못했군요. 용서하십시오! 용서하십시오!"

"소뇌음사의 요괴 때문에 내가 일부러 여기까지 왔단다."

"부처님의 크신 덕과 은혜를 입사옵니다. 감히 여쭙습니다만, 그 요괴는 어디서 왔습니까? 어디의 요마인가요? 그 긴 자루는 또 무슨 보물인지요? 제발 가르쳐주십시오."

"그놈은 내 앞에서 경쇠를 연주하던 누런 눈썹의 하인[黃眉童]이란다. 삼월 삼일 내가 원시회元始會에 가면서 그놈에게 궁에 남아 지키라고 했더니, 그놈이 내 보물을 몇 가지 훔쳐서 요괴가 되어 부처 행세를 했지. 그 긴 자루는 '후천대後天袋'라는 것인데, 보통 '인종대人種袋'라고도 하지. 낭아봉은 경쇠를 연주하던 막대기란다."

손오공이 그 말을 듣고 이렇게 외쳤어요.

"얼씨구, 잘하셨습니다! 그 하인놈이 달아나 멋대로 부처 행세

여러 신들이 요괴에게 곤욕을 치르고, 미륵보살이 요괴를 굴복시키다

를 해서 이 몸을 괴롭히게 놔두셨으니, 가법家法을 잘 다스리지 못한 허물은 피할 수 없을 겁니다."

"이 일은 내가 부주의해 사람 단속을 못 하기도 했고, 또 너희 스승과 제자들의 재난이 끝나지 않았기 때문에 일어났단다. 그래서 온갖 정령들이 하계로 내려온 것이니, 그 재난을 받아야 하는 거야. 내가 그놈을 거둬들여주마."

"이 요괴놈은 신통력이 대단한데, 부처님께선 무기도 없이 어떻게 잡으시나요?"

미륵부처가 웃으며 대답했어요.

"내가 이 산비탈 아래 초가집을 짓고 참외밭을 하나 일궈놨으니까, 네가 그놈에게 가서 싸움을 걸어라. 싸울 때 지는 척하면서 그놈을 이 참외밭으로 유인해 오는 거지. 다른 참외들은 다 덜 익었는데, 너 혼자만 잘 익은 참외로 변신을 하는 거야. 그놈은 분명히 참외를 먹으려고 할 테니까 내가 그 참외를 따서 요괴에게 주마. 네가 그놈에게 먹혀주어라. 그리고 배 속에 들어가서 네 맘대로 그놈을 갖고 놀면 된다. 그러면 내가 그놈의 긴 자루를 빼앗아 그놈을 집어넣어버릴 테니까."

"이 계책이 교묘하긴 합니다만, 부처님께서 어떻게 제가 변한 잘 익은 참외를 알아보고 따시겠습니까? 그리고 그놈이 꼭 저를 따라오리라는 보장이 있나요?"

미륵부처가 껄껄 웃으며 대답했어요.

"나는 세상을 다스리는 존자로서 혜안이 뛰어나거늘 어찌 널 못 알아보겠느냐? 네가 무엇으로 변하건 나는 다 알 수 있단다. 다만 그 요괴가 쫓아오지 않으려 할 수는 있으니, 너에게 법술을 하나 알려주마."

"그놈이 분명 긴 자루로 잘 가두려고 하겠지, 쫓아오려고 하겠어요? 따라오게 할 법술이 무엇인데요?"

"손을 펴보아라."

손오공이 왼손을 펴서 내밀었어요. 미륵부처는 오른손 집게손가락으로 입속의 신령한 물을 묻혀 손오공의 손바닥에 '금禁' 자를 쓰고, 주먹을 꼭 쥐고 있다가 요괴의 얼굴 앞에 손바닥을 펴면 그가 따라오게 된다고 일러주었지요.

손오공은 주먹을 꼭 쥐고 좋아라하며 가르침을 따랐어요. 한 손으로는 여의봉을 빙빙 돌리며 곧장 절 앞으로 가서 크게 소리를 질렀어요.

"요괴놈아! 손 나으리께서 또 오셨다! 빨리 나와서 승부를 겨루자고!"

졸개 요괴가 바삐 달려가 이 사실을 알렸어요.

요괴 왕이 물었지요.

"그놈이 또 병사들을 거느리고 와서 싸움을 걸더냐?"

"다른 병사들은 없고 그놈 하나입니다."

요괴 왕은 껄껄 웃었어요.

"그 원숭이놈, 이제는 더 계책도 힘도 떨어지고 달리 도움 청할 데도 없으니까, 목숨을 갖다 바치려고 온 게로구먼."

그리고 또 싸울 채비를 차려 보물을 지니고 그 가볍고도 탄력 있는 낭아봉을 들고 절 밖으로 나가 버럭 소리쳤어요.

"손오공, 이번엔 버텨내지 못할 거다."

손오공도 호통을 쳤지요.

"못된 요괴놈! 내거 어째서 버텨내지 못한다는 거야?"

"네놈이 더 이상 계책도 힘도 떨어지고 달리 도움 청할 데도 없으니까 혼자서 억지로 버텨보려고 온 거 아니냐? 지금 잡히면 무슨 신병들이 구하러 올 수도 없으니, 네놈이 버티지 못한다는 거야."

"이 요괴놈이 앞뒤 분간도 못 하는구나! 주둥이만 놀리지 말고 이 여의봉 맛을 봐라!"

요괴 왕은 손오공이 한 손으로 여의봉을 돌리는 걸 보고는 웃음을 참을 수 없었어요.

"이 원숭이놈, 재주 부리는 것 좀 보게? 어째서 한 손으로 몽둥이를 놀리는 거냐?"

"아들아, 너는 내가 두 손을 다 쓰면 견뎌내지 못하잖아? 만약 긴 자루를 쓰지 않으면 너 같은 놈은 서너 명이 더 있다 해도 이 어르신의 한 손을 당해내지 못하지."

요괴 왕이 이 말을 듣고 말했어요.

"좋아, 좋다고! 내 이번엔 보물을 쓰지 않고 네놈과 실력으로 승부를 겨루겠다."

요괴는 곧 낭아봉을 들고 앞으로 나아가 싸웠어요. 손오공은 요괴를 정면으로 바라보면서 주먹을 한 번 펴보이고서 두 손으로 여의봉을 놀렸어요. 요괴는 금禁 글씨의 주문에 걸려 물러날 생각을 못 했어요. 그는 정말 긴 자루를 쓰지 않고 낭아봉으로만 공격하며 쫓아왔지요. 손오공이 상대하는 체하다가 달아나니, 요괴는 바로 서쪽 산비탈 아래까지 쫓아왔지요. 손오공은 참외밭이 보이자 재주를 넘어 밭으로 들어가 달게 잘 익은 커다란 참외로 변했어요. 요괴는 걸음을 멈추고 사방으로 둘러보았지만 손오공이 어디로 갔는지 도무지 알 수 없었지요. 요괴는 원두막 옆으로 가서 소리쳤어요.

"이 참외 누가 심은 거요?"

미륵부처가 농부로 변해서 원두막에서 나오면서 대답했어요.

"대왕님, 참외는 제가 심은 겁니다만."

"익은 게 있소?"

"있습니다."

"목 좀 축이게 익은 놈으로 하나 따 오시오."

그러자 미륵보살은 곧장 손오공이 변한 그 참외를 두 손으로 받쳐 요괴에게 건네주었어요. 요괴가 잘 살펴지도 않고 손으로 받자마자 입을 벌려 덥석 삼키자, 손오공은 그 기회를 틈타 또르르 목구멍 아래로 내려갔어요. 그리고 앞뒤 가리지 않고 손발을 마구 놀리기 시작했지요. 배 속에서 창자를 꼬집고 긁고, 재주를 넘으며 물구나무를 서는 등, 제 맘대로 온갖 짓을 다 했어요. 요괴가 아파서 입술을 깨물고 눈물을 펑펑 흘리며 데굴데굴 구르는 바람에 참외밭은 완전히 보리 타작마당이 되어버렸어요. 요괴는 이렇게 외칠 뿐이었지요.

"아이고, 망했다! 누가 제발 나 좀 구해줘요!"

미륵부처는 본모습을 드러내고 껄껄 웃으면서 호통을 쳤어요.

"못된 짐승아, 날 알아보겠느냐?"

그 요괴는 고개를 들어 쳐다보고 황망히 땅바닥에 꿇어앉더니, 두 손으로 배를 문지르고 머리를 바닥에 쿵쿵 박으면서 소리를 질렀어요.

"주인어른, 제발, 제발 제 목숨만 살려주십시오! 다시는 안 그러겠습니다."

미륵부처는 가까이 가서 한 손으로 요괴를 붙잡고는 후천대를 풀어내고 경쇠를 두드리는 막대기를 빼앗았어요. 그리고 이렇게 외쳤지요.

"손오공, 내 얼굴을 봐서 목숨은 살려줘라."

손오공은 약이 바짝 오른 터라 주먹과 발길질을 한 대씩 더 안기고 배 속을 마구 잡아 뜯고 두드려댔어요. 요괴는 도저히 참을 수 없이 아파 땅바닥에 꼬꾸라졌어요. 미륵부처가 다시 한 번 말했어요.

"오공아, 그만하면 됐다. 이제 용서해주렴."

손오공이 그제야 외쳤어요.

"네 이놈아, 주둥이를 벌려라, 손 어르신이 나가실 테니."

요괴는 배가 꼬이는 듯 아팠지만 그래도 심장이 완전히 상한 건 아니었어요. 속담에도 '심장이 상하지 않으면 사람이 죽지는 않고, 꽃이 지고 잎이 떨어지는 건 뿌리가 썩었기 때문이다(人未傷心不得死 花殘葉落是根枯)'라는 말이 있지요.

요괴는 입을 벌리라는 말을 듣자, 즉시 아픔을 참으면서 입을 쩍 벌렸어요. 손오공은 그제야 튀어나와 본모습으로 돌아와서 여의봉을 들고 다시 때리려 했어요. 하지만 미륵불이 일찌감치 요괴를 후천대에 담아 허리에 비껴 차고, 손에는 경쇠를 연주하는 막대기를 들고서 꾸짖고 있었어요.

"이 못된 짐승아! 금 바라는 어디 갔느냐?"

요괴는 그저 살려는 생각에 후천대 안에서 중얼중얼 말했어요.

"금 바라는 손오공이 깨부쉈습니다."

"바라가 깨졌다면 금이라도 돌려다오."

"부서진 금 조각은 대웅전 연화대 위에 있습니다."

미륵불은 후천대를 끼고 막대기를 들고는 껄껄 웃으면서 외쳤어요.

"오공아, 같이 가서 내 금을 찾아보자."

손오공도 미륵보살의 법력을 보았는데, 어찌 감히 거역하겠어요? 그는 미륵불을 안내해 산으로 올라가 절 안으로 들어가서 금 조각을 찾았어요. 절문은 굳게 닫혀 있었는데, 미륵불이 막대기로 가볍게 한 번 치자 바로 열렸어요. 안으로 들어가 살펴보았더니, 졸개 요괴들은 벌써 두목 요괴가 잡힌 걸 알고 각자 짐을 챙겨 사방으로 달아나려 하고 있었어요.

손오공이 눈에 띄는 대로 때려죽이니, 오륙백 명의 졸개 요괴들이 모두 맞아 죽었어요. 그들은 죽은 뒤 제각기 원래 모습으로 돌아왔는데, 모두 산과 나무의 정령이거나 날짐승 산짐승 요괴였어요. 미륵불이 금을 한데 모아 입으로 신선의 기운을 불어 넣고 주문을 외자, 금 조각들은 원래대로 돌아와 금 바라가 되었어요. 그리고 미륵불은 손오공과 작별하고 상서로운 구름을 타고 곧장 극락세계로 돌아갔지요.

제천대성은 그제야 삼장법사, 저팔계, 사오정을 풀어주었어요. 멍텅구리는 며칠 동안이나 매달려서 죽도록 배를 곯은 터라, 제천대성에게 고맙다는 말은 하지도 않고 새우처럼 허리를 굽힌 채 바로 주방으로 뛰어가 먹을 것을 찾았지요. 원래 요괴가 막 점심상을 차리려던 참에 손오공이 와서 싸움을 걸었던 것이라, 입도 대지 않은 음식이 그대로 있었어요. 멍텅구리는 그걸 보자 밥 반 솥을 먹어치우고 바리때 두 개를 꺼내 사부님과 사제를 불러 두 그릇씩 먹게 한 후에야 손오공에게 감사 인사를 했어요.

일행이 요괴의 정체에 대해서 묻자, 손오공은 먼저 탕마천존에게 거북과 뱀을 청해 오고, 그 뒤 국사왕보살에게 소장태자를 청해 왔으며, 나중에는 미륵불이 내려왔다는 얘기를 자세히 했지요. 삼장법사는 그 얘기를 듣자 감사하는 마음에 여러 신들에게 극진하게 예를 올렸어요.

"애야, 이 신들께서는 어디에 갇혀 고생하고 계시냐?"

"어제 일치공조가 저한테 말한 바로는 모두 지하 광 속에 있다고 합니다."

그리고 이렇게 일렀어요.

"팔계야, 나랑 같이 가서 풀어드리자."

멍텅구리는 밥을 먹고 기운이 난지라, 정신을 가다듬고 쇠스랑을 찾아들고는 제천대성과 함께 뒤쪽으로 가서 지하 광을 열고 묶여 있는 신들을 풀어주고, 진루珍樓 아래로 모셔 왔어요. 삼장법사는 가사를 걸치고 모두에게 일일이 절을 올려 감사를 표했어요. 제천대성은 다섯 신룡과 두 장수를 무당산으로 돌려보내고, 소장태자와 네 장수를 빈성으로 돌려보냈어요. 그다음에 이십팔수를 하늘 관청으로 돌아가게 하고, 게체와 가람을 각기 있던 곳으로 돌려보냈지요.

스승과 제자들은 한나절을 쉬고서, 백마에게 든든히 먹이를 먹여주고 봇짐을 챙겨, 다음 날 아침 길을 나섰어요. 그리고 떠날 때 불을 놓아 진루와 보좌寶座, 고각, 강당을 남김없이 태워버렸어요. 바로 이런 것이지요.

> 걸리고 매이는 것 없이 재난에서 벗어났고
> 재앙과 액운 없애고 몸을 빼내 나아가네.
>
> 無罣無牽逃難去　消災消瘴脫身行

결국 얼마나 지나야 이들이 대뇌음사에 도착할는지는 알 수 없으니, 이에 대해서는 다음 회를 들어보시라.

제67회
타라장을 구하고 희시동을 벗어나다

그러니까 삼장법사 일행 넷은 소서천을 떠나 즐거운 마음으로 길을 나섰어요. 달포쯤 걸어가자 어느덧 봄이 무르익어 꽃이 피는 때가 되었으니 동산이며 숲마다 녹음이 우거졌어요. 어느 날, 비바람이 지나간 뒤 황혼 무렵이 되자, 삼장법사가 고삐를 당겨 말을 멈추고 말했어요.

"얘들아, 날이 저물었는데 어디 가서 잠자리를 구해야겠느냐?"

손오공이 웃으며 말했어요.

"사부님, 염려 마세요. 잠자리 빌릴 곳이 없어도 저희 셋 다 재주가 많으니, 팔계더러 풀을 베어 오라고 하고 사오정더러 소나무를 꺾어 오게 해서 제가 목공 일을 하면 되지요. 그래서 길가에 초막집을 지으면 일 년은 거뜬히 날 수 있습니다. 헌데 뭘 그리 조급해하십니까?"

저팔계가 말했어요.

"형, 여기가 어디 사람이 살 만한 곳이라고 그런 말을 하는 거요? 온 산에 호랑이, 표범, 이리 같은 짐승들이 득실거리고, 땅에 깔린 게 귀신, 도깨비들인데 말이오. 대낮에도 걸어가기 힘든데

캄캄한 밤에 어떻게 감히 잠을 자겠소?"

"멍청아, 넌 갈수록 싹수가 노래지는구나! 이 손 어르신이 허풍을 떨어서가 아니라, 이 여의봉 한 자루만 있으면 하늘이 무너져도 받칠 수 있단 말이야."

삼장법사 일행이 이렇게 한창 얘길 하고 있는데, 문득 손오공의 눈에 그리 멀지 않은 곳에 있는 집 한 채가 보였어요. 손오공이 말했어요.

"됐습니다! 잠자리가 생겼어요!"

삼장법사가 물었어요.

"어디에 있단 말이냐?"

"저 숲속에 있는 게 인가가 아닙니까? 우리 저기로 가서 하룻밤 묵고 내일 아침 떠나기로 하지요."

삼장법사가 기쁜 마음으로 말을 재촉하여 그 집 문 밖에 이르러 말을 내렸어요. 그 집 사립문은 굳게 닫혀 있었어요. 삼장법사가 문을 두드리며 말했어요.

"문 좀 열어주십시오! 문 좀 열어주세요!"

그러자 안에서 한 노인이 명아주 지팡이를 짚고 발에는 창포로 만든 짚신을 신고 머리에는 검정 두건을 두르고, 몸에는 소복을 입고 나와 문을 열며 물었어요.

"누구신데 여기서 이렇게 떠들어대시오?"

삼장법사가 두 손을 합장하여 가슴에 모으고 허리를 숙여 절을 하며 말했어요.

"시주님, 저는 동녘 땅에서 파견되어 서천으로 경전을 가지러 가는 중입니다. 마침 이 근처를 지나다 날이 저물었기에 귀댁에 하룻밤 묵고자 왔습니다. 부디 편의를 한번 봐주십시오."

"스님, 서쪽으로 가신다고요, 그쪽으론 도저히 가실 수 없습니다. 여기가 바로 소서천이란 곳인데, 대서천으로 가려면 길이 여간 먼 게 아니라오. 앞으로 가기가 힘든 것은 둘째 치고 당장 이곳을 지나기도 어려울 게요."

"어째서 그렇습니까?"

노인이 손으로 가리키며 말했어요.

"우리 이 마을에서 서쪽으로 삼십 리쯤 되는 곳에 희시동稀柿衕이란 곳이 있는데, 거기 있는 산 이름이 칠절산七絶山이라오."

"칠절이라니요?"

"그 산을 넘어가는 길은 팔백 리인데, 온 산이 전부 감나무 천지라오. 예로부터 '감나무엔 일곱 가지 뛰어난 점이 있으니, 첫째는 수명을 오래할 수 있고, 둘째로 그늘이 많고, 셋째로 새둥지가 없고, 넷째로 벌레가 없고, 다섯째로 서리 맞은 잎사귀가 볼 만하고, 여섯째로 열매가 맛있고, 일곱째로 잎사귀가 살지고 크다'고 했소. 그래서 칠절산이란 이름이 붙었답니다.

우리 고장은 땅이 넓고 사람이 적어 옛날부터 그 깊은 산엔 가 본 사람이 없소. 해마다 무르익은 감들이 길에 떨어져 좁다란 돌길을 가득 메우는데, 그 위에 비나 이슬, 눈과 서리가 내려 곰팡이가 생긴 채 여름을 지나면 온 길이 오물 천지가 되어버린다오. 그래서 이곳 사람들은 보통 희시동(똥길)이라 부르지요.

서풍이 불었다 하면 그 악취가 풍기는데 변소를 퍼낸다 해도 그렇게 고약하진 않을 거요. 지금은 마침 늦봄이라 동남풍이 많이 불어서 아직 그 냄새가 나지 않는 겁니다."

그 말에 삼장법사가 속으로 걱정이 되어 아무 말을 못 하자 손오공이 참다못해 소리를 버럭 질렀어요.

"이 노인네가 아주 꽉 막혔구먼! 우리는 먼 길을 가다가 하룻밤 묵으러 온 것뿐인데, 그따위 장황한 얘기를 늘어놓아 사람을 놀라게 하다니! 집이 좁아 잘 만한 곳이 없다면, 우린 여기 나무 아래 쭈그리고 앉아서라도 하룻밤쯤 그냥 보낼 수도 있지. 웬 잔소리가 그렇게 많은 거요?"

노인은 손오공의 추한 용모를 보자 그만 입을 다물고 놀라 어쩔 줄 몰랐지만, 억지로 용기를 내어 버럭 호통을 치고 명아주 지팡이로 그를 가리키며 말했어요.

"네 이놈! 앙상하게 말라빠진 얼굴에 툭 불거진 이마, 납작한 코, 푹 파인 볼때기에 털이 숭숭 난 눈깔, 폐병 귀신 같은 꼴을 해 가지고, 어디 아래위도 없이 주둥이를 삐죽 내밀고 감히 이 늙은 이에게 대드는 게냐?"

손오공이 짐짓 생글생글 웃으며 말했어요.

"노인장! 눈은 있어도 눈동자는 없으시구려. 이 폐병 귀신을 알아보지 못하시다니! 관상법에도 '생김새는 이상해도 돌 속에 아름다운 옥이 들어 있는 상(形容古怪 石中美玉之藏)'이란 말이 있잖소? 말이나 겉모양으로 사람을 취한다면 그건 잘못이다 이 말씀이오. 내 비록 못생기긴 했어도 재주는 꽤 있는 몸이오."

"그럼 자네는 어느 고장 사람인가? 성명은 뭐고? 무슨 재주가 있느냐?"

손오공이 웃으며 말했어요.

"나로 말하자면,"

예로부터 위대한 동승신주에 살았고
화과산에서 어릴 적부터 도를 닦았네.
영대방촌산 수보리조사를 모시고
무예를 배워 골고루 다 익혔다네.
바다를 휘저어 용왕도 항복시킬 줄 알고

산을 떠메고 해를 쫓아버리기도 잘하지.

요괴를 잡는 데는 천하제일

하늘의 별을 옮기면 귀신들이 근심하네.

하늘에서 훔치고 땅을 헤집어놓아 뛰어난 명성 높거니

이 몸이 바로 변화무궁한 멋진 돌원숭이라네.

祖居東勝大神洲　　花果山前自幼修

身拜靈臺方寸祖　　學成武藝甚全周

也能攬海降龍母　　善會擔山赶日頭

縛怪擒魔稱第一　　移星換斗鬼神愁

偷天轉地英名大　　我是變化無窮美石猴

　노인이 이 말을 듣자 화를 풀고 반색을 하며, 허리를 숙여 인사하고 말했어요.

　"들어오십시오! 누추한 집이나마 들어와 쉬십시오."

　마침내 삼장법사 일행은 말을 끌고 짐을 메고 일제히 안으로 들어갔어요. 문안에는 양쪽으로 가시덤불이 죽 깔려 있었어요. 이 층 문은 벽돌로 쌓았는데 이 담장에도 가시나무가 뒤덮여 있었어요. 그 안으로 들어가니 비로소 기와지붕을 얹은 방 세 칸이 나타났지요. 노인이 의자를 끌어당겨 앉게 하고 차를 대접하며, 또 밥을 준비하라 일렀어요. 잠시 후 탁자를 옮겨다 놓고 국수와 두부, 토란, 무, 갓, 순무, 향미 밥과 식초를 넣어 끓인 아욱국을 푸짐하게 차려냈어요. 일행은 배부르게 한 끼를 잘 먹었어요. 다 먹고 나자 저팔계가 손오공을 끌어당겨 소곤거렸어요.

　"형님, 저 늙은이가 처음엔 우릴 재워주려 않더니 이젠 도리어 이렇게 푸짐하게 먹여주기까지 하니, 어찌된 일일까요?"

　"이까짓 게 몇 푼어치나 된다고. 내일은 과일이며 음식을 오늘

보다 더 잘 차려낼 거다."

"부끄럽지도 않소! 몇 마디 허풍을 쳐서 밥 한 끼 속여 먹었으면 됐지. 내일 떠나는 마당에 또 대접해주길 바라는 거요?"

"가만있어! 내가 다 생각이 있으니까."

얼마 안 있어 날이 점점 어두워지자, 노인이 등을 가져오게 했어요. 손오공이 허리를 숙여 예를 표하며 물었어요.

"영감님, 성함은 어찌 되십니까?"

"이씨요."

"그럼 귀댁의 이 마을은 바로 이가장李家莊이겠군요."

"아니오, 여기는 타라장駝羅莊이라고 부른다오. 모두 오백 호 정도가 사는데, 다른 성씨가 많고 이씨는 나 하나라오."

"시주님, 무슨 뜻으로 저희에게 그처럼 성찬을 베푸셨습니까?"

그러자 노인이 허리를 펴고 말했어요.

"방금 듣자니, 스님이 요괴를 잘 잡는다고 하셨잖소? 이곳에 요괴가 있다오. 스님께서 우릴 위해 그 요괴를 좀 잡아주시면 따로 후하게 사례하리다."

손오공이 위를 쳐다보며 예를 갖춰 큰 소리로 승낙하는 뜻을 밝혔어요.

"손님, 찾아주셔서 감사합니다!"

저팔계가 말했어요.

"저 봐, 또 화를 불러들이는군! 요괴를 잡으라는 말을 듣자마자 저러는 것 좀 봐. 자기 외할아버지한테라도 저렇게 다정하게 굴진 못할 거야. 미리 인사부터 하다니!"

"아우야, 넌 몰라서 그래. 내가 인사한 건 바로 계약금을 거는 것이거든. 그래야 다른 사람을 또 청해 오지 않을 거 아니냐?"

삼장법사가 이 말을 듣고 말했어요.

"저 원숭이 녀석, 무슨 일이든 제멋대로구나. 만약 그 요괴가 신통력이 대단해서 네가 잡지 못하면 출가한 몸으로 거짓말을 하는 게 되지 않느냐?"

손오공이 웃으며 말했어요.

"사부님, 너무 나무라지 마십시오. 제가 다시 물어보겠습니다."

그러자 노인이 말했어요.

"무얼 더 묻는단 말씀이오?"

"이 고장은 지세가 맑고 평탄한데다 인가도 아주 많고, 더구나 외딴곳도 아닌데, 무슨 요괴가 감히 댁 같은 큰 집에 발을 들인단 말입니까?"

"내 솔직히 말씀드리리다. 여기는 오랫동안 아주 평온한 곳이었소. 그런데 삼 년 반 전에 갑자기 한바탕 바람이 몰아치는 거였소. 그때 마을 사람들은 아주 바빴다오. 마당에선 보리를 타작하고, 논에선 모내기를 하느라 다들 정신없이 바쁜 때라 그저 날씨가 변하나 보다 했소. 헌데 누가 알았겠소? 바람이 지나가는 곳에는 요괴가 나타나 사람들이 놓아먹이던 소와 말, 돼지와 양을 먹어치우고, 닭이며 거위며 눈에 띄는 대로 모조리 잡아먹더니, 사람을 보더라도 남녀를 가리지 않고 산 채로 삼켜버리는 거요. 그때 이후 요 이태 동안 노상 나타나 산목숨을 해치고 있다오. 스님, 요괴를 잡을 재주가 있으시면, 우리 마을을 깨끗하게 해주시오. 틀림없이 후하게 사례하리다. 절대 섭섭하게 하지 않겠소."

"그런 거면 잡기 어렵겠군요."

저팔계가 말했어요.

"아무렴요, 어렵고말고요! 저희는 행각승이라 하룻밤 묵었다 내일이면 떠날 텐데 요괴는 무슨 요괴를 잡겠소?"

그러자 노인이 말했어요.

"알고 보니 네놈들은 사기 쳐서 밥이나 얻어먹는 중들이었구나! 처음 만났을 땐 큰소리 뻥뻥 치면서, 뭐 하늘의 별을 옮기고 요괴를 잡을 줄 안다느니 하더니, 이제 진짜 애길 꺼내니까 잡기 어렵겠다고 물러서?"

손오공이 말했어요.

"영감, 요괴는 잡기 쉽습니다. 다만 이곳 사람들이 마음을 합치지 않기 때문에 잡기 어렵다는 것입니다."

"어째서 마음을 합치지 않았다는 거요?"

"요괴가 삼 년이나 행패를 부려왔으니 또 얼마나 많은 생명을 해쳤겠습니까. 내 생각 같아선, 한 집에서 은 한 냥씩만 내면 오백 호니까 오백 냥 은자는 모을 수 있을 텐데, 그만한 돈이면 어딜 가서든 도력 있는 도사 하나쯤 데려와 요괴를 잡았을 겁니다. 그런 걸 어떻게 삼 년씩이나 그냥 괴롭힘을 당하고 있는 말이오?"

"돈을 쓰는 거라면 아닌 게 아니라 정말 한심하기 짝이 없소. 여기 어느 집 치고 네다섯 냥 은자를 쓰지 않은 집이 있겠소! 재작년만 해도 산 남쪽에 가서 중을 하나 청해 와 요괴를 잡도록 했지만 결국 잡지 못하고 말았소."

"그 중이 어떻게 요괴를 잡던가요?"

그러자 노인이 말했어요.

"그 중은

몸에 가사를 걸쳤소.
먼저 『공작경』을 읽고
후에 『법화경』을 외웠소.
향로 안에 향을 태우고
손에 방울을 들었소.

한창 염불을 외니까
요괴가 놀라 움직입디다.
바람이 불고 구름이 일더니
곧장 마을로 찾아왔소.
중이 요괴와 맞붙어 싸우는데
정말 대단했소.
주먹을 주고받아 넘어뜨리고
번갈아 움켜쥐고 쥐어뜯었소.
중은 계속 덤벼들었지만
잡을 머리카락도 없었지!
순식간에 요괴가 이기고
그 길로 연기와 노을에 싸여 돌아가버렸소.
원래는 머리에 계를 받은 자국이 있는 중이었는데
우리가 가까이 가 보니
까까머리가 농익은 수박처럼 터져버렸더이다!

那箇僧伽　披領袈裟
先談孔雀　後念法華
香焚爐內　手把鈴拿
正然念處　驚動妖邪
風生雲起　徑至庄家
僧和怪鬪　其實堪誇
一遍一拳倒　一遍一把抓
和尚還相應　相應沒頭髮
須臾妖怪勝　徑直返烟霞
原來晒乾疤
我等近前看　光頭打的似箇爛西瓜

손오공이 웃으며 말했어요.

"그렇다면 손해만 보았겠군요."

"그 사람이야 제 한 목숨 내놓고 말았지만, 밑진 건 역시 우리들이죠. 관을 사서 장사를 지내주고 또 그자의 제자에게 돈푼깨나 쥐여줬거든. 그런데도 그 제자란 녀석은 성이 차지 않았는지 지금까지도 고발을 하겠다느니 해서, 일이 깨끗이 끝나지 않은 판이오."

"그래서 또 어떤 자를 청해 와 요괴를 잡게 했나요?"

"작년에는 다시 도사를 한 명 불러왔소."

"그 도사는 어떻게 요괴를 잡던가요?"

노인이 말했어요.

"그 도사는"

머리엔 금관을 쓰고
몸엔 법의를 입었소.
영패를 울리며
부적과 정화수를 쓰더군.
신장을 부려
요괴를 잡으려 했지.
광풍이 휘몰아치고
검은 안개가 자욱하게 몰려왔소.
요괴는 곧 도사와
한데 어울려 싸우기 시작했소.
해가 저물도록 싸우다가
요괴가 구름을 타고 돌아갔소.
천지가 맑게 개자

우리가 모두 모여
도사를 찾으러 나가 보니
산골짜기 시냇가에 처박혀 죽어 있었소.
끌어올려 봤더니
정말 뜨거운 물에 빠진 닭 꼴이더군!

頭帶金冠　身穿法衣
令牌敲響　符水施爲
驅神使將　拘到妖魑
狂風滾滾　黑霧迷迷
卽與道士　兩箇相持
鬪到天晚　怪返雲霓
乾坤淸朗朗　我等衆人齊
出來尋道士　澪死在山溪
撈得上來大家看　却如一箇落湯雞

손오공이 웃으며 말했어요.

"그렇다면 또 손해를 봤겠군요."

"그 도사도 제 한 목숨 바쳤지만, 우리는 또 억울한 생돈을 숱하게 날렸지요."

"문제없습니다, 문제없어요! 제가 잡아드리겠소."

"정말 그놈을 잡을 재주가 있다면, 우리 마을의 원로 몇 분을 모셔다 계약서를 써주겠소. 스님이 이기면 달라는 대로 얼마든지 사례금을 드리겠지만, 만약 지게 되도 절대 우리에게 생떼 쓰지 말고 각자 천명을 따르기로 합시다."

손오공이 웃으며 말했어요.

"이 영감, 사람들 생떼에 어지간히 겁을 먹었군. 우린 그런 사람들이 아니오. 얼른 가서 마을 원로들을 모셔 오시오."

노인은 기뻐 어쩔 줄 모르며 당장에 심부름꾼 아이를 시켜 근처 이웃들과 사촌동생, 이종형, 친척, 친구해서 도합 여덟아홉 명의 노인을 모셔 와 만나보게 했어요. 삼장법사와 인사를 나누고 요괴 잡는 일에 대해 얘기하게 되자 기뻐하지 않는 이가 없었지요. 모인 노인들이 물었어요.

"어느 제자분이 잡으러 갑니까?"

손오공이 팔짱을 낀 채 말했어요.

"바로 이 꼬마 중이올시다."

그러자 모두들 깜짝 놀라 말했어요.

"안 됩니다, 안 돼요! 그 요괴는 신통력이 대단하고 몸집도 무지무지 크다오. 이 스님같이 빼빼 마르고 조그만 체구로는 그놈의 이빨 새에도 차지 않을 거요!"

손오공이 웃으며 말했어요.

"노인장, 사람을 볼 줄 모르시는군요! 내가 작기는 작지만 아주 야무져서, '칼을 간 숫돌물을 마신 것처럼, 진짜 정기는 안에 들어 있다(吃了磨刀水-秀氣在內裡)'는 것 아닙니까."

여러 노인들은 이 말에 그대로 따를 수밖에 없었어요.

"스님, 요괴를 잡게 되면 사례금을 얼마나 원하십니까?"

"사례금이니 뭐니 할 게 있습니까? '금전이라고 하면 눈이 번쩍 뜨이고, 은전이라 눈길이 돌아가고, 동전이다 하면 코를 벌름거린다(說金子幌眼 說銀子傻白 說銅錢腥氣)'는 말도 있지만, 우리처럼 덕을 쌓는 승려는 절대 돈 같은 건 받지 않소."

"그렇게 말씀하시는 걸 보니 정말 계戒를 받은 고승들이셨군요. 돈을 받지 않으시겠다지만 그렇다고 그냥 폐를 끼칠 수야 없지요! 저희는 모두 고기잡이와 농사로 생계를 삼고 있으니, 만약 요괴를 물리쳐 이곳을 깨끗하게 해주시면 각 집에서 좋은 땅 두 마지기씩을 내놓겠습니다. 그것으로 적당한 곳에 천 마지기쯤 되는 땅을 마련해서 절을 지어드릴 테니, 거기서 참선하도록 하십시오. 그러면 이리저리 떠돌아다니는 것보다 훨씬 낫지 않겠습니까?"

손오공이 다시 웃으며 말했어요.

"그건 더더욱 안 될 말씀이오. 땅을 갖게 되면 말을 키우고 곡식도 거두고 풀도 베야 하니, 초저녁이든 새벽이든 눈도 붙이지 못할 게 아니오? 그야말로 사람 잡을 노릇이지!"

"이도 저도 싫다 하시면, 어떻게 사례를 해야 합니까?"

"우린 출가한 사람이니 차 한 잔, 밥 한 그릇이면 족하오."

노인들이 기뻐하며 말했어요.

"그거야 쉽지요. 그런데 어떻게 그놈을 잡으시려는지 모르겠소."

"그놈이 오기만 하면 당장 잡아주겠소."

"그 요괴가 얼마나 큰데 그래요! 위로 하늘까지, 아래로 땅까지 닿는 키에, 올 때는 바람을 타고, 갈 때는 안개를 몰고 다닌다오. 어떻게 그놈에게 접근한단 말이오?"

손오공이 웃으며 말했어요.

"바람을 부르고 안개나 모는 정도의 요괴라면 내 손주뻘밖에 안 되는 놈이지요. 몸집이 큰 것쯤이야 다 손쓸 방법이 있고."

이렇게 한창 얘기를 주고받고 있는데 휘휘 바람 소리가 울렸어요. 기겁을 한 노인들이 부들부들 떨며 말했어요.

"아니, 이 스님이 정말, 입이 방정이군! 요괴 얘길 하니 정말 요괴가 나타났네."

이씨 노인이 중문中門을 열고 몇몇 친척들과 삼장법사까지 소리 질러 불렀어요.

"들어오시오! 어서! 요괴가 왔소!"

겁을 먹은 저팔계도 그리로 들어가려 했고 사오정까지 마찬가지였어요. 손오공이 두 손으로 그 둘을 붙잡아 말했어요.

"정말 도리를 모르는 놈들이구나! 출가한 사람이 어찌 그렇게 안팎 구분도 못 한단 말이냐! 거기 서! 꼼짝하지 마! 나랑 같이 뜰로 나가 어떤 요괴인지 보자."

저팔계가 말했어요.

"형님, 저 사람들은 겪을 만큼 겪어본 사람들이잖아요? 바람소리로 보아 틀림없이 요괴가 나타난 거라고요! 다들 숨는 판에 우리가 그놈과 무슨 친분이 있는 것도 아니고, 아는 사이도 아니고, 절친한 옛 친구도 아닌데, 그놈을 봐서 뭐하려고요?"

하지만 워낙 완력이 센 손오공은 더 들을 것도 없이 다짜고짜 둘을 움켜쥐고 뜰에다 세워놓았어요. 그 바람은 갈수록 사나워졌지요. 대단한 바람!

나무를 쓰러뜨리고 숲을 헤집어 이리와 범이 근심하고
강물을 뒤엎고 바다를 휘저으니 귀신이 걱정하네.
화악의 세 봉우리 바위를 뒤엎어놓고
천하 네 대륙을 들쑤셔놓는다.
마을 집집마다 문을 닫아걸고
온 동네 아이와 여인들 몸을 숨기네.
검은 구름 자욱하게 깔려 은하수 별빛을 가리고
등은 빛을 잃어 온 천지가 컴컴하네.

倒樹摧林狼虎憂　播江攪海鬼神愁
掀翻華岳三峰石　提起乾坤四部洲
村舍人家皆閉戶　滿庄兒女盡藏頭
黑雲漠漠遮星漢　燈火無光徧地幽

겁이 난 저팔계는 부들부들 떨면서 땅에 납작 엎드려 주둥이로 땅을 파헤쳐서 흙 속에 처박고는 마치 못으로 박아놓은 듯 꼼짝을 안 했어요. 사오정은 얼굴을 감싸쥐고 눈도 제대로 뜨지 못했지요. 손오공은 바람 냄새를 맡아보고 요괴라는 걸 알아차렸어요. 어느 틈엔가 바람이 지나더니 공중에서 희미하게 등불 두 개가 반짝거렸어요. 손오공이 얼른 고개를 숙여 소리쳤어요.

"애들아, 바람이 지나갔다. 일어나 봐!"

멍텅구리가 땅에서 주둥이를 빼 흙을 툭툭 털고 얼굴을 들어 하늘을 보자, 등불 두 개가 보이는지라 자기도 모르게 웃음을 터뜨렸어요.

"이거 재밌다! 재밌어! 알고 보니 품행이 바른 요괴인걸. 친구로 사귀어볼 만한 놈이야."

사오정이 말했어요.

"이렇게 캄캄한 밤인데다 서로 얼굴도 본 적 없는 처지에, 어떻게 좋고 나쁜 걸 안다고 그래요?"

"옛사람이 이르길 '밤에 길을 가려면 등불을 켜고, 등불이 없으면 가지 않는다(夜行以燭 無燭則止)'고 했어. 봐라, 한 쌍의 등불을 들고 길을 인도해주는 걸 보면 분명 좋은 놈일 거야."

"잘못 보셨어! 저건 등불이 아니라 요괴의 두 눈이 빛나는 거라고."

멍텅구리는 그만 질겁하여 목이 세 치나 쏙 들어갔어요.

"아이고 할아버지! 눈이 저렇게 크다니! 그럼 입은 얼마나 크다는 거야!"

손오공이 말했어요.

"애들아, 겁내지 마라. 너희 둘은 사부님을 보호하고 있어라. 손 어르신이 저놈 말투를 들어보고 무슨 요괴인지 알아볼 테니까."

저팔계가 말했어요.

"형님, 제발 우리는 끌어들이지 마시오."

멋진 손오공! 그는 몸을 솟구쳐 휘파람을 휙 불더니 공중으로 뛰어올라 여의봉을 잡고 호통을 쳤지요.

"잠깐! 멈춰라! 이 몸이 오셨다!"

요괴가 손오공을 보더니 몸을 떡 버티고 서서 긴 창을 마구 휘둘렀어요. 손오공이 여의봉을 겨누며 물었어요.

"네놈은 어디 요괴냐? 어디 사는 정령이야?"

요괴는 역시 가타부타 대답도 없이 창만 휘두를 뿐이었죠. 손오공이 다시 물었지만 마찬가지였어요. 손오공이 피식 웃으며 말했어요.

"아예 벙어리에 귀머거리였구나! 게 서라! 여의봉 맛이나 봐라!"

요괴는 전혀 두려운 기색도 없이 창을 마구 휘둘러 막았어요. 공중에서 주거니 받거니 엎치락뒤치락 열두 시가 다 되도록 싸웠지만 승부가 나지 않았어요. 저팔계와 사오정은 이 노인 집 뜰에서 그 싸움을 보고 있었지요. 사실 요괴는 창을 휘둘러 막기만 하고 있었지 전혀 공격하는 기색이 없었고, 손오공의 여의봉은 줄곧 요괴의 머리를 떠나지 않고 노리고 있었지요. 저팔계가 웃으며 말했어요.

"사오정, 넌 여기서 잘 지키고 있어. 이 몸이 가서 좀 도와줘야겠어. 저 원숭이가 공을 독차지하여 상을 받게 해선 안 되니까 말이야."

멋진 멍텅구리! 그놈은 곧 구름 위로 뛰어올라 요괴를 쫓아가서 쇠스랑으로 찔러댔어요. 요괴는 또 다른 창으로 막아냈지요. 두 자루의 창이 마치 날아다니는 뱀인 듯 번쩍이는 번개인 듯 빨랐어요. 저팔계는 그 모습에 감탄했어요.

"이 요괴, 창 쓰는 솜씨가 대단한걸! '산후창山後鎗'이 아니라 바로 '전사창纏絲鎗'일 거야. '마가창馬家鎗'도 아니고 바로 '연병창軟柄鎗'이라는 거지."

그러자 손오공이 말했어요.

"멍청아, 헛소리 좀 집어치워! 세상에 무슨 '연병창'이란 창 쓰는 법이 있더냐!"

"형님, 보시오. 저놈은 창끝으로 우릴 계속 막아내는데, 창 자루는 보이지 않으니, 어디다 감췄는지 모르겠단 말씀이오."

"어쩌면 '연병창'인지도 모르겠구나, 정말! 하지만 이 요괴가 아직 말을 할 줄 모르는 걸 봐서 사람으로 변하는 수준까진 못 간 것 같아. 음기도 아직 많고 말이야. 날이 밝아 양기가 성해지면 틀림없이 달아날 거야. 그때 놓치지 말고 꼭 잡아야 돼."

"맞아! 맞아!"

이렇게 또 한참을 싸우고 있는데 어느덧 동쪽 하늘이 하얗게 밝아왔어요. 그러자 요괴는 더 싸울 엄두를 못 내고 고개 돌려 도망치기 시작했어요. 손오공과 저팔계가 일제히 뒤쫓았지요. 그런데 갑자기 어디선가 지독한 악취가 코를 찌르니, 다름 아닌 칠절산 희시동까지 왔던 것이었어요. 저팔계가 말했어요.

"어느 집에서 변소를 치고 있는 거야, 젠장! 지독하게 구리네!"

손오공이 코를 싸쥐고 소리쳤어요.

"얼른 요괴를 뒤쫓아! 얼른!"

요괴는 산속으로 들어가 본래 모습을 나타냈는데, 바로 붉은 비늘이 뒤덮인 커다란 구렁이였어요.

눈은 새벽 별빛을 내쏘고
코로는 아침 이슬을 내뿜는다.

촘촘한 이빨은 강철 칼날처럼 늘어서 있고
꼬부라진 발톱은 쇠갈고리처럼 굽었네.
머리에는 한 줄기 기린의 뿔 같은 게 솟아
마치 수천 덩어리 마노를 모아놓은 듯하고,
몸에는 온통 붉은 비늘
수만 조각 연지를 쌓아 올린 듯하네.
땅에 서려 있으면 꼭 비단 이불인 성싶고
하늘을 날면 붉은 무지개로 잘못 보이네.
누워 쉬는 곳엔
비린내가 하늘을 찌르고
움직일 땐 붉은 구름이 온몸을 감싸네.
얼마나 큰가 하니
양쪽에 선 사람이 동서를 알아볼 수 없고,
얼마나 긴가 하니
산 하나를 타고 넘어 남북을 다 차지하네.

眼射曉星　鼻噴朝露

密密牙排鋼劍　彎彎爪曲金鉤

頭戴一條肉角　好便似千千塊瑪瑙攢成

身披一派紅鱗　却就如萬萬片胭脂砌就

盤地只疑爲錦被　飛空錯認作紅霓

歇臥處　有腥氣中天

行動時　有赤雲罩體

大不大　雨邊人不見東西

長不長　一座山跨占南北

저팔계가 말했어요.

"알고 보니 이렇게 긴 구렁이였구나! 사람을 잡아먹는다면 한 번에 오백 명쯤 삼킨대도 배가 차지 않겠는걸!"

"그 연병창이 바로 저놈의 두 가닥 혀였구나. 바싹 뒤쫓아 저놈이 맥이 빠지면 뒤에서 공격하자!"

저팔계가 몸을 솟구쳐 쫓아가 쇠스랑으로 내리쳤어요. 요괴는 머리를 굴속에 들이밀었지만, 그러고도 일고여덟 자나 되는 꼬리가 밖에 남아 있었어요. 저팔계가 쇠스랑을 내던지고 손으로 그 꼬리를 덥석 쥐고 말했어요.

"잡았다! 잡았어!"

그리고 있는 힘을 다해 밖으로 끌어당겼지만 꼼짝도 하지 않았어요. 손오공이 웃으며 말했어요.

"멍청아, 들어가게 놔둬. 내게 다 방법이 있으니까. 이렇게 거꾸로 잡아당기면 안 돼."

저팔계가 손을 놓자 구렁이는 몸을 움츠러들게 하여 안으로 쏙 들어가버렸어요. 저팔계가 원망했어요.

"방금 손을 안 놓았으면 벌써 반 토막은 우리 거였는데. 이렇게 쏙 들어가버렸으니 이젠 어떻게 끌어내지요? 이거, 거지가 부릴 뱀이 없어진 꼴이잖아!"

"이놈은 몸집이 어마어마한데 굴은 좁으니까 분명 몸을 제대로 돌리지 못하고 곧장 뚫고 들어가 뒷문으로 머리를 내밀 거야. 그러니 넌 얼른 뒷문으로 가서 막고 있어. 내가 앞문에서 몰아낼 테니까."

멍텅구리는 한 줄기 연기처럼 단숨에 산을 넘어갔어요. 아니나 다를까 거기에는 구멍 하나가 나 있었어요. 저팔계는 거기에 자리를 잡고 섰지요. 헌데 제대로 서기도 전에 벌써 손오공이 앞문 밖에서 몽둥이로 안을 휘젓는 바람에, 요괴가 아픔을 견디다 못해 곧장 뒷문으로 빠져나오는 것이었어요.

미처 준비가 안 된 저팔계는 요괴가 휘두르는 꼬리에 채여 나뒹굴고 말았어요. 일어나려고 발버둥도 치지 못하고 땅바닥에 누운 채 아픈 걸 억지로 참고 있었지요. 손오공은 굴속에 아무것도 없는 걸 보고 여의봉을 높이 치켜들고 뛰어오며 "요괴 잡아!" 하고 고함을 질렀어요. 저팔계는 그 호통 소리를 듣자 창피한 생각이 들어 아픔을 참고 엉금엉금 기어 일어나 쇠스랑으로 무턱대고 쳐댔어요. 손오공이 그 모습을 보고 웃으며 말했어요.

"요괴는 도망갔는데, 넌 아직 뭘 치고 있는 거냐?"

"이 몸은 여기서 '풀밭을 두드려서 뱀을 놀라게 하고(打草驚蛇)'[1] 있는 중이야."

"이 멍청아! 얼른 쫓아가!"

둘이 골짜기를 건너 뒤쫓자 그 요괴가 똬리를 틀고 앉은 채 머리를 꼿꼿이 쳐들고, 커다란 아가리를 쩍 벌려 저팔계를 삼키려고 했어요. 저팔계는 깜짝 놀라 뒤로 꽁무니를 뺐지만, 손오공은 도리어 그 앞으로 다가가 요괴에게 한입에 삼켜져버리고 말았어요. 저팔계가 가슴을 치고 발을 구르며 부르짖었어요.

"형님! 끝장이 나고 말았구려!"

손오공이 요괴의 배 속에서 여의봉을 버텨 세우고 말했어요.

"팔계야, 걱정하지 마. 내가 이놈더러 다리를 놓게 할 테니, 잘 봐라!"

요괴가 허리를 구부리니 마치 무지개다리 같았어요. 저팔계가 말했지요.

"다리 같긴 한데 감히 건너갈 사람은 없겠는걸?"

---

1 속담으로 '갑甲을 징계하여 을乙을 깨우쳐주다' 혹은 '경솔한 행동을 하여 계획, 책략 따위가 사전에 누설되어 상대방으로 하여금 미리 대비하게 만들다'는 뜻으로 쓰인다.

"이번엔 배로 변하게 해볼 테니, 잘 봐라."

손오공이 요괴 배 속에서 여의봉으로 뱃가죽을 꽉 누르자, 요괴는 뱃가죽이 땅에 붙인 채 머리를 번쩍 펼쳐 드니, 마치 한 척의 공보선贛保船²처럼 되었어요. 저팔계가 말했어요.

"배처럼 생기긴 했지만 돛이 없으니 바람을 탈 수가 없잖아?"

"저리 좀 비켜봐라, 이놈에게 바람을 타게 할 테니, 잘 봐!"

손오공은 다시 여의봉으로 있는 힘껏 구렁이의 등줄기를 찔러서 예닐곱 장이나 되게 툭 솟아오르게 만드니, 마치 돛대처럼 되었어요. 요괴는 아픔을 참다못해 죽을힘을 다해 앞으로 씽 미끄러져 가니, 순풍을 탄 돛단배보다 더 빨리 왔던 길을 되돌아 산을 내려갔어요. 그렇게 이십 리쯤 가서야 비로소 흙먼지 속에 쓰러져 꼼짝도 하지 못했어요. 오호라! 마침내 숨이 끊어졌던 거예요. 저팔계가 뒤를 따라와 또다시 쇠스랑으로 마구 찍어댔어요. 손오공은 구렁이의 몸에 커다란 구멍을 뚫고 밖으로 빠져나왔지요.

"멍청아, 이미 죽어 자빠진 놈을 왜 자꾸 찍어대는 거야?"

"형님, 잘 모르는 모양인데, 이 몸이 평생 뱀 때려잡는 걸 얼마나 좋아했다고!"

둘은 마침내 무기를 거두고, 구렁이의 꼬리를 쥐고 질질 끌고 갔어요.

한편, 타라장의 이씨 노인과 여러 사람들이 삼장법사에게 말했어요.

"스님의 두 제자분이 밤새 돌아오지 않는 걸 보니 분명 목숨이 잘못된 모양이오."

---

2 명·청 시대 남방에서 쓰던 소형 선박. 풍랑에 대비하여 양쪽 끝이 날개 모양으로 치켜올라가 있다. 바다로 나가 항해할 수도 있었다.

"절대 그럴 리가 없습니다. 나가서 좀 보지요."

그리고 얼마 안 있어 손오공과 저팔계가 큰 구렁이 한 마리를 끌고 큰 소리로 떠들어대며 돌아왔어요. 사람들은 그제야 마음을 놓고 기뻐했어요. 온 마을 주민들이 모두 찾아와 무릎을 꿇고 절을 올렸지요.

"나리님, 바로 저 요괴가 여기서 사람을 해쳤습니다. 오늘 천만다행으로 나리님께서 법술을 펴시어 이 사악한 요괴놈을 없애주셨으니, 이제부터 저희들 모두 마음 놓고 살 수 있게 되었습니다."

마을 사람들 모두 고마워 어쩔 줄 모르며 이 집 저 집 너나없이 삼장법사 일행을 청해 대접했어요. 일행은 사람들에게 붙잡혀 육칠 일이나 머무르다가, 한사코 사양하며 떠나겠다고 해서 그제야 길을 떠날 수 있었어요. 또 그들 일행이 돈을 받지 않으려는 걸 보고 집집마다 마른 양식과 과일을 장만해 노새와 말에 가득 싣고 울긋불긋 오색 깃발을 휘날리며 모두 전송을 나왔어요. 이곳 오백 호 가운데서 무려 칠팔백 명이나 나와 전송했지요.

일행은 가는 길 내내 희희낙락 즐거운 기분이었어요. 그렇게 어느 틈엔가 칠절산 희시동 어귀에 이르렀어요. 삼장법사는 지독한 악취에 또 길이 꽉 막혀 있는 걸 보고 말했어요.

"오공아, 이래서야 어떻게 여길 지나가겠느냐?"

손오공이 코를 싸쥐고 말했어요.

"이건 정말 어렵겠는데요."

삼장법사는 손오공까지 어렵겠다고 하는 걸 보고 그만 눈물을 뚝뚝 흘렸어요. 이씨 노인과 여러 사람들이 앞으로 나와 말했어요.

"나리님, 걱정 마십시오. 저희들이 예까지 전송을 나온 것도 미리 다 작정해둔 바가 있어서입니다. 제자분께서 저흴 위해 요괴

타라장의 재난을 구해주고 희시동을 빠져나오다

를 물리쳐 온 마을의 재앙을 없애주신 만큼, 저희도 성심을 다해 따로 좋은 길을 만들어 나리를 지나게 해드리겠습니다."

손오공이 웃으며 말했어요.

"이보시오, 노인장, 말씀에 좀 어폐가 있는 것 같소. 처음에는 이 산이 팔백 리 길이라고 했고, 또 여러분들이 무슨 위대한 우임금의 신령스런 병사도 아닌데, 어떻게 산을 뚫어 길을 열 수 있단 말이오? 우리 사부님을 지나가게 하려면 역시 우리가 힘을 써야지, 여러분들은 못 합니다."

삼장법사가 말에서 내려 물었어요.

"오공아, 어떻게 힘을 쓸 수 있다는 거냐?"

손오공이 웃으며 대답했어요.

"당장 산을 넘어가긴 아무래도 틀렸습니다. 그렇다고 새로 길을 내는 것도 어려우니, 역시 이미 나 있는 길로 가는 수밖에요. 다만 그동안 밥을 대줄 사람이 없어서 걱정입니다."

이씨 노인이 말했어요.

"스님, 무슨 말씀을 그렇게 하시오! 네 분께서 얼마나 오래 계시든 저희는 받들어 모실 수 있습니다. 그런데 어떻게 밥 대줄 사람 없다고 하십니까?"

"그렇다면, 가서 쌀 두 섬으로 밥을 만들고, 찐 떡과 만두도 좀 내주시오. 우리 저 주둥이 길쭉한 스님께서 배불리 자시면 커다란 돼지로 변해 주둥이로 옛길을 파헤쳐 열 것이니, 사부님께선 말을 타시고 우리가 옆에서 부축해드린다면 틀림없이 넘어갈 수 있을 것이오."

저팔계가 이 말을 듣고 말했어요.

"형님, 댁들은 전부 깨끗하게 있으려고만 하면서, 왜 이 몸 혼자만 냄새나는 일을 하라는 거요?"

그러자 삼장법사가 말했어요.

"오능아, 네가 정말 길을 파헤치는 재주가 있어 내가 이 산을 지나가게 해주면, 이번 일은 네 공을 으뜸으로 쳐주마."

저팔계가 웃으며 대답했어요.

"사부님도 계시고 시주님들도 전부 계시지만, 비웃으시면 안 됩니다. 이 몸이 원래 서른여섯 가지 변신술을 가지고 있는데, 가볍고 앙증맞고 화려하며 날 수 있는 것으로 변하라고 하면 그건 정말로 하지 못합니다. 하지만 산이나 나무, 돌덩이, 흙더미나 코끼리, 암퇘지, 물소, 낙타로 변하라면 진짜 얼마든지 다 변할 수 있어요. 다만 몸집이 크게 변하면 배도 따라 커지기 때문에, 필히 배부르게 먹어야만 일을 할 수 있습니다."

사람들이 말했어요.

"있습니다, 있어요! 저희 모두 마른 양식과 과일, 빈대떡, 고기만두를 가져온 게 있습니다. 원래 산길을 열어 여러분들을 배웅할 때 쓰려고 가져온 거예요. 전부 다 꺼내드릴 테니 마음껏 드십시오. 변신해서 일을 시작하시면, 그때 다시 사람을 보내 밥을 지어다 드리겠습니다."

저팔계가 아주 기뻐하며 검은 승복을 벗고, 아홉 날 쇠스랑을 내려놓으며 사람들에게 말했어요.

"비웃지들 마십쇼. 이 몸이 냄새나는 공을 한번 세워보지요."

멋진 멍텅구리! 그가 손가락을 구부려 결을 맺고 몸을 한 번 흔들자 정말로 큼직한 돼지 한 마리로 변했어요. 그 모습이 이러했답니다.

길쭉한 주둥이에 짧은 털, 반은 비곗덩어리
어려서부터 산속에서 약초 먹고 자랐지.

시커먼 얼굴에 고리눈은 해와 달과 같고
둥근 머리에 커다란 귀는 파초 잎 같네.
도를 닦아 강골이 되니 수명은 하늘과 같고
단련된 거친 가죽은 무쇠 우리 같다네.
콧구멍이 막혀 꿀꿀 콧소리 내지르고
벌어진 목구멍에선 씩씩거리는 소리 올라오네.
네 개의 하얀 발굽 높이가 천 자요
칼날 같은 갈기털에 덮인 몸은 백 척도 넘으리.
인간 세상에서 살찐 돼지 본 적 있지만
오늘과 같은 돼지 정령은 본 적이 없으리라.
삼장법사와 마을 사람 하나같이 칭찬하며
천봉원수 법력 높다 우러러보네.

嘴長毛短半脂臕　自幼山中食藥苗
黑面環睛如日月　圓頭大耳似芭蕉
修成堅骨同天壽　煉就粗皮比鐵牢
糶糶鼻音呱詁吼　喳喳喉響噴唱哮
白蹄四隻高千尺　劍鬣長身百丈饒
從見人間肥豕羷　未觀今日老猪魁
唐僧等眾齊稱讚　羨美天蓬法力高

　손오공은 저팔계가 이렇게 변신한 것을 보고, 전송 나온 사람들을 시켜 마른 양식 등 가져온 음식을 한곳에 모아놓게 하여 저팔계에게 배불리 먹게 했어요. 멍텅구리는 날것, 익은 것 가리지 않고 단숨에 널름널름 먹어치우더니, 곧 앞으로 나가 길을 파헤치기 시작했어요. 손오공이 사오정더러 신을 벗고 짐을 잘 지라이르고, 삼장법사를 말안장에 위에 단단히 앉혀주었어요. 자기도

가죽신을 벗어 들고 마을 사람들에게 일렀어요.

"도와주고 싶은 마음이 있으시다면 어서 빨리 밥을 보내주시오. 내 아우가 힘을 계속 내도록 말이오."

전송 나온 칠팔백 명 가운데 태반이 노새며 말을 타고 왔는지라, 밥을 지으러 쏜살같이 마을로 돌아갔어요. 나머지 걸어온 삼백 명은 산 아래 서서 멀리 그들이 가는 걸 바라보고 있었어요. 원래 이 산은 마을에서 삼십 리 길인지라, 밥을 갖고 돌아오는 데 또 삼십 리, 오가면서 조금 지체하면 백 리 남짓 되는 먼 길이었어요. 그동안에 삼장법사 일행은 벌써 또 멀리 나가 있기 마련이었지요. 그래도 마을 사람들은 포기하지 않았어요. 노새와 말을 다그쳐 몰아 일행이 지나간 길을 따라 밤새껏 달려 다음 날 겨우 따라잡을 수 있었어요.

"경전을 가지러 가시는 나리들! 잠깐, 잠깐만 기다려주십시오! 저희가 밥을 가져왔습니다!"

삼장법사가 그 말을 듣고 고마워 어쩔 줄 모르며 말했어요.

"정말 선하고 신의를 지킬 줄 아는 분들이십니다."

그리고 저팔계를 불렀어요.

"팔계야, 멈추고 이 밥을 먹고 다시 힘을 내라."

멍텅구리는 이틀을 꼬박 땅을 파헤친 터라 마침 아주 시장하던 참이었어요. 그 많은 사람들이 어디 밥만 칠팔 섬 지어 왔겠어요? 하지만 저팔계는 쌀밥이고 국수고 간에 모조리 쌓아 한 입에 털어 넣었어요. 이렇게 한 끼를 배부르게 먹고 나자 또 앞으로 길을 파헤쳐 앞으로 나갔지요. 삼장법사와 손오공, 사오정은 마을 사람들에게 감사 인사를 하고 거기서 작별을 고했으니, 그 광경이 이러했답니다.

타라장 사람들 집으로 돌아가니

저팔계는 산을 열고 길을 헤쳐 가네.

삼장법사 진실한 마음에 신령스런 힘이 도와주고

손오공 법술을 쓰니 요괴가 쓰러지네.

천 년 똥길 희시동이 오늘 아침 깨끗해지고

칠절산 산길이 이날에야 열렸네.

육욕의 속된 감정 모두 끊어버리고

편안하고 거침없이 보련대에 절하리라.

駝羅庄客回家去　八戒開山過衛來

三藏心誠神力擁　悟空法顯怪魔衰

千年稀柿今朝淨　七絕衚衕此日開

六慾塵情皆剪絕　平安無阻拜蓮臺

이번에 가는 길이 또 얼마나 멀 것이며 또 어떤 요괴를 만나게 될는지는 알 수 없으니, 이에 대해서는 다음 회를 들어보시라.

선하고 발라 온갖 인연을 거두니
그 이름 사방으로 퍼져나가네.
지혜의 밝은 빛으로 피안에 오르니
쏴쏴 바람 불고
뭉게뭉게 하늘 끝에서 구름 피어나네.
만물이 서로 어울려 도를 즐기며
옥으로 만든 누대에서 천년만년 살겠네.
한갓 나비의 꿈 같은 인생사 깨쳐버리고
유유자적
속세의 때 깨끗이 씻어내어 근심이 없네.

善正萬緣收　名譽傳揚四部洲
智慧光明登彼岸　颼颼　靉靉雲生天際頭
諸物共相酬　永住瑤臺萬萬秋
打破人間蝴蝶夢　休休　滌淨塵氛不惹愁

그러니까 삼장법사 일행은 더러운 희시동 길을 씻어내고 유유

자적 행로에 들어섰어요. 시간은 쏜살같이 흘러 다시 뜨거운 계절이 돌아왔으니, 바로 이러했지요.

동백꽃 아름다운 꽃방울 펼치고
연잎은 푸른 쟁반 펼쳤네.
길가 우거진 버드나무에는 새끼 제비 숨어 있고
길 가는 사람들 더위 피해 하얀 비단 부채 흔드네

海榴舒錦彈　荷葉綻青盤

雨路綠楊藏乳燕　行人避暑扇搖紈

일행이 앞으로 가다 보니 갑자기 성이 한 채 나타났어요. 삼장법사가 고삐를 당기며 물었어요.

"얘들아, 저곳은 어디인 것 같으냐?"

손오공이 말을 받았어요.

"알고 보니 사부님은 글자를 모르셨군요. 그런데 어떻게 당나라 황제의 어명을 받들어 길을 떠나게 되셨을까?"

"나는 어린 나이에 승려가 된 뒤 수많은 경전에 두루 통달했거늘, 왜 나보고 글자를 모른다고 하느냐?"

"글자를 아시는 분이 성 머리의 살구색 깃발에 저렇게 커다랗게 적힌 세 글자를 못 알아보고 어디냐고 물으시는 겁니까?"

"발칙한 원숭이놈, 또 헛소리를 하는구나! 저 깃발이 바람에 마구 펄럭이고 있는데 설령 글자가 적혀 있다 한들 똑똑히 볼 수 있겠느냐!"

"그런데 왜 저한테는 보일까요?"

저팔계와 사오정이 말했지요.

"사부님, 형님의 못된 말장난은 무시하세요. 저렇게 멀어서 성조차 어렴풋한데, 무슨 글자가 보이겠어요?"

"'주자국朱紫國'이라고 쓰여 있잖아!"

"주자국이라면 서방의 왕국임이 틀림없으니, 통행증명서에 도장을 찍어달라고 해야겠구나."

"당연하지요!"

얼마 후 성문에 이른 삼장법사 일행이 말에서 내려 다리를 건너 세 개의 성문을 들어가 보니, 정말 굉장한 곳이었지요!

집들은 높이 치솟았고

낮은 담장 즐비하게 늘어섰네.

주위로는 깨끗한 물이 막힘없이 흐르고

남북으로는 높은 산이 마주 보고 서 있네.

큰길마다 들어선 시장에는 물건들이 넘쳐나고

집집마다 장사가 한창이네.

과연 제왕의 도시이고

하늘이 낳은 큰 나라의 수도일세.

먼 이국의 층층배가 이곳에 이르니

먼 땅의 옥과 비단 가득하네.

산 저쪽까지 아름다운 경치 이어지고

하늘 끝으로 궁성의 담 닿아 있네.

중요한 관문 단단히 잠겨 있으니

만년토록 태평성대를 즐기겠네.

門樓高聳　垛疊齊排

周圍活水通流　南北高山相對

六街三市貨資多　萬戶千家生意盛

果然是個帝王都會處　天府大京城

絕域梯航至　遐方玉帛盈

形勝連山遠　宮垣接漢清

三關嚴鎖鑰　萬古樂昇平

　　삼장법사 일행이 큰 거리를 따라 걸어가자니, 사람들 인물이 훤칠하고 복장이 깔끔하며 말소리가 맑고 활기찬 것이 참으로 위대한 당나라와 비교해도 손색이 없었지요.

　　길 양쪽에서 장사하던 사람들은 저팔계의 지지리 못생긴 모습, 사오정의 검은 얼굴과 큰 키, 손오공의 털북숭이 얼굴과 툭 불거진 이마를 흘깃 보고는 장사도 내팽개치고 다투어 구경을 나왔어요. 삼장법사는 이를 보고 "말썽 피우지 말고, 아래만 보고 걸어라"라며 제자들을 단속했어요.

　　저팔계는 그 말에 따라 매달린 연밥처럼 툭 튀어나온 주둥이를 가슴에 틀어박고, 사오정은 감히 고개도 들지 않았지만, 손오공만은 여기저기 둘러보며 삼장법사 곁에 바짝 붙어서 걸었지요. 구경꾼 중 점잖은 사람들은 보다가 곧 돌아갔지만, 할 일 없이 빈둥대는 건달들과 장난꾸러기 아이들은 키득거리고 기왓장과 벽돌을 던지며 저팔계를 놀려댔어요. 삼장법사는 가슴을 졸이면서 "말썽 일으키지 말라"고 훈계할 뿐이었고, 멍텅구리는 감히 고개도 들지 못했지요.

　　잠시 후 모퉁이를 돌아서니, 문에 '회동관會同館'이라고 적혀 있는 것이 보였어요.

　　"얘들아, 우리 이리로 들어가자꾸나."

　　손오공이 물었지요.

　　"들어가서 뭐하게요?"

　　"회동관이란 천하 사람들이 두루 모이고 함께하는 곳이니, 우리가 폐를 좀 끼쳐도 괜찮겠다. 안에 들어가 좀 쉬었다가 국왕을 배알하고, 통행증명서에 도장을 받아 빨리 길을 떠나자."

이 말을 들은 저팔계가 주둥이를 쑥 빼내자 구경하며 따라오던 수십 명의 사람들이 놀라 자빠졌어요. 저팔계가 앞으로 나서며 말했어요.

"사부님 말씀이 맞아요. 안으로 들어가 떠들어대며 귀찮게 하는 저것들을 피하는 게 좋겠어요."

그래서 삼장법사 일행은 회동관으로 들어가고 구경하던 사람들도 하나둘씩 사라졌지요.

한편, 그곳에는 정正·부副 두 대사大使가 대청에서 일꾼들을 점검하며 어디론가 사신을 맞으러 가려던 참이었어요. 그런데 갑자기 삼장법사가 나타나자 모두 놀라 물었어요.

"누, 누구신가요? 어디로 가시나요?"

삼장법사가 합장을 하며 말했지요.

"저는 동녘 땅 위대한 당나라 황제의 명을 받들어 서역으로 경전을 구하러 가는 승려입니다. 오늘 이곳에 도착하였으나 맘대로 지나갈 수 없기에 통행증명서에 도장을 받아 가려 합니다. 그러니 잠시만 이곳에서 머물게 해주십시오."

두 명의 관리는 그 말을 듣자 좌우를 물리고 의관을 바르게 한 후, 대청에서 내려와 삼장법사 일행을 상좌로 맞아 인사를 나누었어요. 그리고 편히 쉴 수 있게 손님방을 치우라고 하는 한편 공양을 준비시켰지요. 삼장법사가 감사 인사를 하자, 두 관리는 일꾼들을 데리고 대청으로 나갔어요. 하인들이 삼장법사에게 말했어요.

"나리, 손님방에서 쉬십시오."

삼장법사가 가려 하자, 손오공이 투덜거렸어요.

"저 망할 놈들! 어째서 이 손 어르신을 대청으로 모시지 않는 거야?"

"이곳은 우리 위대한 당나라의 관할도 아니고, 또 우리 당나라와 이웃하지도 않는 곳이다. 게다가 상급 부서의 손님들이 수시로 오가니 우리에게 대청을 내주지 못하는 게야."

"그렇다면 우리를 대접하게 만들어야지요."

그때 마침 집사가 먹을거리를 가지고 왔는데, 그것은 흰쌀 한 접시, 밀가루 한 접시, 채소 두 움큼, 두부 네 모, 밀기울 두 봉지, 마른 죽순 한 접시, 목이버섯 한 접시였어요. 삼장법사는 제자들에게 그것을 받으라 하고 집사에게 감사했지요. 집사가 말했어요.

"서쪽 방에 깨끗한 솥이 있고 땔나무가 있어 편리하니, 직접 가서 밥을 지어 드십시오."

"좀 여쭙겠습니다, 국왕 폐하는 어전에 계시나요?"

"폐하께서는 오랫동안 조정에 나오지 못하셨습니다. 그러다 오늘이 마침 일을 처리할 만한 길일이라 방榜을 내걸기 위해 문무백관들과 상의하고 계십니다. 통행증명서에 도장을 받으시려면 빨리 가보십시오. 아직 늦지 않았을 겁니다. 내일이면 어려울 것이고, 얼마나 기다려야 할지 기약이 없습니다."

"오공아, 너희들은 여기서 공양을 준비하고 있어라. 내 얼른 가서 통행증명서에 도장을 받아 올 테니, 돌아와 식사를 하고 길을 떠나기로 하자."

저팔계가 가사와 통행증명서를 급히 내어주자, 삼장법사는 옷을 갖추어 입었어요. 그리고 밖에 나가 말썽 피우지 말라고 신신당부하고 조정으로 떠났어요.

잠시 후 삼장법사는 오봉루에 이르렀어요. 그 전각의 웅장함과 누대의 아름다움은 이루 다 말할 수가 없었어요. 삼장법사는 궁전의 정문으로 가 상주문을 담당하는 관리에게 통행증명서에 도장을 받고 싶다는 뜻을 황제에게 전해달라고 부탁했지요. 문지기 관리는 백옥 계단 앞으로 가서 아뢰었어요.

"궁문 밖에 동녘 땅 위대한 당나라에서 파견된 승려 한 명이 와 있는데, 부처님을 배알하고 경을 얻으러 서천의 뇌음사로 가는 길이라며 통행증명서에 도장을 찍어달라고 합니다. 어명을 내려 주소서."

그 말을 들은 국왕은 기뻐하였지요.

"과인이 오래도록 앓아누워 조정에 나오지 않다가 오늘 조정에 나와 명의를 구하는 방을 내렸는데, 마침 고승이 찾아오셨구나."

국왕은 곧 삼장법사를 층계 아래로 불러들였지요. 삼장법사가 절을 올리고 엎드리자 국왕은 그에게 대전으로 올라와 앉으라고 권하는 한편, 광록시에 공양을 준비하라고 분부했어요. 삼장법사는 국왕의 은혜에 감사드리며 통행증명서를 바쳤지요. 국왕이 그것을 보더니 몹시 기뻐하며 말했어요.

"법사, 당신네 당나라에는 훌륭한 임금이 역대로 몇이나 있었으며, 어진 신하는 얼마나 있습니까? 당나라 왕이 몹쓸 병에 걸렸다가 되살아나 법사에게 산 넘고 물 건너는 먼 길을 떠나 경전을 구해 오라 하셨다지요?"

삼장법사는 국왕의 물음에 곧 허리를 숙이며 합장했어요.

"소승의 나라는 이러하답니다."

삼황이 나라를 다스리고
오제가 기강을 바로 세웠습니다.

요임금과 순임금이 제위를 바로잡고

우왕과 탕왕이 백성을 편안하게 했습니다.

주나라가 세워진 후 자손들이 번성하여

각기 나라를 세웠는데

강한 힘을 믿고 약한 나라를 기만하고

국토를 나누어 임금이라 일컬으며

열여덟 명의 군주가

변방에서 힘을 겨루었습니다.

이후 열두 나라가 되어서야

세상이 편안해졌으나

천자가 없었기 때문에

서로 나라를 집어삼키려 했습니다.

이에 칠웅이 다투다

진秦나라가 육국을 병합했지요.

하늘은 노공魯公 항우項羽와 패공沛公 유방劉邦을 낳았으나

각기 어질지 못한 마음을 품었습니다.

이후 한나라가 천하를 통일한 후

관대한 법을 정해 따르도록 했는데,

한나라가 사마염司馬炎에게 넘어가

진晉나라가 세워졌으나 다시 혼란해져

남쪽과 북쪽에 열두 나라가 세워졌으니

송나라, 제나라, 양나라, 진陳나라 등이지요.

여러 임금이 왕위를 이어가다

수나라가 그 정통을 계승하였습니다.

그러나 지나치게 방탕하여

백성들은 도탄에 빠졌습니다.

우리 황제 이연李淵은

나라 이름을 당으로 하였습니다.

고조께서 승하하시고

지금은 이세민李世民 황제께서 다스리고 계십니다.

나라 안팎이 두루 평안하며

덕과 인자함이 널리 베풀어졌지요.

그런데 수도인 장안성 북쪽에

괴이한 수룡신이 있어서

때맞춰 비를 내리지 않아

몸을 상하게 되자

밤중에 꿈을 통해

우리 황제께 구해달라고 청했습니다.

왕은 살려주겠다고 승낙하고

아침 일찍 어진 신하를 불렀지요.

그를 대전에 머무르게 하며

천천히 바둑을 두셨습니다만

그날 한낮에

그 어진 신하는 꿈속에서 용을 베었지요.

三皇治世　五帝分倫

堯舜正位　禹湯安民

成周子眾　各立乾坤

倚强欺弱　分國稱君

邪君十八　分野邊塵

後成十二　宇宙安淳

因無萬馬　卻又相吞

七雄爭勝　六國歸秦

天生魯沛　各懷不仁

江山屬漢　約法欽遵

漢歸司馬　晉又紛紜

南北十二　宋齊梁陳

列祖相繼　大隋紹眞

賞花無道　塗炭多民

我王李氏　國號唐君

高祖晏駕　當今世民

河清海晏　大德寬仁

茲因長安城北　有個怪水龍神

刻減甘雨　應該損身

夜間托夢　告王救迤

王言准赦　早召賢臣

欽留殿內　慢把棋輪

時當日午　那賢臣夢斬龍身

　그 말을 듣고 있던 국왕이 갑자기 끄응 하는 신음 소리를 내며 물었지요.

　"법사! 그 어진 신하는 어디에서 온 자였소?"

　"우리 폐하의 전 재상으로 위징魏徵이라고 합니다. 그분은 하늘과 땅의 이치에 통달하고 음양을 깨쳐, 나라의 기초를 세워 편안케 한 큰 재상입니다. 그분이 꿈에서 경하涇河의 용왕을 베었기 때문에, 그 용왕은 저승 관청으로 가서 우리 폐하께서 구해주기로 해놓고 자신을 죽였다고 호소했답니다. 이 때문에 우리 폐하께서는 돌연 병을 얻어 점점 위독해졌습니다.

　위징은 편지 한 통을 써서 황제께 드리며, 저승 관청으로 가지고 가 풍도성鄷都省 판관 최각崔珏에게 전하도록 하였지요. 얼마 후 폐하께서 승하하셨으나 사흘 만에 다시 살아나셨습니다. 최 판관이 위징의 편지에 감동해 살생부를 고쳐 폐하의 수명을 이 십 년 연장시켜드렸던 것이지요.

그래서 폐하께서는 수륙대회水陸大會를 열기 위해 저를 먼 곳 으로 파견해 여러 나라를 찾아다니며 부처님을 배알하고 대승大 乘의 삼장三藏 경전을 구해 오라 하셨습니다. 이렇게 해서 재앙과 고통을 받으며 떠도는 혼들을 저승으로 편히 보내시려는 생각이 시지요.”

주자국의 국왕은 또 한숨을 쉬었어요.

“정말 하늘이 낳은 큰 나라로군요. 임금은 바르고 신하는 어지 니 말이오. 그런데 과인은 이렇게 오래도록 앓아누웠어도 과인을 구해주는 신하 하나 없으니…….”

삼장법사가 이 말을 듣고 국왕을 흘깃 보니, 그 얼굴은 누렇게 뜨고 말라서 기력이 쇠해 보였어요. 삼장법사 그 이유를 물어볼 까 하는데 광록시의 관리가 삼장법사에게 드릴 공양이 준비되었 다고 아뢰었어요. 국왕은 이렇게 분부를 내렸지요.

“피향전披香殿에 짐의 것도 차려라. 법사와 함께 먹겠노라.”

삼장법사가 감사의 인사를 올리고, 국왕과 함께 밥을 먹은 것 은 물론이었지요.

한편, 손오공은 회동관에서 사오정에게 식사 준비를 시키고 채 소를 다듬게 했지요. 사오정이 말했어요.

“밥을 끓이는 건 쉬운데, 반찬은 쉽지가 않겠소.”

“왜?”

“기름, 소금, 간장, 식초 같은 게 다 없잖아요?”

"나한테 시주받은 돈이 좀 있으니, 팔계더러 나가 사 오라 하지, 뭐."

하지만 멍텅구리는 게으름을 피웠어요.

"난 안 나갈래. 생긴 게 흉악해서 나갔다 사고라도 치게 되면 사부님이 날 혼낼 거야."

"내 돈 주고 사 오는 거잖아? 구걸하는 것도 뺏는 것도 아닌데, 무슨 사고를 쳐?"

"형님, 아까 봤잖아요! 내가 이 문 앞에서 주둥이를 빼냈더니 십여 명이 놀라 자빠지는 것을 말이야. 사람들이 바글거리는 시장이라면 얼마나 많은 사람들이 놀라겠소?"

"넌 사람들이 바글거리는 것밖에 못 봤구나. 거기서 뭘 파는지 봤어?"

"사부님이 고개 숙이고 사고 치지 말라고 하셔서 아무것도 못 봤소."

"술집, 쌀가게, 방앗간, 포목점에 잡화점은 말할 것도 없고, 찻집, 국숫집에 큼직한 호떡, 왕만두도 있더라. 또 식당에는 맛있는 국과 밥, 향긋한 조미료, 맛깔스런 반찬, 보기 드문 꿀떡, 살살 녹는 부드러운 과자, 간식거리, 찐빵, 각종 튀김, 꿀 바른 것 등등 맛있는 것들이 널려 있던데……. 사줄 테니, 갈래?"

멍텅구리는 그 말을 듣고 입안에 군침이 돌아 목구멍으로 꿀꺽 침을 삼키며 벌떡 일어섰지요.

"형님, 이번에는 내가 신세 좀 지겠소. 다음에 돈이 생기면 내가 한 턱 내리라."

손오공이 속으로는 웃으며 말했어요.

"오정아, 밥 잘 해놓고 있어. 우리가 조미료를 사 올 테니."

사오정도 손오공이 멍텅구리를 골려주려 한다는 것을 알았지만, 그러려니 하는 수밖에 없었어요.

"갔다 오시구려. 많이 사 먹고 오시오."

멍텅구리가 주발을 꺼내들고 손오공을 따라 문을 나서는데, 관리 두 사람이 물었지요.

"스님들, 어디 가십니까?"

손오공이 대답했어요.

"조미료 사러 가오."

"이 길을 따라 서쪽으로 가서 고루鼓樓 모퉁이를 돌면 정가鄭家네 잡화점이 있습니다. 기름, 소금, 간장, 식초, 생강, 고추, 차 등 없는 게 없어요."

둘은 사이좋게 어깨를 나란히 하고 서쪽으로 걸어갔지요. 그런데 찻집과 식당을 몇 개나 지나치도록 손오공은 살 것을 사지도 먹을 것을 먹지도 않았어요.

"형님, 여기서 뭘 좀 삽시다."

원래 손오공은 저팔계를 골려주자는 생각이었으니, 뭐든 살 생각이 있겠어요?

"동생, 물건 볼 줄 모르는구나. 더 가보자고. 좀 더 근사한 걸 골라 사 먹어야지."

둘이 두런두런하고 있자니 또 사람들이 우르르 따라다니며 다투어 구경하기 시작했어요. 잠시 후 고루 주변까지 오니, 고루 아래에 수많은 사람들이 길을 가득 메운 채 왁자지껄 붐비는 모습이 보였어요. 그러자 저팔계가 말했어요.

"형님, 난 안 가겠소. 저기서 사람들이 시끄럽게 떠들어대는 것을 보니, 중을 잡아가려는 건지도 모르잖소? 또 혹 낯설고 의심스러운 사람들이라고 잡아가면 어떡하오?"

"바보 같은 소리! 중이 무슨 법을 어기는 것도 아닌데 왜 잡아가? 저기만 지나면 정가네 가게이니, 거기 가서 조미료를 사자."

"됐네요, 됐어! 안 가요! 난 사고 치기 싫소. 내가 저 많은 사람들 속으로 들어가 귀를 쫑긋 세우면 사람들이 놀라 나자빠질 테고, 그러다 몇 사람 넘어져 죽기라도 하면 난 살인죄로 벌을 받아야 할 게 아니오!"

"그렇다면 넌 여기 담 밑에 좀 서 있어. 내가 물건을 사 오면서 고기가 들어가지 않은 국수와 호떡을 사다 줄 테니까."

멍텅구리는 주발을 손오공에게 넘겨주더니, 주둥이를 담 밑에 처박고 고개를 돌린 채 꿈쩍도 하지 않았어요.

손오공이 고루 쪽으로 걸어가서 보니 과연 인산인해였어요. 그 속을 비집고 들어가 보니 국왕이 써 붙인 방이 고루 아래에 걸려 있어서 많은 사람들이 다투어 그것을 보고 있었어요. 손오공은 사람들을 비집고 가까이 가서 불같은 눈에 금빛 눈동자를 번쩍 뜨고 자세히 살펴보니 그 방에는 이렇게 적혀 있었어요.

서우하주 주자국의 왕인 짐이 나라를 세운 이후 사방이 평정되고 백성은 평안했노라. 최근 국사에 흉조가 끼어 깊은 병을 얻어 앓아누운 지 오래되었으나 완치가 어렵도다. 우리나라 태의원太醫院에서 여러 차례 용한 처방을 했으나 여전히 병을 다스릴 수 없었도다. 이제 이 방을 내어 전국의 현명한 선비들을 두루 초빙하노라. 어디서 온 자든 내국인이든 외국인이든 불문하고 의약에 정통한 자가 있다면 궁전으로 와서 짐의 몸을 치료해주길 바라노라. 조금이라도 차도가 있으면 사직을 반으로 나누어 줄 것이니, 이는 절대 거짓 공고가 아니니라.

이에 방을 내거나니, 반드시 보도록 하라.

손오공은 다 읽고서 몹시 기뻐했지요.

"'움직여야 돈푼이라도 생긴다(行動有三分財氣)'는 옛말이 있지. 회동관에 멍청하게 앉아 있지 않길 잘했지 뭐야. 이렇게 된 이상 조미료 나부랭이는 살 필요가 없지. 경전 가지러 가는 일은 하루 정도 미루고 이 손 어르신이 의사놀이나 좀 해볼까나?"

멋진 제천대성! 그는 허리를 굽혀 주발을 내려놓고, 흙 한 줌을 집어 들어 하늘을 향해 뿌리며 주문을 외어 은신법隱身法을 써서 살며시 앞으로 다가가 방을 떼어냈어요. 그러고는 동남쪽 바람의 방향인 손지巽地를 향해 신선의 기운을 훅 들이켰다 내뿜어 회오리바람을 일으켜놓고 얼른 저팔계가 있는 곳으로 돌아왔지요.

저 멍텅구리 좀 보세요. 주둥이를 담 아래 처박은 채 잠자듯 꿈쩍도 않고 있는 것이었어요. 손오공이 저팔계를 더 놀라게 하지 않고, 방문을 접어서 살그머니 저팔계 품 안에 숨기고는 회동관으로 먼저 돌아온 것은 더 이상 이야기하지 않겠어요.

한편, 고루 밑에 모여 있던 사람들은 바람이 일어나자 저마다 머리를 감싸고 눈을 감고 있다가, 바람이 지나간 후 황제가 내 건 방이 없어진 걸 알고 모두 겁에 질려서 우왕좌왕했어요. 그 방은 태감太監 열두 명과 교위校尉 열두 명이 조정의 명령에 따라 아침에 내건 것인데 여섯 시간도 못 되어 바람에 날려 가버렸으니, 모두들 전전긍긍하며 여기저기 살폈어요. 그러다 저팔계의 품에서 종이가 삐죽 나와 있는 것을 발견하고는 우르르 몰려갔지요.

"네놈이 방을 떼었구나."

멍텅구리가 번쩍 고개를 들고 주둥이를 삐쭉 내밀었더니, 놀란 교위 몇 명이 비틀거리다 땅바닥에 넘어지고 말았어요. 저팔계가 몸을 돌려 달아나려는데, 용감한 몇 명이 앞을 가로막았지요.

"의원을 부른다는 황제의 방을 떼어냈으니 입궐해 황제의 병을 고쳐야지 어디로 내빼려는 게냐?"

멍텅구리는 당황해서 어쩔 줄 몰랐어요.

"네 아들이 황제의 방인가 뭔가를 떼었겠지! 네 손자라면 병을 고칠 줄 알 거야!"

그러자 교위가 물었어요.

"네 품 안에 숨기고 있는 것은 뭐냐?"

멍청이가 고개를 숙이고 보니, 정말 종이 한 장이 있지 뭐예요. 그는 그것을 펴보고는 이를 악물고 욕을 해댔지요.

"그 원숭이놈이 나를 죽일 작정인 게로군!"

저팔계가 부드득부드득 이를 갈며 방을 찢어버리려 하자, 사람들이 잡아끌며 저지했어요.

"넌 죽었다! 이것은 국왕께서 내리신 방문인데 어떤 놈이 감히 그걸 찢는단 말이냐! 네가 그것을 떼어 품속에 가지고 있었으니, 틀림없이 뛰어난 의술을 가지고 있을 게다. 빨리 함께 가자!"

저팔계가 목청껏 소리쳤지요.

"너희들이 뭘 모르는 모양인데, 이 방문은 내가 떼어낸 게 아니야. 우리 사형 손오공이 뗀 거야. 그놈이 몰래 내 품에 숨겨놓고 나를 버리고 가버렸어. 나와 함께 그놈을 찾아가면 모든 게 분명해질 거야."

"헛소리 작작해! '지금 있는 종은 치지 않고 종을 만들어서 치라(現鐘不打 打鑄鐘)'는 얘기냐? 방을 뗀 네가 여기 있는데 또 누굴 찾으러 가라는 게냐! 네 말은 들을 필요도 없어! 주상께 끌고 가야겠다."

그들은 다짜고짜 멍텅구리를 잡아 끌어가려고 했지만, 멍텅구리가 뿌리내린 나무처럼 떡 버티고 서니, 열 사람이 달라붙어도 꿈쩍도 하지 않았어요. 저팔계가 말했지요.

"이것들 정말 분별이 없구나! 다시 한 번 잡아끌어서 내 성질을 건드렸다간 나도 책임 못 져!"

순식간에 거리는 아수라장이 되었고 사람들은 저팔계를 에워 쌌어요. 그곳에 있던 나이가 지긋한 두 태감太監이 물었지요.

"너는 생김새도 특이하고 말씨도 다르구나. 어디서 온 자이기에 이렇게 강짜를 놓느냐?"

"나는 동녘 땅에서 서역으로 경전을 구하러 가는 몸이오. 우리 사부님은 당나라 황제의 동생이신 법사이신데 통행증명서에 도장을 받으러 조정에 들어가셨소. 나는 사형과 조미료를 좀 사러 여기 왔는데, 고루 아래 사람이 많아서 감히 그곳엔 가지도 못했소. 우리 사형이 나더러 여기서 기다리라고 했소. 그런데 사형이 방을 보고 회오리바람을 일으켜 그것을 떼어서 몰래 내 품에 숨겨놓고 가버린 거요."

"아까 얼굴이 희고 풍채 좋은 스님이 궁전 문으로 급히 걸어가는 것을 보았는데, 그분이 네 사부님이겠구나."

"맞소, 맞아."

"그렇다면 네 사형은 어디로 간 거냐?"

"우리 일행은 네 명이오. 사부님은 통행증명서에 도장을 받으러 가시고, 나머지 세 사람은 짐도 풀고 말도 쉬게 할 겸 회동관에서 쉬고 있소. 사형은 나를 놀려먹고 회동관으로 먼저 가 있을 거외다."

"교위, 그를 끌고 갈 필요 없소. 내가 회동관으로 함께 가보면 사정을 알게 되겠지."

"그래도 이 두 할멈은 뭘 좀 아는군."

그러자 교위들이 물었어요.

"이 중놈 정말 덜떨어졌군. 어째서 할아버지를 할머니라고 부르는 거냐?"

저팔계가 픽 하고 웃었지요.

"이렇게 음양을 뒤바꿔놓고도 창피한 줄 모르는군! 저런 할머니들을 노파나 할멈이라고 부르지 않고, 거꾸로 할아버지라고 부르다니!"

"주둥이 닥치고, 빨리 네 사형에게 가기나 해라!"

거리의 사람들이 시끌벅적 떠들어대며 회동관 문 앞까지 쳐들어왔는데 사오백 명도 넘었지요. 저팔계가 소리쳤어요.

"다들 멈추시오. 내 사형은 절대 나처럼 이렇게 만만하지 않소. 그 양반은 성질이 급하고 고지식한 인물이오. 여러분들은 그분을 보거든 반드시 정중히 인사하고 '손 어르신'이라 불러야 아는 척하실 거요. 그렇지 않으면 당장에 화를 낼 테니, 그러면 만사가 끝장이라 이거요."

여러 태감과 교위들이 모두 말하였어요.

"네 사형이 그렇게 수완이 있다면 국왕의 병을 고칠 테고, 그러면 국토의 반을 갖게 될 터이니, 우리가 절할 만하지."

할 일 없는 패거리들이 문밖에 바글바글 모여서 떠들어댔고, 저팔계는 태감과 교위 일행을 데리고 회동관으로 들어섰어요. 손오공과 사오정은 손님방에서 한참 그 방문을 뗀 일을 이야기하면서 시시덕대고 있던 참이었지요. 저팔계가 다가가 손오공을 붙잡고 난리를 쳤어요.

"사람 구실도 못할 작자 같으니! 고기 안 든 국수랑 호떡, 만두를 사주겠다고 꼬드긴 것은 원래 다 거짓말이었어! 그러고는 회오리바람을 일으켜 황제의 방인가 뭔가를 떼내서 몰래 내 품속에 쑤셔 넣어 내가 그런 것처럼 꾸미려 했지. 그러고도 네가 무슨 형이야!"

손오공이 싱글거리며 말했어요.

"이 멍청아! 길을 잘못 들어서 딴 데로 갔었나 보구나. 내가 고루를 지나 양념을 사가지고 급히 돌아왔더니 넌 보이지 않던걸? 그래서 나 먼저 돌아왔는데, 어디서 무슨 황제의 방을 떼었다는 거야?"

"방을 지키던 관리들이 지금 여기 와 있어."

말이 다 끝나기도 전에 태감과 교위가 앞으로 나서며 인사하는 것이었어요.

"손 어르신, 오늘 우리 국왕께 좋은 연분이 닿아서 하늘이 손 어르신을 내려보내신 모양입니다. 부디 경륜 있는 솜씨로 숙련된 의술을 조금만 펼쳐주십시오. 우리 국왕의 병을 완치시켜주시면 나라의 절반이 어르신의 것이 됩니다."

손오공은 이 말을 듣고는 정색을 하며 저팔계에게서 방문을 받아 들고 말했어요.

"당신들이 아마 방을 지키는 관리들인 모양이구려?"

태감이 머리를 조아렸지요.

"전 사례감司禮監 내신內臣이고, 이들은 금의교위錦衣校尉입니다."

"의원을 구한다는 방문을 뗀 것은 분명 나요. 그래서 내 동생더러 당신들을 데려오게 한 거요. 당신들 국왕에게 병이 있다면, '약은 함부로 팔지 않고[1] 병은 의사가 나서서 치료하지 않는다(藥不輕賣 病不討醫)'는 말도 있지 않소? 국왕더러 친히 와서 나를 모시고 가라고 하시오. 나는 손만 까딱하면 병을 낮게 할 솜씨가

---

1 다른 판본에서는 대개 이 부분이 "약은 환자가 없는 뒤쪽에서 팔지 않는다(藥不跟賣)"고 되어 있다.

있소.”

태감들이 그 말을 듣고 모두 놀라고 있을 때, 교위가 말했어요.

“저렇게 큰소리치는 것을 보니 분명 뭔가 있는 것 같습니다. 우리들 중 절반은 여기 남아서 웃는 얼굴로 설득하고, 나머지는 입궐해서 아뢰도록 합시다.”

그리하여 태감 네 명과 교위 여섯 명은 즉시 입궐해서 국왕 앞에 나아가 아뢰었어요.

“폐하, 감축드리옵니다!”

국왕은 삼장법사와 막 식사를 마치고 담소를 나누던 중에 이런 말을 듣고 물었지요.

“무얼 축하한다는 것이냐?”

태감이 아뢰었습니다.

“저희들은 폐하의 명을 받들어 의원을 구한다는 방을 아침 일찍 고루 아래 내걸었습니다. 그런데 동녘 땅 위대한 당나라에서 먼 서역으로 경전을 가지러 가는 손씨 성을 가진 스님 한 분이 그것을 떼내었습니다. 지금 회동관에 머무르고 있는데, 손만 까딱하면 병을 낫게 할 솜씨가 있다고 하면서 폐하께서 친히 모셔가라고 하옵니다. 이에 이렇게 아뢰나이다.”

국왕은 이 말을 듣고 몹시 기뻐하면서 삼장법사에게 물었어요.

“법사님의 제자는 몇 분인지요?”

삼장법사가 합장하고 대답했어요.

“소승에게는 못난 제자 세 명이 있습니다.”

“의술에 능하다는 자는 누구인지요?”

“솔직히 말씀드리자면, 소승의 제자들은 모두 재주 없는 속인들로, 짐을 지고 물이나 건널 줄 알지요. 저를 데리고 산에 오르고 재를 넘으며 혹시 험준한 곳을 만나면 요괴를 항복시키고 호랑이나 용을 잡을 수 있을 따름입니다. 하지만 약에 대해 아는 이는 하나도 없습니다."

"법사님은 너무 겸손하십니다 그려. 짐이 오늘 마침 조정에 나와 다행히 입궐하신 법사를 만나게 되었으니, 하늘이 주신 인연이라 할 수 있습니다. 또한 제자분께서 의술을 모른다면 어찌 감히 제 방문을 떼내고 과인더러 친히 맞아 가라고 했겠습니까? 일국의 어의御醫가 될 만한 능력을 가졌음이 분명합니다."

그리고 국왕은 이렇게 명령을 내렸어요.

"문무백관들은 들으라. 과인이 몸이 허약하고 힘이 없어서 수레를 탈 수 없도다. 그대들이 과인을 대신해 회동관으로 가서 손 스님께 짐의 병을 봐달라고 간곡히 청하라. 절대 그분께 불손하게 굴지 말고 '신승 손 스님'이라 칭하면서 군신의 예에 따라 접견하도록 하라."

신하들은 국왕의 명을 받들어 황제의 방을 지키던 태감, 교위와 함께 서둘러 회동관으로 가 줄지어 인사를 올렸지요. 놀란 저 팔계는 옆방에 숨고 사오정은 재빨리 벽에 붙어섰어요. 그러나 제천대성 좀 보세요! 그는 한가운데에 앉아 꿈쩍도 하지 않았지요. 저팔계는 속으로 원망을 늘어놓았어요.

'정말이지 전갈 침에 쏘여 뒈져야 마땅할 못된 원숭이 같으니라고! 저 많은 관리들이 예를 갖춰 절하는데 답례도 않고 일어서지도 않잖아!'

잠시 후 인사가 끝나자 관리들은 대열을 나눠 서서 이렇게 아뢰었어요.

"신승 손 스님께 아룁니다. 저희들은 주자국의 신하들로 국왕의 명을 받들어 삼가 예로써 인사드리옵니다. 부디 입궐하시어 저희 폐하의 병을 봐주시기 바랍니다."

손오공은 그제야 몸을 일으키며 물었어요.

"국왕은 왜 오지 않은 것이오?"

"저희 폐하는 몸이 허약하고 힘이 없어서 수레를 타실 수 없으시기에, 저희들로 하여금 군왕을 대하는 예를 갖춰 신승을 뵙고 모셔 오라 명하셨습니다."

"그렇다면 여러분은 먼저 돌아가오. 내가 곧 따라가겠소."

신하들이 각기 그 벼슬에 따라 줄을 맞추어 돌아가자, 손오공은 옷매무새를 다듬고 일어섰어요. 저팔계가 말했지요.

"형님, 절대 우리를 끌어들이지 마시오."

"끌어들이지 않을 테니, 너희 둘은 약이나 받아둬라."

그러자 사오정이 물었어요.

"무슨 약을 받아두라는 말씀이오?"

"약을 가지고 오는 사람이 있을 테니, 나 대신 숫자를 잘 점검해서 받아둬라. 내가 돌아와 쓸 테니까."

둘이 그렇게 하겠다고 승낙한 일은 더 말할 필요도 없지요.

손오공은 많은 관리들과 함께 금방 궁전에 도착했어요. 신하들이 먼저 들어가 아뢰자 국왕은 주렴을 높이 걷어 올리고, 용안龍眼을 번쩍 뜨며 입을 열었지요.

"어느 분이 신승 손 스님이시오?"

손오공이 앞으로 나서며 큰 소리로 말했어요.

"바로 나요."

국왕은 그 흉악한 목소리와 괴상하게 생긴 모습을 보고 놀라서 부들부들 떨다 용상 위로 털썩 쓰러졌어요. 기겁을 한 궁녀와 환관들이 급히 국왕을 부축해 안으로 들어갔지요.

"간 떨어지는 줄 알았다!"

신하들도 손오공을 원망했어요.

"저 중놈이 어찌 저리도 우악스러운지! 어쩌자고 제멋대로 감히 폐하께서 붙인 방을 떼내었담?"

손오공은 껄껄 웃으며 말했어요.

"여러분들이 내 탓을 하면 안 되지. 이렇게 사람을 무시했다간 당신네 왕의 병은 천 년이 지나도 못 고쳐."

"사람의 수명이 얼마나 된다고 그래? 천 년이 지나도 못 고친다고?"

"그가 지금은 병을 앓는 임금이지만 죽어서는 병든 귀신이 될 테고, 다른 세상에서도 여전히 병자로 태어날 테니, 천 년이 지나도 못 고친다는 거지."

신하들이 크게 화를 내었어요.

"이놈의 중이 예의라곤 눈곱만큼도 없구나! 어찌 감히 입에서 나오는 대로 헛소리를 지껄이느냐?"

손오공은 빙긋 웃었어요.

"헛소리가 아니야. 모두 내 말 좀 들어보시지."

의문醫門의 이치와 법도는 지극히 신비한데
마음으로 요령을 터득하는 것이 제일이라.
살펴보고 들어보고 물어보고 맥을 짚어보는 네 가지 방법 중
하나만 부족해도 완전하게 알 수 없지.
첫째는 환자의 안색을 살피는 것으로
윤기 있는지 까칠한지, 살이 쪘는지 말랐는지, 깨어 있을 때
와 잠잘 때를 모두 살피지.
둘째는 목소리의 맑고 탁함을 듣고
환자의 참말과 엄살을 가려듣는 것이지.

셋째는 발병 원인과 경과를 알아보는 것으로

어떤 음식을 먹고 대소변은 어떤지를 묻는 것이지.

넷째는 바로 맥을 짚어 경락을 밝히는 것이니

부맥浮脈과 침맥沉脈, 표증表證과 이증裡證이 어떤지를 보는

것이지.[2]

내가 살펴보고 들어보고 물어보고 맥을 짚어보지 않는다면

이생에서 편안히 살 생각은 하지도 말지라!

醫門理法至微玄　大要心中有轉旋

望聞問切四般事　缺一之時不備全

第一望他神氣色　潤枯肥瘦起和眠

第二聞聲淸與濁　聽他眞語及狂言

三問病原經幾日　如何飮食怎生便

四纏切脈明經絡　浮沉表裡是何般

我不望聞並問切　今生莫想得安然

문무 관리들 중에서 태의원의 관리 하나가 이 말을 듣고 신하들에게 손오공을 칭찬했지요.

"저 스님의 말도 일리가 있습니다. 신선이 진찰을 한다 해도 살펴보고 들어보고 물어보고 맥을 짚어보는 네 가지를 해야만 신통한 효험을 볼 수 있는 것입니다."

2　'부맥'은 가볍게 눌렀을 때는 금방 알 수 있지만 세게 누를수록 점점 약해지는 맥박으로, 흔히 밖으로 열이 심하게 나는 증상에서 나타난다. 만약 세게 눌렀을 때 맥이 전혀 느껴지지 않을 정도라면 병세가 심각하다는 것을 의미한다. '침맥'은 그와 반대로 세게 눌렀을 때에만 나타나는 맥박이다. 이 맥이 힘차지 않으면 속이 허한 것을 가리킨다. '표증'은 외부에서 병균이나 사악한 기운이 피부나 호흡기를 통해 침범함으로써 나타나는 징후로, 대개 오한이나 발열의 증상을 보인다. '이증'은 외부의 사악한 기운이 몸 안으로 파고들었을 때나 음식을 잘못 먹었을 때, 과로하거나 감정을 크게 상했을 때 장기의 기능이 조화를 잃음으로써 생겨나는 징후들을 가리킨다. 여기에는 오한과 발열, 허함과 실함의 구분이 있는데, 그에 따라 맥박의 양상도 다르다고 한다.

관리들은 이 말에 따라 국왕의 측근 신하에게 아뢰도록 하였어요.

"스님이 살펴보고 들어보고 물어보고 맥을 짚어보아야만 병을 알아내 약을 쓸 수 있다 합니다."

국왕은 용상에 누워서 고래고래 소리를 질렀어요.

"그놈을 돌려보내라. 과인은 생면부지인 그놈에게 보이고 싶지 않다."

그 신하가 침전을 나와 알렸지요.

"스님, 폐하께서는 생면부지인 당신에게 보이고 싶지 않다 하시면서 가라고 하십니다."

"그렇다면 내가 비단실을 묶어 진맥할 수도 있소."

여러 신하들이 내심 기뻐하며 말했지요.

"우리들은 실을 묶어 진맥을 한다는 말을 듣기는 했지만 본 적이 없소. 다시 폐하께 아뢰어봅시다."

국왕을 가까이 모시는 신하가 들어가 다시 아뢰었지요.

"폐하, 그 손 스님은 폐하의 용안을 보지 않고도 실을 묶어 진맥할 수 있다 합니다."

국왕이 속으로 생각했어요.

'과인이 삼 년 동안 병을 앓았지만 그런 방법은 써본 적이 없지.'

해서 이렇게 명했어요.

"그를 들어오라고 해라."

신하가 급히 나가 알렸어요.

"폐하께서 실을 묶어 진맥하는 것을 허락하셨습니다. 손 스님께서는 어서 침전으로 드시어 진맥을 하시지요."

보전寶殿에 오르는 손오공을 보고 삼장법사가 야단을 쳤어요.

"네 이 발칙한 원숭이놈! 나를 해치려고 작정을 했구나."

주자국에서 손오공은 의술을 베풀고, 삼장법사는 시를 짓다

그러나 손오공은 싱글거리기만 했지요.

"훌륭하신 사부님! 제가 좋은 구경 시켜드리려는데, 오히려 절더러 사부님을 해친다고 하시다니요!"

삼장법사는 더 큰 소리도 꾸짖었어요.

"내가 너와 몇 년이나 함께 지냈지만 네가 누군가를 고쳐내는 걸 어디 본 적이나 있더냐! 게다가 약의 성질도 모르고 의서醫書도 읽어본 일이 없는 네가 어찌 대담하게 이런 큰 사고를 친단 말이냐!"

"헤헤! 사부님 뭘 모르시는 말씀! 제가 가진 몇 가지 민간 처방이면 중병도 고칠 수가 있으니, 국왕의 병도 반드시 고칠 수 있을 겁니다. 혹 병을 못 고쳐서 국왕이 죽는다 해도 돌팔이가 사람을 죽였다는 오명을 쓰는 정도겠지, 죽기까지야 하겠어요? 그런데 뭘 그렇게 두려워하세요? 별일 아니니, 조바심 내지 마셔요! 앉아서 제가 진맥하는 거나 구경하세요."

"너는 『소문素問』, 『난경難經』, 『본초本草』, 『맥결脉訣』 같은 의서에 무슨 구절이 있고 어떤 주석이 달려 있는지 본 적도 없으면서 어쩌자고 무슨 실을 묶어 진맥하는 법을 안다고 함부로 주둥이를 놀린 게냐!"

"헤헤! 저는 금실을 지니고 다니는데, 본 적이 없으신 모양이군요?"

그가 즉시 손을 뻗어 꼬리에서 털 세 가닥을 뽑아 비비면서 "변해라!" 하고 외치니 세 가닥 명주실로 변했어요. 가닥마다 길이가 스물네 자였는데 이는 이십사절기에 의거한 것이었지요. 손오공은 그것을 손에 받쳐 들고 삼장법사에게 말했어요.

"제 금실 보셨지요?"

옆에서 국왕을 가까이 모시는 환관이 말했어요.

"스님, 말씀은 이제 그만하시고, 침전으로 들어가 진맥이나 하시지요"

손오공은 삼장법사에게 인사하고 진맥을 하기 위해 환관을 따라 궐 안으로 들어갔으니, 바로 이러했답니다.

마음속에 비방이 있으면 나라를 잘 다스릴 것이고
안에 비결을 숨겼다면 불로장생을 이해하리라.

心有秘方能治國　內藏妙訣註長生

결국 손오공은 병의 내력을 밝혀낼 수 있을까요? 무슨 약을 썼을까요? 자세한 내용이 궁금하다면 다음 회를 들어보시라.

제69회

요괴에게 납치된 왕비를 구하다

그러니까 제천대성은 국왕의 측근인 환관과 함께 황궁 내원에 이르러 바로 침궁寢宮 문 밖에 서서, 세 가닥 금실을 환관에게 주어 들여보내며 이렇게 분부했어요.

"내궁의 황후나 비빈, 또는 태감들에게 먼저 황제의 왼쪽 팔목 아래의 촌구寸口와 관맥關脈, 척중尺中[1] 세 부분에 실을 묶고, 창문을 통해 실 끝을 내게 내보이도록 하시오."

환관은 그 말에 따라 국왕을 용상에 앉히고, 촌구와 관맥, 척중에 금실을 묶고, 다른 한쪽 끝을 창밖으로 끌어냈어요. 손오공은 실 끝을 받아 들고, 자기의 오른손 엄지손가락을 집게손가락에 대고 촌구의 맥을 살피고, 다음으로 가운뎃손가락을 엄지손가락에 대고 관맥의 맥을 살피고, 또 엄지손가락을 약손가락에 대고

---

1   손목의 맥을 짚는 세 부분으로, 이들 셋을 한꺼번에 일컬어 촌구맥寸口脈이라고도 한다. '관'이란 손바닥 뒤쪽의 손목과 연결된 부분에 볼록 튀어나온 부분을 가리키고, '촌'은 그곳에서 앞쪽으로 손목 끝과 가까운 부분을 가리킨다. 또한 '척'은 '관'에서 뒤쪽으로 팔꿈치에 가까운 부분이다. 맥을 짚을 때 의사는 먼저 가운뎃손가락을 환자의 '관'에 대고, 식지를 '촌'에, 무명지를 '척'에 댄다. 왼손의 이 세 부분은 각각 심장과 간, 신장을 가리키고, 오른손의 같은 부분은 각각 폐와 비위脾胃, 명문命門을 가리킨다.

척중의 맥을 살폈어요. 먼저 자신의 호흡을 조절하고, 사기四氣[2]와 오울五鬱,[3] 칠표七表,[4] 팔리八裡,[5] 구후九候[6]를 나누어 살펴보며, 들떠 있음[浮]과 가운데[中], 가라앉음[沈]의 징후를 자세히 살펴, 인체의 정기가 부족하여 맥이 허약하게 뛰는 허증虛症과 외부의 사악한 기운이 인체에 침범하거나 담이 결릴 때, 또는 어혈瘀血이 있다거나 해서 실제적인 증세를 일으키며 맥이 크게 뛰는 실증實症을 분명히 파악했어요. 그리고 국왕의 왼손에 묶인 실을 풀어 오른손에 같은 방법으로 묶게 한 후, 손오공은 손가락 끝으로 하나하나 진맥하고, 몸을 흔들어 금실을 몸으로 거둬들이더니, 큰 소리로 외쳤어요.

"폐하의 왼손 촌구는 맥이 세면서 빠르고, 관맥의 맥은 껄끄러우면서 느리고, 척중의 맥은 허하고 가라앉아 있습니다. 오른손 촌구의 맥은 들뜨고 매끄러우며, 관맥의 맥은 느리고 얽혀 있으며, 척중의 맥은 빠르되 답답합니다.

무릇 왼손 촌구의 맥이 세면서 빠른 것은 속이 허하고 가슴이 아프기 때문이요, 관맥의 맥이 껄끄러우면서 느린 것은 땀이 나

---

2 고대 중국 의학에서는 사계절의 변화가 인체에 일정한 영향을 주고, 인체의 생리 기능이 이에 적응하기 위해서는 계절에 따라 조정이 필요하다고 생각했다. 맥을 살피는 데에는 이러한 조정을 얼마만큼 잘 파악해내느냐가 중요하다고 한다.

3 오울五鬱은 다섯 가지 우울증을 아울러 부르는 말이다. 『소문素問』「육원정기대론六元正紀大論」에는 목울木鬱과 화울火鬱, 토울土鬱, 금울金鬱, 수울水鬱까지 다섯 가지 우울증이 언급되어 있다.

4 겉으로 드러난 맥의 일곱 가지 종류, 즉 부浮, 규芤, 활滑, 실實, 현弦, 긴緊, 홍洪을 가리킨다. 이에 관한 자세한 내용은 왕숙화王叔和가 지은 『맥결脈訣』에 들어 있다.

5 내면에 숨겨진 맥의 여덟 가지 종류, 즉 미微, 침沈, 완緩, 삽澀, 지遲, 복伏, 유濡, 약弱을 가리킨다. 이에 관한 자세한 내용 또한 왕숙화의 『맥결』에 들어 있다.

6 진맥을 하는 아홉 가지 방법이다. 촌구와 관맥, 척중의 각 부분을 검진할 때마다 경수부취輕手浮取, 초중중취稍重中取, 중안침취重按沈取의 세 가지 수법을 쓴다. 손목 부근의 세 자리에는 각기 들뜸[浮]과 가운데[中], 가라앉음[沈]의 세 가지 징후가 있으니, 모두 합치면 아홉 가지가 된다.

고 피부가 굳어 있기 때문이요, 척중의 맥이 허하고 가라앉아 있는 것은 소변이 붉고 대변에 피가 섞여 있다는 뜻입니다.

오른손 촌구의 맥이 들뜨고 매끄러우면 몸 안의 기가 엉켜 경락이 막혀 있다는 뜻이고, 관맥의 맥이 느리고 얽혀 있는 것은 소화불량에 배변이 원활하지 않다는 뜻이고, 척중의 맥이 빠르되 답답한 것은 많은 걱정과 허한 음기가 서로 작용하기 때문입니다. 이것은 이 폐하께서 놀라고 걱정이 많아서 생긴 '쌍조실군雙鳥失群'이라는 증세, 즉 한 쌍의 새가 짝을 잃고 두려움과 걱정에 휩싸인 것과 같은 증세에 시달리고 있다는 뜻입니다."

국왕은 안에서 그 말을 듣더니 무척 기뻐하며, 정신을 추스르고 큰 소리로 응대했어요.

"정말 족집게로다! 과연 증세가 그러하오! 밖으로 나가 약을 지어 주시기 바라오."

제천대성이 그제야 천천히 밖으로 나가니, 곁에서 듣고 있던 태감이 여러 사람들에게 이 사실을 전해주었어요. 잠시 후에 손오공이 나오자 삼장법사가 국왕의 병세가 어떠냐고 물었어요. 손오공이 대답했지요.

"맥을 짚어보았으니, 이제 그 증세에 맞는 약을 지을 겁니다."

그러자 여러 벼슬아치들이 다가와 물었어요.

"신승님, 방금 말씀하신 쌍조실군이라는 증세가 무엇입니까?"

손오공이 웃으며 대답했어요.

"암수 두 마리의 새가 본래 한곳에서 함께 날아가고 있었는데 갑자기 폭풍과 몰아치는 비에 놀라 흩어졌소. 그러면 암컷은 수컷을 만날 수 없고 수컷은 암컷이 보이지 않아 서로 그리워하게 되겠지요? 이게 바로 쌍조실군이라는 것이오."

여러 벼슬아치들은 그 말을 듣고 일제히 감탄했어요.

"정말 신승이시요, 참으로 신의이십니다!"

이렇게 칭찬해 마지않는데, 마침 그 자리에 있던 태의太醫가 물었어요.

"병세는 이미 알아보셨는데, 약은 어떻게 쓰실 것인지요?"

"처방을 쓸 필요 없이 약만 보면 됩니다."

"책에, '약에는 팔백여덟 가지의 맛이 있고, 사람에겐 사백네 가지의 병이 있다(藥有八百八味 人有四百四病)'는 말이 있습니다. 병이란 한 사람의 몸에만 있는 것이 아니니, 약에 어찌 완전한 쓰임새가 있겠습니까! 어째서 약을 보기만 하면 된다는 것인지요?"

"옛사람 말씀에, '약은 처방에 따르는 것이 아니라 적합하게 쓰면 된다(藥不執方 合宜而用)'고 했소. 그래서 이번에 약품을 모두 가져다놓고 봐가면서 더하고 빼려는 것이오."

태의는 두말없이 조정 문을 나서서 본 관청의 당직 벼슬아치를 시켜, 즉시 성안의 모든 약방을 돌아다니며 약품마다 각기 세 근씩 챙겨서 손오공에 보내도록 했어요. 그러자 손오공이 말했어요.

"여기는 약을 조제하는 곳이 아니니, 모든 약품과 그것들을 달일 그릇을 모두 챙겨 회동관에 있는 내 두 사제들에게 보내주시오."

의관은 그 말에 따라 즉시 각기 세 근씩의 팔백여덟 가지 약재와 약재를 가는 맷돌과 숫돌, 약을 거르는 비단 천, 약을 짜는 기구 및 가루약을 만드는 그릇과 찧는 공이 따위를 모두 회동관으로 보내 하나하나 전해주었어요.

손오공은 대전으로 가서 삼장법사와 함께 회동관으로 가서 약을 짓자고 청했어요. 삼장법사가 막 몸을 일으키려는데, 갑자기

내궁에서 명령이 내려왔어요. 삼장법사더러 궁전에 머물며 문화전文華殿에서 국왕과 함께 잠을 자고, 다음 날 아침 약을 먹고 병세가 치유되면 사례하고 통행증에 도장을 찍어 전송해주겠다는 것이었지요. 삼장법사가 깜짝 놀라며 말했어요.

"애야, 이건 나를 인질로 삼겠다는 것이로구나. 병을 잘 고치면 기꺼이 전송해주겠지만, 치료가 잘못되면 내 목숨은 끝장이다. 제발 꼼꼼히 주의를 기울이고 정성을 다해 조제하려무나."

손오공이 웃으며 말했어요.

"사부님, 안심하시고 여기서 편안히 쉬세요. 이 몸에겐 '나라를 고치는 솜씨[醫國之手]'가 있으니까요."

멋진 제천대성! 그는 삼장법사와 작별하고 여러 벼슬아치들과 헤어져 곧장 회동관으로 갔어요. 저팔계가 웃는 얼굴로 맞이하며 말했어요.

"형님, 무슨 속셈인지 알았어요."

"뭘 알았다는 거냐?"

"경전을 가지러 가는 일이 안될 줄 알고 장사나 할까 했지만 밑천이 없었는데, 이제 이곳이 제법 잘사는 곳이라는 걸 알고 꾀를 부려 약방을 열려는 게 아니오?"

손오공이 호통을 쳤어요.

"헛소리 말아라! 국왕의 병을 잘 치료하면 당당하게 이 나라를 떠나 길을 갈 것인데, 무슨 약방을 연다는 말이냐!"

"그렇지 않다면 각기 세 근씩 팔백여덟 가지인 이 약품들은 모두 이천사백스물네 근이나 되는데, 단지 한 사람을 치유하는 데 몇 근이나 들겠소? 도대체 몇 년이 걸려야 다 먹을 수 있겠냐는 말이오!"

"어디 얼마나 쓸 게 있겠어? 저 태의원의 벼슬아치들은 모두 멍청하고 눈이 먼 놈들이니, 이렇게 많은 약을 가져오면 그놈들이 도무지 짐작하지 못할 게 아니냐? 내가 무슨 약재를 썼는지 모를 테니 내 신묘한 처방을 알아채기 어렵겠지."

그렇게 말하고 있는데, 회동관을 관리하는 벼슬아치 둘이 찾아와 무릎을 꿇으며 말했어요.

"신승 나리, 저녁 공양 드십시오."

손오공이 말했어요.

"아침엔 내게 그렇게 목에 힘을 주더니 지금은 왜 무릎을 꿇고 모시는 거요?"

그러자 관리가 머리를 조아리며 대답했어요.

"나리께서 오실 때 제가 보는 눈이 없어서 존귀하신 분을 알아뵙지 못했습니다. 이제 나리께서 놀라운 의술로 저희 국왕 폐하의 병을 치료하신다는 소식을 들었습니다. 주상 폐하의 병이 치유되면 나리께선 이 나라 강산을 나누어 가지실 테니, 저희들은 모두 신하가 되는 것입니다. 그러니 예의상 마땅히 절을 올리고 모셔야지요."

손오공은 그 말을 듣고 기꺼이 당에 올라 자리에 앉았고, 저팔계와 사오정도 좌우에 앉았어요. 공양을 차려 오자 사오정이 물었어요.

"형님, 사부님은 어디 계시오?"

손오공이 웃으며 말했어요.

"사부님은 국왕에게 인질로 억류되어 계신다. 내가 병을 잘 고쳐야만 사례도 하고 전송해주겠대."

"뭘 좀 잡수셨을까요?"

"국왕이 안 줄 수 있겠어? 내가 올 때 이미 세 내각을 책임진 재상들이 그분을 모시고 문화전으로 갔어."

그러자 저팔계가 말했어요.

"그러니까, 그래도 사부님이 더 대단하신 분이네요. 그분은 내각의 재상들이 모시는데, 우리는 기껏 역관의 벼슬아치에게 시중을 받고 있으니까요. 그러거나 말거나 이 몸은 밥이나 배 터지게 한 판 먹겠소."

세 제자들은 곧 마음껏 먹었어요.

날이 저물자 손오공은 회동관을 관리하는 벼슬아치를 불렀어요.

"상을 치우고 등잔 기름과 초를 조금 더 준비하시오. 밤이 깊어 조용해져야 약을 조제하기 좋을 테니까."

역관의 벼슬아치가 등잔 기름과 초를 가져오자, 손오공은 그들을 돌려보냈어요.

한밤중이 되어 거리에 인적이 고요해지고 모든 소리가 잦아들자, 저팔계가 말했어요.

"형님, 무슨 약을 만들 거요? 빨리 해치우고, 난 잠이나 자야겠소."

"넌 대황大黃 한 냥兩을 가져와서 곱게 가루로 빻아라."

그러자 사오정이 말했어요.

"대황은 맛이 쓰고, 찬 성질에 독이 없어요. 그 성질은 가라앉아 들뜨지 않지만, 그 효력은 돌아다니며 한 곳을 지키지 않지요. 모든 막힌 것을 없애고 어지러운 것을 가라앉히기 때문에 '장군'이라 부르지요. 이건 약효를 드러내는 촉매제일 뿐이지만, 오랜 병치레로 몸이 허한 사람에겐 쓸 수 없어요."

손오공이 웃으며 말했어요.

"그건 동생이 모르는 소리야. 이 약은 가래를 없애고 기를 순조롭게 만들며, 배 속에 뭉쳐 막힌 한기나 열기를 씻어주지. 내가 알아서 할 테니 보기나 해. 그리고 가서 파두巴豆나 한 냥 가져다 껍질을 까고 찧어서 독이 든 기름을 짜낸 다음, 맷돌에 갈아 가루로 만들어 와."

그러자 저팔계가 말했어요.

"파두는 매운맛으로 더운 성질에 독성이 있어요. 단단히 쌓인 것을 없애주니 폐부에 가라앉은 한기를 씻어주고, 막힌 것을 뚫어주니 물과 곡기가 지날 길을 열어주지요. 이는 바로 험난한 관문을 돌파하는 데에 쓰이는 중요한 약재이니, 함부로 쓰면 안 돼요."

"동생, 너도 뭘 모르는군. 이 약은 맺힌 것을 풀어주고 장腸을 바르게 해주니, 심장이 붓거나 장에 물이 찬 것을 다스릴 수 있지. 얼른 만들어 오라고. 난 또 보조 약재들을 만들어야 하니까."

그 둘은 즉시 두 가지 약재를 갈면서 말했어요.

"형님, 또 몇십 가지 약재를 쓸 거요?"

"필요 없어."

저팔계가 말했어요.

"각기 세 근씩 팔백여덟 가지 약재 가운데 이 두 냥만 쓴다니, 정말 사람들을 가지고 노는구려."

손오공은 꽃무늬가 있는 자기 잔을 들며 말했어요.

"동생, 여러 말 말고 이 잔에다 솥단지 밑에 있는 검댕이나 긁어 반 정도만 채워 와."

"그건 어디다 쓰게요?"

"약에다 넣을 거야."

그러자 사오정이 말했어요.

"약에다 솥단지의 검댕을 넣는 것은 처음 보네요."

"솥단지 밑의 검댕은 '백초상百草霜'이라 불리는데, 그게 만병통치약이라는 걸 넌 모르는 모양이로군?"

멍텅구리는 정말 검댕을 반 잔 긁어 와서 곱게 갈았어요. 손오공은 또 그에게 잔을 주며 말했어요.

"다시 가서 우리 말의 오줌을 반 잔 받아 와."

"그건 또 어디다 쓰게요?"

"환약을 만들 거야."

사오정이 또 웃으며 말했어요.

"형님, 이건 장난이 아니에요. 지린 말 오줌을 어떻게 약에다 넣어요? 묽은 식초나 묽은 쌀가루, 정제한 꿀, 혹은 맑은 물로 환약을 만드는 것은 봤어도 말 오줌으로 만드는 것은 당최 보지 못했어요. 그 지린 물건은 비위가 약한 사람은 냄새만 맡아도 토할 테고, 거기다 파두와 대황을 먹인다면 그 사람은 위로 토하고 아래로 설사를 해댈 텐데, 그게 장난이 아니라는 거요?"

"넌 속을 모르는구나. 우리의 저 말은 보통 말이 아니다. 그놈은 본래 서해 용왕의 아들이야. 그놈이 오줌을 싸주기만 한다면, 네가 무슨 병을 앓고 있더라도 그걸 마시면 바로 나을 게다. 하지만 서둘러서는 얻을 수 없다."

저팔계가 그 말을 듣고 정말 말이 있는 곳으로 가 보니, 말은 땅에 비스듬히 엎드려 잠들어 있었어요. 멍텅구리는 발로 말을 한번 툭 차고 말의 배 밑으로 가서 한참을 기다렸지만, 도무지 말이 오줌을 싸지 않았어요. 그는 달려와서 손오공에게 말했어요.

"형님, 황제를 치료하러 가지 말고 빨리 말이나 치료하러 가시오! 그 뒈질 놈은 오줌보가 바짝 말랐는지 도무지 오줌을 한 방울도 쌀 생각을 안 해요."

손오공이 웃으며 말했어요.

"내가 같이 가보마."

사오정이 말했어요.

"저도 가볼게요."

셋이 모두 말 옆으로 가자 그 말이 벌떡 일어나 사람의 말로 사납게 소리쳤어요.

"형님, 어찌 모르시오? 나는 본래 서해의 비룡으로, 하늘의 법을 어겼다가 관음보살님이 구해주시면서 뿔을 자르고 비늘을 없애 말로 변신시키고, 사부님을 태워 서천으로 가서 경전을 가져오는 공을 세우면 죄를 없애주겠다고 하셨소. 내가 만약 물을 건너다 오줌을 싸서 물속의 물고기들이 그걸 먹으면 용이 되고, 산을 넘다가 오줌을 싸서 산속의 풀들이 맛을 보면 영지靈芝로 변해 선동들이 캐 가서 장수를 누리게 되오. 그런데 내 어찌 이런 속세의 먼지로 얼룩진 곳에다 함부로 그걸 버리겠소?"

손오공이 말했어요.

"동생, 말조심해라. 여기는 서방의 왕이 다스리는 곳이니 속세의 먼지로 얼룩진 곳이 아니요, 함부로 버리는 것도 아니다. 속담에, '티끌 모아 태산(衆毛攢裘)'이라고 하지 않더냐? 그걸로 이 나라 왕의 병을 고쳐주려는 거야. 잘 치료하면 모두에게 영광일 테고, 그렇지 않으면 아마 모두 이 땅을 무사히 떠날 수 없을 게다."

그 말은 그제야 말했어요.

"잠깐 기다려요."

보세요. 그 말은 앞으로 발을 굴렀다가 뒤로 쪼그려 앉아, 입안의 모든 이빨을 뿌득뿌득 갈면서 힘들여 몇 방울을 짜내더니 일어섰어요. 저팔계가 말했어요.

"이 뒈질 놈! 무슨 금물이나 되는 거냐? 조금 더 싸봐!"

손오공이 보니 반 잔이 조금 안 되는지라 이렇게 말했어요.

"됐다. 됐어. 그만 가져가자."

사오정도 그제야 기뻐했어요.

셋은 대청으로 돌아와 앞에서 준비한 약재와 말의 오줌을 섞어 세 개의 커다란 환약을 만들었어요. 손오공이 말했어요.

"동생, 너무 크게 만들었는데?"

저팔계가 말했어요.

"호두 크기밖에 안 되는데요 뭐. 내가 먹으면 한 입에도 모자라요."

그리고 이 약들을 작은 상자에 담았어요. 세 형제들은 옷을 입은 채 잠들었고, 밤새 아무 일도 없었어요.

이튿날 날이 밝자 국왕은 병석에 누운 채 조회를 열고 삼장법사를 만나려고 했어요. 그리고 즉시 여러 벼슬아치들에게 명을 내려 빨리 회동관으로 가서 신승 손오공 스님께 인사드리고 약을 받아 오라고 했어요. 여러 벼슬아치들은 회동관에 이르자 땅에 엎드려 손오공에게 절하고 말했어요.

"우리 국왕께서 저희더러 신묘한 약을 받아 오라 하셨습니다."

손오공은 저팔계에게 상자를 가져오라 하고, 뚜껑을 열어 여러 관리들에게 건네주자, 관리들이 물었어요.

"이 약은 이름이 무엇인지요? 우리 국왕께 보고하도록 좀 알려 주십시오."

"이건 오금단烏金丹이라 하오."

저팔계와 사오정은 속으로 웃으며 중얼거렸어요.

'솥단지 밑의 검댕을 버무린 것이니 '오금'이 맞긴 맞지!'

여러 벼슬아치들이 또 물었어요.

"무엇이랑 같이 먹지요?"

"두 가지가 있소. 하나는 쉽게 얻을 수 있는 것인데, 바로 여섯 가지 물건을 달여내면 되오."

"그게 무엇인지요?"

허공을 나는 까마귀의 방귀와

거친 물살을 거슬러 오르는 잉어의 오줌.

서왕모님의 얼굴에 바른 분가루와

태상노군의 화로 안에 있는 단약의 재.

옥황상제가 쓰다 버린 두건 세 조각,

그리고 곤경에 처한 용의 다섯 가닥 수염이오.

이 여섯 가지와 이 약을 섞어 달이면

당신들 국왕의 근심병은 금방 사라질 거요.

半空飛的老鴉屁　　緊水負的鯉魚尿

王母娘娘搽臉粉　　老君爐里煉丹灰

玉皇戴破的頭巾要三塊　　還要五根困龍須

六物煎湯送此藥　　你王憂病等時除

"이런 것들은 인간 세상에 없습니다. 다른 것은 무엇입니까?"

"뿌리가 없는 물인 무근수無根水를 쓰시오."

여러 벼슬아치들이 웃으며 말했어요.

"이건 얻기 쉽지요."

"어떻게 얻기 쉽다는 거요?"

"이 지방 사람들이 흔히 알기로, 무근수를 쓰려면 대접 하나를 들고 우물가나 강가로 가서 물은 뜬 후, 재빨리 걸으면서 땅에 흘리지 않고 고개도 돌리지 않은 채로 집에 도착해서 환자에게 먹이면 된다고 합니다."

"우물이나 강에 있는 물은 모두 뿌리가 있는 것이오. 내가 말하는 무근수는 이게 아니라 하늘에서 떨어져 땅에 젖지 않은 상태로 마시는 것이오. 그래야 뿌리 없는 물이 되는 것이오."

"그것도 쉽군요. 비가 올 때를 기다려 약을 먹으면 되니까요."

그들은 손오공에게 절하고, 약을 가져가서 바쳤어요. 국왕은 무척 기뻐하며 내시더러 받아 오게 하여 살펴보았어요.

"이건 무슨 환약인가?"

여러 벼슬아치들이 대답했어요.

"신승께서는 오금환이라 하시면서, 무근수를 써서 잡숴야 한다고 하셨습니다."

국왕이 곧 궁녀들에게 무근수를 준비하라고 하자, 여러 벼슬아치들이 말했어요.

"신승께서 말씀하시길, 무근수는 우물이나 강에 있는 것이 아니라 하늘에서 떨어졌으되 땅에 젖지 않은 것이라 하셨습니다."

국왕은 즉시 내시를 불러 법관法官, 즉 직위 있는 도사를 모셔다 기우제를 지내라 했어요. 여러 벼슬아치들이 명에 따라 방을 내건 일에 대해서는 더 이상 얘기하지 않겠어요.

한편, 손오공은 회동관의 대청에서 저팔계에게 이렇게 말했어요.

"얼른 하늘에서 비를 내려줘야 약을 먹을 수 있을 텐데…… 지금 급한데 어떻게 비를 얻지? 보아하니 이 국왕은 그래도 현명하고 덕이 큰 군주인 것 같으니, 너하고 내가 좀 도와주어서 약을 먹을 비를 내려주는 게 어떠냐?"

"어떻게 돕는단 말이오?"

"네가 내 왼쪽에 서서 보조별[輔星]이 되어라."

그리고 또 사오정에게 말했어요.

"너는 내 오른쪽에 서서 보조 별자리[弼宿]가 되어라. 손 어르신이 왕에게 무근수를 좀 지원해줘야 되겠다."

멋진 제천대성! 그는 북두칠성의 별자리를 따라 걸음을 옮기며 주문을 외웠어요. 그러자 동쪽에서 한 덩이 먹구름이 떠올라 점점 머리 위로 다가와 말했어요.

"제천대성님, 동해 용왕 오광이 인사드립니다."

"일이 있어 번거롭게 불렀소. 무근수를 좀 내려주어 국왕이 약을 먹을 수 있게 해주시구려."

"제천대성께서 부르실 때 물을 쓰신다는 말씀을 하지 않으셔서 제가 비를 내리는 기구도 없이 맨몸으로 왔고, 바람과 구름, 우레와 번개도 없는데, 어떻게 비를 내리지요?"

"지금은 바람과 구름, 우레와 번개를 쓸 것까지 없고, 비가 많이 내려서도 안 되오. 그저 약 먹을 때 필요한 정도만 내리면 되오."

"그럼 제가 재채기를 두 번 해서 침을 좀 튀겨 그자가 약을 먹게 해주겠습니다."

손오공이 무척 기뻐하며 말했어요.

"딱 좋아요! 딱 좋아! 머뭇거릴 필요 없이 얼른 해치우시오."

용왕이 공중에서 점점 먹구름을 내려 황궁 위로 가서 몸을 숨긴 채 침을 한 입 뱉으니, 그것은 곧 달콤한 가랑비로 변했어요. 그러자 조정의 모든 벼슬아치들이 일제히 찬탄했어요.

"우리 주상께 크나큰 복이 있어 하느님이 단비를 내려주셨구나!"

국왕은 즉시 교지를 내렸어요.

"그릇에 받아라. 궁궐 안팎 및 벼슬의 크고 작음을 막론하고 모두 신선의 물을 받아 과인을 구하라."

보세요. 그들 문무백관들과 삼궁육원三宮六院의 비빈 및 삼천 궁녀, 팔백 미녀들은 모두 잔을 들고, 접시와 쟁반을 든 채 단비를 받았어요. 용왕이 공중에서 흘린 침은 궁궐 앞뒤를 벗어나지 않았어요. 두 시간쯤 후에 용왕은 제천대성과 작별하고 동해로 돌아갔어요.

신하들이 잔과 접시를 거둬들였는데, 한두 방울을 받은 이도 있었고 네다섯 방울을 받은 이도 있었으며, 한 방울도 받지 못한 사람도 있었어요. 그것들을 한데 모으니 석 잔 남짓 되었는데, 그걸 모두 황제의 탁자에 바쳤어요. 그러자 정말 기이한 향기가 금란전에 가득 퍼지고, 맛있는 냄새가 황궁 뜰에 퍼졌어요.

국왕은 삼장법사와 작별하고 '오금단'과 단비를 궁궐로 가져가서 먼저 환약 한 알을 먹고 단비 한 잔을 마셨어요. 또 한 알을 먹고 단비 한 잔을 마시고, 세 번째로 환약을 먹고 석 잔째 단비를 모두 마셨어요. 그러자 얼마 지나지 않아 배 속에서 수레바퀴가 굴러가는 듯 꾸르륵거리는 소리가 계속 들렸어요. 즉시 변기를 가져와 네댓 차례 변을 보고, 미음을 조금 마신 후 용상에 비스듬히 기대앉았어요. 두 왕비[妃]가 변기 안을 살펴보니 말할 수 없이 더러운 가래침 같은 것 속에 찹쌀로 만든 찰밥 한 덩어리가 있었어요. 왕비는 용상으로 다가가 보고했어요.

"병의 뿌리가 모두 빠져나왔습니다."

국왕은 이 말을 듣고 무척 기뻐하며, 또 미음을 한 번 더 먹었어요. 얼마 후 국왕은 가슴이 시원해지고 기혈이 순조로워져서 곧 정신을 차리고 다리에도 힘이 생겼어요. 그는 용상에서 내려와 조회복을 입고 바로 대전으로 올라갔어요. 그리고 삼장법사를 보고 얼른 허리를 굽혀 절을 올리니, 삼장법사도 황급히 답례했어요. 인사가 끝나자 국왕은 몸소 삼장법사를 부축해 일으키며 내각에 교지를 내렸어요.

"어서 편지를 준비하라. 편지에 짐이 '머리 숙여 재배한다'는 글을 쓰고, 관리를 파견하여 삼장법사의 세 제자분들을 모셔 오라. 한편으로는 동각을 크게 열고 광록시에서 감사의 잔치를 열게 하라."

여러 벼슬아치들은 교지를 받자 편지를 준비하는 이들은 편지를 준비하고, 잔치를 준비하는 이들은 잔치를 준비했어요. 정말 나라는 산도 무너뜨릴 힘이 있는지라, 모든 일이 순식간이 다 준비되었어요.

한편 저팔계는 관리가 가져온 편지를 보고 기쁨에 겨워 말했어요.

"형님, 과연 훌륭한 묘약이오! 이제 사례를 받게 된 건 바로 형님의 공이오."

사오정도 말했어요.

"둘째 형님, 무슨 말씀이오? 속담에, '한 사람에게 복이 있으면 한 집안을 먹여 살린다(一人有福 帶挈一屋)'고 하지 않았소? 우리가 여기서 약을 함께 만들었으니, 모두에게 공이 있소. 여러 말 말고 먹으러나 갑시다."

허! 여러분 보세요. 세 형제들은 모두 희희낙락하며 조정으로 갔지요. 여러 벼슬아치들이 그들을 맞아 동각으로 안내하니, 거기엔 벌써 삼장법사와 국왕, 내각의 재상들이 모두 차려진 잔치 자리에 앉아 있었어요. 손오공과 저팔계, 사오정이 삼장법사에게 절을 하자, 뒤이어 조정의 벼슬아치들이 모두 도착했어요.

위쪽에는 채소 요리가 준비된 탁자 네 개가 마련되어 있었는데, 너무나 풍성하게 차려 열 가지 중 하나 먹을 수 있을 정도였어요. 앞쪽에는 고기가 포함된 비린 음식이 준비된 탁자 하나가 마련되어 있었는데, 그 역시 무척 풍성한 진수성찬이었어요. 그리고 좌우로 사오백 개의 탁자들이 이런 모습으로 가지런히 차려져 있었어요.

옛말에, "온갖 진수성찬에 좋은 술 천 잔.
기름진 음식과 치즈, 비단처럼 곱고 먹음직스럽다"고 했지.
보석 장식은 꽃처럼 고운 광채 빛내고
과일들은 맛과 향기 진하네.
설탕 한 말과 용처럼 꼬아 사자와 신선 모양 만들어 늘여 세웠고
떡은 이동식 화로 위에 쌍쌍이 봉황처럼 늘어놓았네.
고기로는 돼지, 양, 닭, 거위, 생선, 오리 등이 두루 갖춰졌고
채소로는 배추절임과 죽순, 목이버섯 및 마고버섯 따위가 있네.
갖가지 향기로운 국과 떡들
여러 차례 뽑아낸 수당酥糖.[7]
매끄럽고 부드러운 노란 수수밥.
맑고 신선한 줄 가루.
색색의 면을 넣은 탕은 향긋하면서도 매콤하고
갖가지 새로 내놓는 음식들도 멋지고 달콤하네.
군주와 신하들이 잔을 들고 편히 앉아

7 '수당'이라고 부르는 것은 두 가지가 있다. 하나는 부드럽고 투명한 엿을 평평하게 늘리고, 참깨 가루에 잘 묻혀서 두루마리처럼 감아서, 작은 쪽부터 잘라서 하나하나 종이에 싼 과자를 가리킨다. 다른 하나는 물엿에 콩가루나 참깨 가루를 반복해서 묻히며 가는 실타래 모양으로 만든 사탕을 가리킨다.

명성과 품계에 따라 느긋하게 술잔을 돌리네.

古云　珍饈百味　美祿千鍾

瓊膏酥酪　錦纏肥紅

實桩花彩艶　果品味香濃

斗糖龍纏列獅仙　餅錠拖爐擺鳳侶

葷有豬羊雞鵝魚鴨般般肉　素有蔬穀笋芽木耳并蘑菇

幾樣香湯餅　數次透酥糖

滑軟黃粱飯　清新荪米糊

色色粉湯香又辣　般般添換美還甛

君臣擧盞方安席　名分品級慢傳壺

　국왕이 친히 잔을 들고 먼저 삼장법사와 함께 편히 앉으니, 삼장법사가 말했어요.

"저는 술을 마실 줄 모릅니다."

"정갈한 소주素酒인데, 법사께서도 한 잔 마셔보시는 게 어떻습니까?"

"술은 승려들에게 가장 경계해야 할 것입니다."

국왕은 매우 유감스러워하며 말했어요.

"법사께서 마시지 않으시겠다면, 무엇으로 경의를 표하리까?"

"제 제자들더러 대신 마시라고 하시지요."

국왕은 그제야 기뻐하며 금 술잔을 돌려 손오공에게 전했어요. 손오공은 술을 받고 여러 사람들에게 예를 올린 후 한 잔을 마셨어요. 국왕은 그가 시원스럽게 마시는 걸 보더니, 다시 한 잔 올렸어요. 손오공이 사양하지 않고 또 마시자, 국왕이 웃으며 말했어요.

"석 잔은 마셔야지요."

妖邪王物倚夜心
魔論延君的所主

손오공은 약을 짓고, 국왕은 요괴를 물리쳐달라고 청하다 손오공이 사양하지 않고 또 마시자, 국왕은 다시 따르라고 명하면서 이렇게 말했어요.

"네 계절의 숫자에 맞춰야지요."

곁에 있던 저팔계는 술이 자기에게 오지 않자 투덜거리고 있다가, 국왕이 계속 손오공에게 술을 권하자 버럭 소리를 질렀어요.

"폐하께서 약을 잡술 수 있게 된 것은 제 덕분이기도 합니다. 그 약에는 '말[馬]'의……."

손오공은 거기까지 듣자 멍텅구리가 비밀을 누설할까 걱정스러워 손에 든 잔을 저팔계에게 건넸어요. 저팔계는 그걸 받아 바로 마시며 아무 말이 없어졌어요. 국왕이 물었어요.

"신승께선 약 안에 '말'이 들어 있다고 하셨는데, 그게 무슨 '말'인지오?"

손오공이 바로 말을 받았어요.

"제 동생이 이렇게 입이 가볍습니다. 그저 경험해본 좋은 처방이 있으면 남에게 얘기해주려 하지요. 폐하께서 아침녘에 잡수신 약 안에는 쥐방울덩굴[馬兜鈴]이 들어 있습니다."

국왕이 여러 벼슬아치들에게 물었어요.

"쥐방울덩굴은 무슨 맛이오? 무슨 병을 치유할 수 있소?"

그때 태의원이 옆에서 말했어요.

"폐하,

쥐방울덩굴은 맛이 쓰고 찬 성질에 독성은 없으며
천식과 가래를 없애는 데에 큰 효험이 있습니다.
기를 통하게 하는 데에 탁월하고 어혈로 부은 배를 고쳐주며
허한 기운을 보충하여 기침을 잠재우고 마음을 편안하게 해

줍니다.

$$兜鈴味苦寒無毒 \quad 定喘消痰大有功$$
$$通氣最能除血蠱 \quad 補虛寧嗽又寬中$$

국왕이 웃으며 말했어요.

"정말 적절히 썼구려! 정말 적절해요! 저猪 스님 한 잔 더 하시지요."

저팔계는 역시 말없이 석 잔을 마셨어요. 국왕은 또 사오정에게 잔을 건네 석 잔을 마시게 하고, 모두 편히 앉았어요. 한참 동안 마시며 잔치를 벌이다가, 국왕은 다시 큰 잔을 들어 손오공에게 바쳤어요. 그러자 손오공이 말했어요.

"폐하, 앉으십시오. 이 몸은 마실 차례가 되면 마음껏 마시겠습니다. 절대 사양하지 않겠습니다."

"신승의 은혜는 산처럼 커서, 과인은 감사해 마지않는 바이오. 어쨌든 이 큰 잔을 올리며, 짐이 드릴 말씀이 있소이다."

"무슨 말씀이신지요? 말씀을 하셔야 저도 편히 마시지 않겠습니까?"

"과인은 여러 해 동안 우울증에 시달리다가 신승께서 주신 신령한 알약으로 기가 트여 병이 나았소이다."

손오공이 웃으며 말했어요.

"어제 이 몸이 폐하를 뵐 때 이미 우울증인 줄 알았습니다. 하지만 무슨 일을 걱정하시는 것인지요?"

"옛사람 말에, '집안의 부끄러운 일은 밖에다 얘기하지 말라(家醜不可外談)'고 했습니다. 하지만 신승께선 짐의 은인이시니, 비웃지 않으신다면 말씀드리겠습니다."

"어찌 감히 비웃겠습니까? 말씀해보시지요."

"신승께선 동쪽에서부터 오시면서 몇 나라를 지나셨는지요?"

"대여섯 나라를 지났습니다."

"다른 나라의 황후들은 어떻게 불리던가요?"

"국왕의 왕비들은 모두 정궁正宮과 동궁東宮, 서궁西宮으로 부르더군요."

"과인은 그렇게 부르지 않고 정궁은 금성궁金聖宮, 동궁은 옥성궁玉聖宮, 서궁은 은성궁銀聖宮으로 부르고 있습니다. 지금은 은성궁과 옥성궁만 궁궐에 있지요."

"금성궁께선 어째서 궁궐에 계시지 않습니까?"

국왕이 눈물을 흘리며 말했어요.

"그게 벌써 삼 년이나 되었습니다."

"어디 가셨나요?"

"삼 년 전 바로 단오절에 짐과 황후 및 비빈들이 모두 어화원의 해류정海榴亭 아래에서 종자粽子[8]를 먹으며 머리에 쑥대를 꽂고, 창포웅황주菖蒲雄黃酒를 마시며 용주龍舟 경기를 구경하고 있었소이다. 그런데 갑자기 한바탕 바람이 불더니 허공에 요괴 하나가 나타났는데, 자칭 새태세賽太歲, 즉 태세신에 비견되는 신이라고 했습니다.

그는 기린산麒麟山 해치동獬豸洞에 살고 있는데, 동굴 안에 부인 하나가 부족하여 아름다운 자태를 타고난 금성궁을 부인으로 삼으려고 찾아왔으니, 짐더러 빨리 보내라고 했습니다. 만약 세 번얘기했는데도 바치지 않으면 먼저 과인을 잡아먹고, 다음에 여러 신하들과 성안의 모든 백성들을 모조리 잡아먹어버리겠다고 했

---

8 찹쌀에 대추 따위를 넣고 댓잎이나 갈댓잎에 싸서 쪄 먹는 단오절 음식 가운데 하나이다. 원래 전국시대에 강에 몸을 던져 죽은 초나라의 굴원屈原을 애도하여, 이 음식을 강에 던져 물고기들이 그의 시신을 해치지 못하도록 했던 데에서 비롯되었다고 한다.

습니다.

그때 짐은 나라와 백성을 걱정하는 마음으로 어쩔 수 없이 금성궁을 해류정 밖으로 내보냈더니, 요괴가 휙 하고 납치해 가버렸습니다. 과인은 이 때문에 놀라고 두려워, 먹은 종자가 배 속에서 체해버렸습니다. 게다가 밤낮으로 금성궁을 그리워하다가 이런 고질을 삼 년이나 앓게 되었습니다.

이제 신승께서 주신 신령한 단약을 먹은 후 몇 번 설사를 하고 삼 년 전에 쌓인 그것들을 모두 배설해버렸으니, 몸도 건강해지고 정신도 예전처럼 맑아졌습니다. 오늘의 목숨은 모두 신승께서 내려주신 것이니, 그 큰 은혜를 어찌 태산에만 비할 수 있겠습니까?"

손오공은 그 말을 듣고 무척 기뻐하며 그 큰 술잔의 술을 두 모금에 다 마셔버리고, 국왕에게 웃으며 물었어요.

"알고 보니 폐하께서 놀라 근심하시게 된 게 그 일 때문이로군요. 이제 다행히 이 몸을 만나 나으셨지만, 금성궁께서 돌아오게 되었으면 하고 바라시는 것은 아닌지요?"

국왕은 눈물을 흘리며 말했어요.

"짐이 밤낮 없이 절절히 그리워하고 있습니다만, 요괴를 잡을 수 있는 이가 아무도 없습니다. 어찌 그 사람이 돌아오길 바라지 않겠습니까?"

"이 손 어르신이 요괴를 굴복시켜주면 어떻겠소이까?"

국왕은 무릎을 꿇으며 말했어요.

"짐의 황후를 구해주신다면, 짐은 세 황후[三宮]와 아홉 비빈[九嬪]을 데리고 성을 나가 백성이 되고, 온 나라 강산을 모두 신승께 바쳐 황제로 모시겠습니다."

저팔계가 옆에 있다가 왕이 이런 말을 하며 이런 예를 행하는 것을 보고, 껄껄 웃음을 참치 못하며 말했어요.

"황제께서 체통이 없으시군요! 어찌 마누라 하나 때문에 강산을 마다하고, 중에게 무릎을 꿇는단 말이오?"

손오공이 급히 나아가 국왕을 부축해 일으키며 말했어요.

"폐하, 그 요괴가 금성궁을 납치해 간 후 지금까지 또 온 적이 있습니까?"

"재작년 오월절에 금성궁을 납치해 간 후 시월에 와서 시중 들 궁녀 두 명을 요구하기에 짐이 즉시 두 명을 바쳤습니다. 그리고 작년 삼월에 또 궁녀 두 명을 요구했고, 칠월에도 두 명을 요구했습니다. 올해 이월에도 두 명을 요구해서 데려갔는데, 언제 또 올지 모르겠습니다."

"그놈이 이렇게 자주 오는데도 그대들은 그놈이 두렵단 말씀이시오?"

"과인은 그자가 자주 오자 무섭기도 하고 해칠 마음을 품게 될까 걱정스러워 작년 사월에 피요루避妖樓라는 누각을 짓게 했습니다. 그리고 바람 소리가 들리면 그자가 오는 줄 알고, 바로 두 황후와 아홉 비빈을 데리고 누각으로 피신합니다."

"폐하, 송구스럽지만 이 몸에게 그 누각을 한번 보여주실 수 있겠습니까?"

국왕이 즉시 왼손으로 손오공의 손을 잡고 자리를 나서니, 여러 벼슬아치들도 모두 몸을 일으켰어요. 그러자 저팔계가 말했어요.

"형님, 답답하시구려. 이런 술도 마시지 않고 좋은 자리를 망치면서 또 무얼 보러 가신다는 거요?"

국왕은 그 말을 듣자 저팔계가 먹을 것을 밝힌다는 것을 짐작하고, 즉시 명을 내려 탁자 두 개를 날라 피요루 밖에 술자리를 마련해놓게 했어요. 멍텅구리가 그제야 투덜거림을 멈추고 삼장법사와 사오정에게 웃으며 말했어요.

"이차를 가는구나!"

문무 벼슬아치들의 인도를 받아 국왕은 손오공과 손을 맞잡고 황궁을 가로질러 어화원 뒤에 이르렀는데, 거기에는 무슨 누대나 전각이 보이지 않았어요. 손오공이 물었어요.

"피요루는 어디 있습니까?"

그 말이 채 끝나기도 전에 두 명의 태감이 붉게 옻칠을 한 긴 막대기 두 개를 들고 빈터로 가더니 네모난 돌판을 들어올렸어요. 국왕이 말했어요.

"바로 여깁니다. 이 아래를 세 길 깊이로 파서 아홉 킨의 대전을 마련했습니다. 안에는 기름을 가득 채운 네 개의 큰 항아리가 있어서 밤낮으로 등불을 밝힐 수 있습니다. 과인은 바람 소리가 들리면 바로 안으로 숨고 사람을 시켜 바깥의 돌판을 덮게 합니다."

손오공이 웃으며 말했어요.

"그 요괴는 폐하를 해치지 않을 겁니다. 폐하를 해치려고 한다면 이 안이라고 어찌 피할 수 있겠습니까?"

그렇게 말하고 있노라니 정남쪽에서 횡횡 바람 소리가 들리며 흙먼지가 일어났어요. 깜짝 놀란 여러 벼슬아치들이 일제히 소리치면서 원망스럽게 말했어요.

"이 중이 입방정을 떨어 무슨 요괴 어쩌고 하니까, 바로 요괴가 나타났습니다."

깜짝 놀란 국왕이 손오공을 뿌리치고 즉시 구덩이로 들어가니, 삼장법사도 따라 들어가고, 여러 벼슬아치들도 모조리 숨어버렸어요. 저팔계와 사오정도 숨으려 하니, 손오공이 두 손으로 그들을 붙들며 말했어요.

"동생들, 겁내지 마. 나랑 같이 그놈이 무슨 요괴인지 한번 보자고."

그러자 저팔계가 말했어요.

"헛소리 작작 하시지! 그놈이 누군지는 알아봐서 뭐 하게요? 벼슬아치들도 도망쳐버렸고, 사부님도 숨어버렸고, 국왕도 피신해버렸는데, 우리만 안 가고 어디 쪽팔릴 일 있어요?"

멍텅구리는 이리저리 몸을 빼려 했지만 손오공의 손에 꽉 붙잡혀 벗어날 수 없었어요. 한참 그렇게 있노라니 공중에 요괴 한 놈이 나타났어요. 그 생김새가 어떤지 볼까요?

아홉 척 큰 키에 사납고 흉악한 모습
한 쌍 둥근 눈은 황금 등잔처럼 번쩍번쩍.
부채를 세워놓은 듯 뾰족한 두 귀와
못을 박아놓은 듯한 네 개의 단단한 송곳니.
붉은 살쩍에 곧추선 눈썹은 불타는 듯하고
붉게 늘어진 코에 큰 구멍 뻥 뚫렸다.
몇 가닥 수염들은 주사에 물들인 실처럼 붉고
높다란 광대뼈에 온 얼굴이 시퍼렇다.
붉은 근육 솟은 두 팔과 남색의 손에는
열 개의 뾰족한 손톱으로 창을 쥐어 들었다.
표범 가죽 치마를 허리에 묶고
맨발에 머리 헝클어진 모습이 귀신을 닮았다.

九尺長身多惡獰　一雙環眼閃金燈

兩輪查耳如撐扇　四個鋼牙似插釘

鬢遶紅毛眉豎焰　鼻垂槽準孔開明

髭鬑幾縷朱砂線　顴骨峻層滿面青

兩臂紅觔藍靛手　十條尖爪把鎗擎

豹皮裙子腰間繫　赤脚蓬頭若鬼形

손오공이 그걸 보고 말했어요.

"사오정, 저놈이 누군지 알겠어?"

"저놈과 안면도 없는데 어떻게 알아보겠어요?"

"저팔계, 넌 알아보겠어?"

"나도 저자와 만나 차나 술을 마신 적이 없고 또 친구나 이웃도 아닌데, 어떻게 알아보겠소?"

"저놈은 아무래도 동악천제東岳天齊 밑에서 문지기 노릇을 하던 초면금정귀醮面金睛鬼를 닮았어."

그러자 저팔계가 말했어요.

"아닙니다, 아니에요!"

"아니란 걸 네가 어떻게 알아?"

"내가 왜 몰라요? 귀신은 저승의 혼령[陰靈]이니, 날이 저물어 오후 네 시가 지나야 나올 수 있어요. 지금은 아직 오전 열 시 무렵인데 어떻게 감히 귀신이 나올 수 있겠어요? 그리고 귀신이라면 구름을 탈 줄도 모르고, 바람을 부린다 해도 한바탕 회오리바람밖에 일으키지 못할 텐데, 이런 거센 바람이 불 리가 있나요? 어쩌면 저자가 정말 새태세인지도 모르지요."

손오공이 웃으며 말했어요.

"멍청이, 너 대단한걸? 그래도 이렇게 조리 있게 말할 줄도 아네? 그럼, 너희 둘은 여길 지키고 있어라. 손 어르신이 저놈의 이름과 호를 물어보고, 국왕의 금성궁을 구해 오마."

그러자 저팔계가 말했어요.

"가실 테면 가시구려. 하지만 절대 우릴 끌어들이진 마시오."

　손오공은 대답 없이 의젓한 모습으로 급히 상서로운 빛을 타고 공중으로 뛰어올랐으니, 아! 그건 바로,

　　나라를 편안히 하려면 먼저 군왕의 병을 고치고
　　도를 지키려면 반드시 악을 좋아하는 마음을 없애야 한다.

　　　　　　　安邦先却君王病　守道須除愛惡心

는 것이었어요.

　결국 이번에 공중으로 가서 승패가 어떻게 되고, 어떻게 요괴를 잡아 금성궁을 구하게 되는지는 알 수 없으니, 이에 대해서는 다음 회를 들어보시라.

제70회
손오공, 계책으로 자금령을 훔치다

한편, 손오공은 위엄을 떨치며 여의봉을 잡고 상서로운 구름을 타고 공중으로 솟아올라 정면으로 맞서며 소리쳤어요.

"너는 어디서 온 요괴냐? 어디 와서 행패를 부리려고 하느냐?"

그 요괴가 사나운 소리로 목청 높여 대답했어요.

"나는 바로 기린산 해치동 새태세대왕 폐하의 부하로 있는 선봉장이다. 지금 대왕님의 명을 받고 금성왕후께 시중들 궁녀 둘을 데리러 이곳에 왔다. 너는 어떤 놈이기에 감히 나한테 시비를 거는 것이냐?"

"나는 제천대성 손오공이다. 동녘 땅 당나라 승려를 보호하여 서천으로 부처님을 뵈러 가다가 이 나라를 지나게 되었다. 그런데 너희 사악한 요괴들이 왕을 괴롭히고 있다는 것을 알고 특별히 뛰어난 재주를 펼쳐 요괴들을 물리치고 나라를 안정시키려 한다. 마침 너희들을 어디서 찾을까 고민하고 있던 참인데 죽으려고 여기를 찾아왔구나!"

그 요괴는 이 말을 듣더니 다짜고짜 긴 창을 휘두르며 손오공을 공격했어요. 손오공도 여의봉을 들고 정면으로 맞아 싸웠지요. 공중에서 벌어진 이번 싸움은 정말 대단했어요.

여의봉은 용궁에서 바다를 제압했던 보물이고
창은 인간 세상에서 단련을 거친 강철이구나.
평범한 병사가 어찌 신선 병사의 상대가 되랴?
살짝 스쳐도 신묘한 기운 넘치는구나.
제천대성은 원래 최고의 신선이고
요괴는 본래 사악한 요물이라네.
요괴가 어떻게 올바른 사람에게 접근할 수 있으랴?
모든 것이 올바르게 되었을 때 사악함은 곧바로 사라지리라.
저쪽은 바람 일으키고 흙 뿌리며 왕을 놀라게 하고
이쪽은 안개 타고 구름에 올라 해와 달을 가리네.
자세를 잡고 승부를 가리려 하니
능력도 없으면서 누가 감히 호걸이라 자랑하겠는가?
역시 제천대성은 능력이 뛰어나니
여의봉으로 한 번 툭 치자 창이 먼저 부러지네.

棍是龍宮鎮海珍　槍乃人間轉煉鐵

凡兵怎敢比仙兵　擦着些兒神氣泄

大聖原來太乙仙　妖精本是邪魔孽

鬼祟焉能近正人　一正之時邪就滅

那個弄風播土諕皇王　這個踏霧騰雲遮日月

丟開架手賭輸贏　無能誰敢誇豪傑

還是齊天大聖能　乒乓一棍槍先折

요괴는 손오공의 여의봉에 맞아 창이 두 동강 나자 당황하여
목숨을 구하려고 바람을 타고 곧장 서쪽으로 달아났어요. 손오공

은 그를 쫓지 않고 구름을 내려 피요루의 지하굴 입구로 가서 소리쳤어요.

"사부님, 폐하와 함께 나오시지요. 요괴는 벌써 달아나버렸습니다."

삼장법사는 그제야 왕을 부축하여 함께 동굴 밖으로 나왔어요. 하늘은 구름 한 점 없이 맑았고 사악한 요괴의 기운이라곤 조금도 없었어요. 황제는 바로 술상 앞으로 가더니 손수 술병과 잔을 가져다가 금잔에 가득 따라서 손오공에게 두 손으로 공손히 바쳤어요.

"신승, 일단 이것으로 감사의 뜻을 전합니다."

손오공이 손으로 잔을 받고 아직 대답도 하지 않았는데, 대궐 문 밖에서 관리가 와서 보고를 올렸어요.

"서쪽 문에 불이 났습니다."

손오공은 그 말을 듣자 술이 든 금잔을 공중으로 내던졌어요. 금잔은 쨍그랑 하는 소리와 함께 땅바닥에 떨어졌지요. 왕이 황급히 몸을 굽혀 예를 올리며 사과했어요.

"신승, 용서하십시오. 과인의 잘못입니다. 마땅히 정전에 오르시게 하고 절을 올리며 감사했어야 예에 맞는데, 마침 이곳에 술이 있어서 그냥 올렸던 것일 뿐입니다. 신승께서 술잔을 던져버리시다니, 혹시 기분이 상하셨습니까?"

"하하, 그런 뜻이 아니오."

좀 있다가 관리가 또 와서 보고했어요.

"고마운 비! 서쪽 문에서 난 불은 그 비에 다 꺼져버렸습니다. 거리마다 물이 흐르고 있는데, 어찌된 일인지 온통 술 냄새가 가득합니다."

손오공이 다시 웃으며 말했어요.

"폐하, 제가 술잔을 던진 것은 책망하는 뜻이 아닙니다. 저 요괴가 패하여 서쪽으로 달아났는데 제가 쫓아가지 않은 틈에 그놈이 불을 놓았던 것입니다. 그래서 제가 이 잔의 술로 그 불을 꺼서 서쪽 성 밖의 인가를 구했던 것입니다. 어찌 다른 뜻이 있었겠습니까?"

왕은 매우 기뻐하며 더욱 존경했어요. 왕은 즉시 삼장법사 일행을 모두 정전에 오르도록 청하고 국왕의 자리와 나라를 양보하려는 뜻을 보였어요. 손오공이 웃으며 말했어요.

"폐하, 방금 전의 그 요괴는 자기가 새태세의 부하이며 선봉장이라고 하면서 이곳에 궁녀를 데리러 왔다고 했습니다. 그가 지금 싸움에 져서 돌아갔으니 분명 새태세한테 보고했을 것이고, 그놈은 나와 싸우려고 올 것입니다. 그가 일순간에 병사를 일으켜 이끌고 오면 백성들이 다치고 폐하를 놀라게 할 것 같습니다. 그러니 제가 그놈을 찾아가 공중에서 사로잡고 황후마마를 모시고 돌아오겠습니다. 그런데 어디로 가야 될지 모르겠군요? 이곳에서 그가 사는 산의 동굴까지는 얼마나 됩니까?"

"과인이 정찰병을 그곳에 보내어 소식을 정탐한 적이 있는데 왕복하는 데 오십 일이 넘게 걸렸습니다. 요괴가 사는 동굴은 남쪽으로 삼천 리 정도 떨어져 있습니다."

손오공은 그 말을 듣더니 이렇게 말했어요.

"저팔계와 사오정은 이곳을 지키고 있어라. 이 몸이 다녀올 테니."

그러자 국왕이 말리면서 말했어요.

"신승, 하루만 여유를 주십시오. 볶고 구운 마른 식량과 약간의 노잣돈, 날랜 말을 준비하도록 할 테니 그때 떠나시지요."

"하하, 폐하께서는 산에 기어오르고 고개를 돌아 걸어서 가는 것을 생각하시는 모양이군요. 사실 이 몸은 이런 삼천 리 길은 술잔에 따라놓은 술이 식기도 전에 다녀올 수 있습니다."

"신승, 외람된 말씀이지만 당신의 겉모습은 원숭이처럼 생겼는데 어떻게 그렇게 길을 잘 다닐 수 있는 법력을 가지고 있습니까?"

그러자 손오공은 이렇게 대답했어요.

이 몸은 비록 원숭이로 태어난 운명이지만
어려서부터 삶과 죽음의 길을 개척해나갔지요.
고명한 스승을 두루 찾아다니며 도를 전수받았고
산 앞에서 아침저녁을 가리지 않고 수련했지요.
하늘을 머리로 삼고 땅을 화로로 삼아
두 가지 약물로 음과 양의 기운을 뭉쳤지요.[1]
음과 양의 기운을 거두고 물과 불을 뒤섞다 보니
일순간 문득 오묘한 도를 깨달았지요.
온전히 북두성 방향에 따라서 공력을 운용하고
또한 북두성 자리를 따라 걸음을 옮기지요.
화로의 불을 지피고 끄는 데 가장 적절한 때를 따르고
납과 수은을 넣고 빼는 것을 번갈아 살피지요.
오행을 모으니 조화가 생겨났고
사상[2]을 조화롭게 하여 시간을 나누었지요.
두 기운이 황도 사이로 돌아가고
유, 불, 도 삼가가 금단의 길에서 만났습니다.

---

1 원문의 '오토烏兔'는 바로 금까마귀[金烏]와 옥토끼[玉兔]를 가리킨다. 금까마귀는 태양을 옥토끼는 달을 가리키는데, 이는 도교의 연단술에서 양과 음, 불과 물을 가리킨다.
2 사상四相이라고도 하며 금金, 목木, 화火, 수水를 가리킨다.

법술을 두루 깨달아 사지에 힘이 뻗고
본래 재주를 한 부리면 신들이 도와주는 듯하지요.
한 번 솟구치면 태항산을 뛰어넘고
한 번 뛰면 능운도를 건너지요.
수천 고비 험준한 고개인들 무슨 걱정이겠으며
수백 줄기 긴 강도 두렵지 않지요.
변화를 부리면 거칠 것이 없이
단숨에 십만팔천 리 길을 갈 수 있지요.

我身雖是猿猴數	自幼打開生死路
徧訪明師把道傳	山前修煉無朝暮
倚天爲頂地爲爐	兩般藥物圍烏兎
採取陰陽水火交	時間頓把玄關悟
全仗天罡搬運功	也憑斗柄遷移步
退爐進火最依時	抽鉛添汞相交顧
攢簇五行造化生	合和四象分時度
二氣歸于黃道間	三家會在金丹路
悟通法律歸四肢	本來勦斗如神助
一縱縱過太行山	一打打過凌雲渡
何愁峻嶺幾千重	不怕長江百十數
只因變化沒遮攔	一打十萬八千路

국왕은 손오공의 말을 듣자 놀랍기도 하고 기쁘기도 하여, 빙
그레 웃으며 어주를 한 잔 손오공에게 건네면서 말했어요.

"신승께서 먼 길에 수고가 많을 테니, 이 술 한 잔으로 감사의
마음을 전합니다."

제천대성은 오직 요괴를 물리치러 가야겠다는 일념에 술 마실

생각이 없었어요.

"잠시 그대로 두시지요. 돌아와서 마시도록 하겠습니다."

멋진 손오공! 그는 말을 마치자 휘익 하는 소리와 함께 종적도 없이 사라졌어요. 왕과 신하들은 모두 놀라워했는데 그 이야기는 더 이상 하지 않겠어요.

한편 손오공이 몸을 한 번 솟구치니 어느새 구름에 걸린 높은 산이 나타났어요. 그가 구름을 내려 산봉우리 위에 서서 자세히 살펴보니, 정말 멋진 산이었어요.

하늘 높이 치솟아 땅을 차지하고 있으며
해를 가리고 구름 피어오르네.
하늘 높이 치솟아
뾰족한 봉우리가 우뚝우뚝 솟아 있고
땅을 차지하고
긴 산맥이 멀리까지 뻗어 있네.
해를 가리고 있는 것은
고개 위 소나무가 울창하게 우거졌기 때문이고
구름이 피어오르는 곳은
맑고 깨끗한 벼랑 아래 돌 틈이라네.
울창한 소나무
사계절 여덟 절기[3] 항상 푸르고
맑고 깨끗한 돌들
천년만년 변치 않네.

---

3 팔절八節이라고 하면 입춘立春, 춘분春分, 입하立夏, 하지夏至, 입추立秋, 추분秋分, 입동立冬, 동지冬至를 가리킨다.

숲속에서는 언제나 밤에 원숭이 울음소리 들리고
계곡에서는 항상 요사한 구렁이 지나가는 소리 들리네.
산새들 짹짹 지저귀고
산짐승들 으르렁 울부짖네.
산 노루와 산 사슴
쌍쌍이 짝지어 어지러이 뛰어다니고
산까마귀와 산까치들
열 지어 떼 지어 빽빽하게 날아가네.
산의 풀과 꽃들 끝없이 펼쳐져 있고
산복숭아와 열매들 때맞춰 싱싱하구나.
험준하여 지나다닐 수 없지만
오히려 요사한 신선이 숨어 살 만한 곳이구나.

冲天占地　礙日生雲

冲天處　尖峰矗矗

占地處　遠脈迢迢

礙日的　乃嶺頭松鬱鬱

生雲的　乃崖下石磷磷

松鬱鬱　四時八節常青

石磷磷　萬載千年不改

林中每聽夜猿啼　澗內常聞妖蟒過

山禽聲咽咽　山獸吼呼呼

山獐山鹿　成雙作對紛紛走

山鴉山鵲　打陣攢群密密飛

山草山花看不盡　山桃山果映時新

雖然倚險不堪行　却是妖仙隱逸處

제천대성이 싫증을 모르고 산의 경치를 구경하며 동굴 입구를 찾아보려고 하는데, 산골짜기에서 활활 불길이 타오르더니 순식간에 하늘을 뒤덮었어요. 불길 속에서 한 줄기 지독한 연기가 뿜어져 나오는데 불길보다도 더 끔찍했어요. 대단한 연기!

　　불빛은 만 개의 금 등잔을 함께 밝힌 듯
　　불길은 천 갈래 붉은 무지개가 높이 걸린 듯.
　　그 연기는 부엌 굴뚝의 연기가 아니고
　　풀과 나무가 타는 연기도 아니로다.
　　그 연기는 다섯 가지 색채를 띠고 있으니
　　푸르고 붉고 희고 검고 노랗구나.
　　남천문 밖 기둥을 그을리고
　　영소보전 위의 대들보를 태울 기세구나.
　　굴속에서 뛰쳐나온 들짐승들 가죽째 익어버리고
　　숲속의 날짐승들 깃털까지 깡그리 태울 기세.
　　연기가 이렇게 지독하니
　　어떻게 깊은 산으로 들어가 요괴 왕을 물리칠 수 있으랴?

　　　　　　　　　火光迸萬點金燈　　火焰飛千條紅虹

　　　　　　　　　　那烟不是竈篅烟　　不是草木烟

　　　　　　　　　　　烟却有五色　　青紅白黑黃

　　　　　　　　　熏着南天門外柱　　燎着靈霄殿上梁

　　　　　　　　燒得那窩中走獸連皮爛　　林內飛禽羽盡光

　　　　　　　　　但看這烟如此惡　　怎入深山伏怪王

　　제천대성이 혼자서 두려워하고 있는데, 다시 그 산에서 한 줄기 모래가 뿜어져 나왔어요. 지독한 모래! 정말 하늘을 뒤덮고 해를 가릴 정도였지요.

쏴아! 쌩쌩! 하늘 끝까지 가득하고
쉭쉭! 휙휙! 대지를 뒤덮네.
가는 먼지 가득 차 눈을 어지럽히고
굵은 재 골짝 가득하니 참깨가 구르는 듯
약초 캐는 신선 동자 동료를 잃어버리고
나무하는 나무꾼 집을 찾지 못하네.
손에 반짝이는 야광주를 쥐고 있는 듯
일순간에 불어대는 바람에 눈앞이 침침해지네.

紛紛絲絲偏天涯　鄧鄧渾渾大地遮
細塵到處迷人目　粗灰滿谷滾芝麻
採藥仙僮迷失伴　打柴樵子沒尋家
手中就有明珠現　時間刮得眼生花

　손오공은 구경하는 데에 정신이 팔려 먼지가 콧속으로 들어가는 것도 몰랐어요. 코가 간질간질하여 재치기를 두 번 하고는 바로 고개를 돌려 바위 아래에 손을 뻗쳐 자갈 두 개를 집어 코를 막았어요. 그러고는 몸을 한 번 흔들어 불을 뚫고 들어가는 새매로 변하여 연기 나는 불 속으로 날아 들어갔어요. 얼마쯤 뚫고 들어가니 모래와 먼지가 사라졌고 연기와 불도 꺼져버렸어요. 손오공은 급히 원래 모습으로 돌아와 다시 살펴봤어요. 그런데 쨍쨍 하고 징 소리가 들리는 것이었어요.

　"내가 길을 잘못 왔군. 이곳은 요괴가 사는 곳이 아니야. 이 징 소리는 역관의 파발꾼이 치는 징 소리인걸? 아마 도성으로 통하는 큰길에 문서를 전달하는 파발꾼이 있나 보군. 이 몸이 가서 좀 물어봐야겠다."

그렇게 생각하고 길을 가고 있는데 문득 졸개 요괴 한 놈이 황색 깃발을 메고 문서를 등에 지고 징을 치며 나는 듯이 달려오는 모습이 보였어요. 손오공이 웃으며 중얼거렸어요.

"알고 보니 저 녀석이 징을 치고 있었군. 무슨 편지인지 한 번 물어보자."

멋진 제천대성! 그는 몸을 한 번 흔들어 메뚜기로 변하여 가볍게 그의 편지 보따리 위로 날아갔어요. 그 요괴는 징을 치면서 종알종알 혼자 중얼거리고 있었어요.

"우리 대왕님도 정말 지독하시지. 삼 년 전에 주자국에서 금성왕후를 강탈해왔는데 줄곧 인연이 없어서인지 아직까지 몸에는 손도 대보지 못한 채, 괜스레 애꿎은 궁녀만 데려다가 대신 괴롭히고 계시니 말이야. 두 명을 데려와선 모두 죽여버리고, 네 명이 또 왔는데 역시 죽여버렸지. 재작년에도 데려왔고, 작년에도 데려왔고, 올해도 데려왔지. 그런데 올해 또 데리러 갔다가 이번에는 제대로 적수를 만났다지?

궁녀를 데리러 간 선봉장이 손오공인가 하는 놈에게 패하여 데려오지 못했으니 말이야. 우리 대왕님은 이 일로 몹시 화가 나셔서 그 나라와 싸움을 하려고 나에게 무슨 선전포고문을 전달하라고 하셨지. 이번에 그 국왕이 싸우지 않는다면 모르겠지만, 싸운다면 분명 험한 꼴을 당하게 될 거야.

우리 대왕님이 연기와 불을 사용하고 모래를 날리면 그 국왕과 신하, 백성들은 한 명도 살아남지 못할 테니 말이야. 그때 우리가 그 나라를 점령하면 대왕님은 황제가 되고 우리는 신하가 되겠지. 높고 낮은 벼슬자리를 얻기는 하겠지만, 그래도 하늘의 이치로는 용납되기 어려운 일이지."

손오공은 이 말을 듣고 감탄하며 중얼거렸어요.

"요괴도 좋은 마음씨를 가진 놈이 있구나. 마지막에 하늘의 이치로는 용납되기 어려운 일이라고 한 걸 보면, 그래도 괜찮은 놈 아냐? 하지만 금성왕후와는 줄곧 인연이 없어서 몸에 손도 대보지 못하고 있다는 말은 무슨 뜻인지 모르겠군. 한번 물어보자."

손오공은 앵앵 날갯짓을 하여 요괴를 떠나 십 리 정도 앞쪽으로 가더니, 몸을 한 번 흔들어 신선 동자로 변했어요.

머리는 양쪽으로 쪽을 틀어 올리고
몸에는 누덕누덕 기운 옷을 입고 있네.
손으로는 어고와 간판簡板을 두드리며
입으로는 민요가락[道情]을 흥얼거리고 있네.

頭挽雙抓髻　身穿百衲衣

手敲魚鼓簡　口唱道情詞

그는 산비탈을 돌아 졸개 요괴를 보고 인사를 했어요.

"나리, 어디 가세요? 가지고 가시는 것은 무슨 공문인가요?"

그 요괴는 마치 그를 아는 듯이 징 치는 것을 멈추고 싱글벙글 웃으며 답례했어요.

"우리 대왕님께서 나보고 주자국에 선전포고문을 전달하라고 해서 가는 길이야."

손오공이 맞장구를 치며 물었어요.

"주자국의 거시기는 대왕님과 이미 결혼한 사이가 아닌가요?"

"재작년에 붙잡아 왔을 때 어떤 신선이 금성왕후께 신혼 예복으로 오색찬란한 신선 옷 한 벌을 주었다네. 그런데 황후께서 그 옷을 입자 온몸에 가시가 돋아나서 우리 대왕님께서 감히 만져

보지도 못했지. 조금만 끌어당기려 해도 손바닥이 아프니 무슨 까닭인지 알 수 없었지. 그래서 지금까지 몸에 손도 대보지 못하고 계신다니까? 좀 전에 시중들 궁녀를 데려오라고 선봉장을 보냈는데, 손오공인가 하는 놈에게 패했다고 하더군. 대왕님은 화가 나서 나에게 선전포고문을 전달하도록 하고, 내일 그쪽 왕과 싸우려는 거야."

"그래요? 대왕님이 화가 나 계신가요?"

"지금 단단히 화가 나 있다고. 네가 가서 대왕님께 화를 좀 푸시도록 도정가를 불러드려라."

손오공은 손을 맞잡아 인사를 하고 그 자리를 떠났고, 요괴는 전처럼 징을 치며 앞쪽으로 갔어요. 하지만 손오공은 사나운 버릇이 나와서, 여의봉을 들고 다시 몸을 돌려 졸개 요괴의 뒤통수를 내리쳤어요. 가엾게도 요괴는 머리가 뭉개져 피와 골수가 흘러나왔고, 살갗이 터지고 목이 부러져 자빠졌어요. 손오공은 여의봉을 거두고 나서 후회했어요.

"너무 성급했어. 이름을 물어보지 않았군. 할 수 없지."

그는 그의 선전포고문을 꺼내어 소매 속에 넣고, 누런 깃발과 징을 길옆 풀숲에 숨겼어요. 그리고 요괴의 다리를 끌고 계곡에 버리려는데, 쨍그랑 하는 소리와 함께 허리춤에서 금테를 두른 상아 호패가 떨어졌어요. 호패에는 이렇게 쓰여 있었지요.

심복 하급 무관으로
일명 유래유거
오 척 단신.
울퉁불퉁한 얼굴에
수염은 없음.

항상 몸에 차고 있어야 하니
호패가 없으면 가짜임.

心腹小校　一名有來有去

五短身材　扢撻臉　無鬚

長川懸掛　無牌卽假

손오공은 웃으며 중얼거렸어요.

"이놈의 이름이 유래유거였군. 내 여의봉에 맞아 가버린 후 다시는 못 오게 되었으니 '유거무래有去無來'가 된 셈이군."

손오공은 상아 호패를 풀어서 자기 허리에 찼어요. 손오공은 시체를 집어 던지려다가, 문득 다시 그 지독한 연기와 불을 생각하니 그 동굴에 찾아갈 엄두가 나지 않았어요. 그는 즉시 여의봉을 들고 졸개 요괴의 가슴을 푹 찍어 공중으로 치켜들고, 바로 주자국으로 돌아가 이 첫 번째 공을 보고하려고 했어요. 보세요. 그는 혼자서 이리저리 궁리하다가 휙 하는 소리와 함께 금방 주자국에 도착했어요. 저팔계가 금란전 앞에서 국왕과 사부님을 지키고 있다가 문득 고개를 돌려보니, 손오공이 공중에서 요괴를 치켜들고 오고 있었어요. 그가 원망하며 투덜거렸어요.

"쳇! 별것도 아닌 일이었군. 진즉에 알았더라면 이 몸이 가서 붙잡아 왔을 테니, 내 공이 아니겠어?"

그 말이 끝나기도 전에 손오공이 구름을 내려 요괴를 계단 아래 내동댕이쳤어요. 저팔계가 뛰어가더니 쇠스랑으로 내려치며 소리쳤어요.

"이것은 이 몸의 공이다!"

그러자 손오공이 물었어요.

"어째서 네 공이란 것이냐?"

"나보고 억지를 부린다고 하지 마시오. 나한테 증거가 있으니. 형님 눈에는 이 아홉 날 쇠스랑 자국이 보이지 않소?"

"머리가 있는지 없는지 한번 봐라."

"헤헤, 알고 보니 머리가 없는 놈이었군. 어쩐지 쇠스랑으로 내리쳐도 꿈틀거리지도 않더라니."

"사부님은 어디 계시냐?"

"대전 안에서 국왕과 말씀을 나누고 계시오."

"너 가서 잠깐 나오시라고 해라."

저팔계가 급히 대전으로 올라가 머리를 끄덕끄덕하며 부르니, 삼장법사가 급히 일어나 대전을 내려와 손오공을 맞이했어요. 손오공은 선전포고문을 삼장법사의 소매 속에 찔러 넣으며 말했어요.

"사부님이 가지고 계십시오. 국왕에게는 보여주지 마시고요."

그 말이 끝나기도 전에 국왕도 대전을 내려와 손오공을 맞이하며 말했어요.

"신승께서 돌아오셨군요. 요괴를 잡는 일은 어찌 됐습니까?"

손오공은 손으로 가리키며 말했어요.

"계단 아래에 있지 않습니까? 이 몸이 때려죽였습니다."

국왕이 요괴의 시체를 보고 나서 말했어요.

"요괴의 시신이기는 한데 새태세는 아니군요. 새태세는 과인이 두 번 직접 본 적이 있는데, 키는 여덟 척이 넘고, 팔뚝 굵기는 다섯 뼘이나 되며, 얼굴은 금빛이 나고, 목소리는 우레와 같습니다. 이렇게 왜소한 놈이 아닙니다."

손오공이 웃으며 말했어요.

"폐하께서 알아보시는군요. 이놈은 새태세가 아니라 심부름하는 졸개 요괴입니다. 이 몸의 눈에 띄기에 먼저 때려죽여서 들쳐

손오공이 계책을 써서 모래와 불을 내뿜는 자금령을 훔치다

메고 돌아와 공을 보고하는 겁니다."

국왕은 매우 기뻐하며 말했어요.

"훌륭하십니다. 훌륭해요! 마땅히 첫 번째 공로라고 할 만합니다. 과인은 이곳에서 언제나 사람을 보내 염탐만 하였지 지금껏 실제로 거둔 소득이라곤 없었습니다. 신승께서는 한 번 나가시자마자 바로 한 놈을 잡아 오셨으니, 정말로 신통력이 대단하십니다."

그리고 왕은 시종들에게 명을 내렸어요.

"여봐라. 따뜻한 술을 가져오너라. 스님의 공로를 축하해야겠다."

"술 마시는 것은 급한 일이 아니니 그만두고 폐하께 한 가지 여쭤보겠습니다. 금성왕후께서 떠나실 때 무슨 징표를 남기셨으면 저한테 좀 보여주십시오."

국왕은 징표라는 말을 듣자 칼로 가슴을 도려내는 듯 고통을 참지 못하고 울음을 터뜨리며 말했어요.

그해 여름 단오절에
새태세라는 흉악한 요괴가 고함을 치며
강제로 제 아내를 빼앗아가 산채에 가뒀으니
과인은 아내를 바쳐 백성들을 살리려 했지요.
이야기를 나누지 못하고 이별의 말도 하지 못했으니
무슨 송별연이라도 베풀어줄 수 있었겠습니까?
징표가 될 만한 향주머니라고는 그림자도 없으니
지금까지 이 몸 혼자 버려져 쓸쓸히 지내고 있습니다.

當年佳節慶朱明　太歲凶妖發喊聲
強奪御妻爲壓寨　寡人獻出爲蒼生

更無會話并離話　那有長亭共短亭

表記香囊全沒影　至今撇我苦伶仃

　"폐하, 가까이 계시는데 뭘 괴로워하십니까? 금성왕후께서 남기신 징표가 없다면 그분이 궁궐에 계실 때 아끼던 물건 하나만 제게 주십시오."

　"뭘 하려고 그러십니까?"

　"그 요괴 왕은 정말 신통력이 대단했습니다. 제가 보니까 그는 연기와 불과 모래를 내뿜는데, 정말 물리치기 어려울 듯합니다. 설사 물리쳤다 하더라도 금성왕후께서는 제가 낯선 사람이라 선뜻 저를 따라 돌아오려고 하지 않으실 겁니다. 황후께서 평상시 아끼시던 물건을 가져가야 그분이 저를 믿으실 테니, 제가 모셔 올 수 있습니다. 그래서 가지고 가려는 겁니다."

　"소양궁昭陽宮 화장대 위에 황금 팔찌 한 쌍이 있는데, 원래 금성왕후가 손에 차고 있던 겁니다. 그런데 마침 그날이 단오여서 팔에 오색실을 감느라고 벗어놓았던 것이지요. 그것은 황후가 아끼던 물건인데, 지금 화장품 상자 속에 보관해두고 있습니다. 과인이 황후와 이렇게 헤어진 터라 차마 그것을 다시 보지 못했습니다. 그걸 보면 마치 황후의 얼굴을 본 것 같아서 병이 더 깊어질 테니까요."

　"그런 말씀은 그만하시고 황금 팔찌나 가져다주십시오. 아깝지 않으시다면 두 개 다 제가 가지고 갈 것이고, 아까우시다면 한 개만 가져가겠습니다."

　국왕이 마침내 옥성황후더러 꺼내 오라 하니, 옥성황후가 꺼내다가 국왕에게 주었어요. 국왕은 팔찌를 보더니 "사랑스런 황후" 하고 몇 차례 울먹이고 나서야 손오공에게 주었어요. 손오공은 그걸 받아서 팔뚝에 찼어요.

　멋진 제천대성! 그는 공로주를 마시지도 않은 채, 근두운을 타고 획 하는 소리와 함께 다시 기린산에 도착했어요. 그리고 경치 구경도 마다하고 바로 동굴을 찾아갔어요. 한참 가고 있는데 사람들이 시끄럽게 떠드는 소리가 들렸어요. 그는 걸음을 멈추고 자세히 살펴봤지요. 알고 보니 그곳은 해치동 입구였고, 거기에는 오백 명 남짓한 크고 작은 두목들이 문을 지키고 있었어요.

　　삼엄한 대열
　　빽빽한 배치
　　삼엄하게 대열을 갖춘 방패와 창들
　　햇빛에 반짝이고
　　빽빽하게 배치된 깃발들
　　바람에 펄럭이네.
　　호랑이 장군, 곰 군사 변화를 부릴 수 있고
　　표범 두목, 범 원수 원기왕성하구나.
　　푸른 털 이리 날쌔고 사나우며
　　수달과 코끼리는 더욱 용감하구나.
　　날쌘 토끼, 영리한 노루 칼과 창을 휘두르고
　　긴 뱀, 큰 이무기 칼과 활을 들고 있네.
　　성성이는 사람 말을 이해할 줄 알아
　　진영을 이끌고 주둔시키며 소식을 전하네.

森森羅列　　密密挨排

森森羅列執干戈　　映日光明

密密挨排展旌旗　　迎風飄閃

虎將熊師能變化　　豹頭彪帥弄精神

蒼狼多猛烈　獺象更驍雄

狡兔乖獐輪劍戟　長蛇大蟒挎刀弓

猩猩能解人言語　引陣安營識汛風

손오공은 그 모습을 보고 감히 앞으로 가질 못하고 방향을 바꿔 왔던 길로 돌아갔어요. 여러분, 그가 어째서 방향을 바꿨을까요? 그들이 무서워서 그런 건 아니었지요. 그는 졸개 요괴를 때려죽인 곳으로 가서 누런 깃발과 징을 찾아냈어요. 그리고 바람 부는 방향으로 손가락을 구부려 결을 맺고 요괴의 모습을 상상하면서 몸을 한 번 흔드니 유래유거의 모습으로 변했어요. 그는 쨍쨍 징을 치며 큰 걸음으로 곧장 앞으로 가서 해치동에 이르렀어요. 동굴의 모습을 살펴보려고 하는데 성성이가 물었어요.

"유래유거, 왔어?"

손오공은 대답할 수밖에 없었지요.

"응."

"빨리 들어가 봐라. 대왕 나리께서 박피정剝皮亭에서 보고를 기다리고 계신다."

손오공은 이 말을 듣고 걸음을 옮겨 징을 치며 문안으로 들어갔어요.

살펴보니 깎아지른 절벽에 돌집이 세워져 있는데, 좌우에는 기화요초琪花瑤草가 피어 있고 앞뒤에는 잣나무와 소나무 고목들이 늘어서 있었어요. 어느새 두 번째 문 안에 이르러 고개를 들어 보니, 여덟 개의 창문이 나 있는 정자가 보였어요. 정자 중앙에는 금장식을 한 의자가 놓여 있고, 의자 위에는 요괴 왕이 떡하니 앉아 있었어요. 정말 흉측한 모습이었지요.

이마에서는 찬란한 노을빛이 반짝이고
가슴에서는 무서운 살기 뿜어져 나온다.
입 밖으로 삐져나온 어금니 칼날처럼 줄지어 나 있고
귀밑머리는 불꽃처럼 흐트러져 있구나.
콧수염은 화살을 꽂아놓은 듯하고
온몸의 털은 담요를 포개놓은 듯하구나.
구리 방울처럼 튀어나온 눈은 태세신을 능가하고
손에는 하늘을 찌를 듯이 긴 쇠몽둥이를 들고 있구나.

幌幌霞光生頂上　威威殺氣逬胸前
口外獠牙排利刃　鬢邊焦髮放火烟
嘴上髭鬚如插箭　徧體昂毛似疊氊
眼突銅鈴欺太歲　手持鐵杵若摩天

　　손오공은 요괴를 보고도 태연하고 오만한 태도로 인사도 올리
지 않았어요. 그는 얼굴을 돌린 채 밖을 쳐다보고서 징만 쳐댈 뿐
이었지요. 요괴 왕이 물었어요.

　　"돌아왔느냐?"

　　손오공이 대답하지 않자 그가 다시 물었어요.

　　"유래유거, 돌아왔느냐?"

　　손오공은 그래도 대답하지 않았어요. 요괴 왕이 앞으로 다가오
더니 손오공을 움켜잡으며 물었어요.

　　"어째서 집에 도착한 후에도 징만 쳐대고 있는 것이냐? 물어도
대답도 않고, 대체 왜 그래?"

　　손오공은 징을 땅바닥에 내팽개치며 대답했어요.

　　"왜는 무슨 왜? 제가 가지 않겠다고 했는데 대왕께서 저를 보
내셨잖아요? 그곳에 도착하니 수많은 군대들이 진세를 벌이고

있었는데, 저를 보더니 모두가 '요괴 잡아라! 요괴 잡아!' 하고 소리치며 저를 밀고 끌고 떠메고 해서 성안으로 데려가 국왕을 만났는데, 국왕이 '목을 베라!'고 명을 내리는 것이었어요. 다행히 문무 대신들 가운데 모사가, '양편이 서로 싸우더라도 사신은 죽이지 않는 법입니다'라고 하자 국왕이 저를 살려주더군요. 그는 선전포고문을 받아 들고 다시 성 밖으로 데려가더니, 군대 앞에서 종아리를 서른 대나 때리고서야 저를 풀어주더군요. 그래서 돌아와 보고드리는 겁니다. 그 나라 국왕은 머잖아 이곳으로 싸우러 올 것입니다."

"얘기를 들어보니 네가 고생이 많았구나. 어쩐지 물어봐도 대답을 않더니만."

"뭐 대단치는 않습니다만, 아픔을 참느라 대답하지 못했습니다."

"거기 군대가 얼마나 많더냐?"

"제가 놀라서 정신이 없었고 또 그들에게 엄청 두들겨 맞고 있었으니, 세어볼 틈이나 있었겠습니까? 다만 거기엔 이런 살벌한 무기들이 널려 있더군요."

　　활과 화살, 칼과 창, 갑옷과 의복
　　방패와 창, 검과 갈라진 창, 술 달린 깃발.
　　표창과 달처럼 휜 삽[鏟], 투구와 갑옷
　　큰 도끼와 둥근 방패, 가시 박힌 쇠 방망이.
　　큰 몽둥이와 짧은 망치
　　두 갈래 창과 총포, 투구.
　　방한용 장화와 방한모, 두꺼운 면 조끼를 착용한 채
　　채찍이며 새총, 청동 망치를 들고 있었습니다.

弓箭刀槍甲與衣　干戈劍戟并纓旗

剽槍月鏟兜鍪鎧　大斧團牌鐵蒺藜

長悶棍　短窩槌　鋼叉銃鉋及頭盔

打扮得鞾鞋護頂并胖襖　簡鞭袖彈與銅鏈

　요괴 왕이 그 말을 듣더니 껄껄 웃으면서 말했어요.

　"별거 아니다. 별거 아니야. 그런 무기는 불을 한 번 지르면 다 쓸어버릴 수 있다. 너는 금성왕후에게 조금도 걱정하지 마시라고 알려드려라. 오늘 아침에 내가 화가 나 싸우러 간다는 말을 듣고 눈물을 하염없이 흘리더구나. 그러니 네가 지금 가서 그 나라의 군대가 용맹하니 틀림없이 나를 이길 거라고 얘기해서, 잠시나마 마음을 편하게 해드려라."

　손오공은 이 말을 듣고 매우 기뻐서 중얼거렸어요.

　'바로 이 몸의 생각대로 되어가는군.'

　보세요. 그는 이미 알고 있는 길인지라, 측문을 돌아 대청을 가로질러 들어갔어요. 안쪽은 모두 높고 큰 건물들이 즐비해서 앞쪽과는 딴판이었어요. 곧장 뒤쪽 궁궐에 도착하니 멀리 웅장하고 화려한 채색문이 보이는데 바로 금성왕후의 거처였지요. 안으로 들어가 보니 아름다운 여인의 모습으로 분장을 한 여우와 사슴 요괴들이 좌우 양편으로 줄지어 서 있었어요. 정중앙에는 금성왕후가 앉아 있는데, 손으로 볼을 감싼 채 눈물을 흘리고 있었지요.

　옥 같은 얼굴

　요염한 자태.

　빗질도 화장도 하기 싫어

　머리칼은 엉클어졌고

치장하기도 하기 싫어

비녀도 팔찌도 하지 않았구나.

얼굴에는 분도 바르지 않고

연지도 칠하지 않았네.

머리에는 기름도 바르지 않아

구름머리 흐트러져 있네.

앵두 같은 입술 삐죽 내민 채

은같이 흰 이 꽉 깨물고 있네.

초승달 같은 눈썹 찌푸리고 있고

별빛 같은 눈에서는 눈물이 흘러내리네.

일편단심

오로지 주자국 왕만 그리워하면서

당장에

이 그물망을 벗어나지 못해 한스러워하네.

정말 예로부터 미인은 박명한 자가 많다더니

귀찮은 듯 말없이 동풍을 맞고 있구나.

玉容嬌嫩　美貌妖嬈

懶梳粧　散鬖堆鴉

怕打扮　釵鐶不戴

面無粉　冷淡了胭脂

髮無油　蓮鬆了雲鬢

努櫻唇　緊咬銀牙

皺蛾眉　淚淹星眼

一片心　只憶着朱紫君王

一時間　恨不離天羅地網

誠然是自古紅顏多薄命　懨懨無語對東風

손오공은 앞으로 가서 고개만 까닥 숙이며 "문안드립니다" 하고 인사했어요. 그러자 금성왕후가 꾸짖었어요.

"이 버릇없는 못된 요괴놈! 정말 무례하구나! 내가 주자국에서 국왕과 함께 영화를 누리고 있을 때는 태사나 재상도 나를 보면 땅바닥에 엎드려 감히 똑바로 쳐다보지도 못했다. 그런데 이 천박한 요괴놈은 어떻게 고개만 까닥 숙이며 인사한단 말이냐? 어디서 굴러먹다 온 버릇없는 요괴놈이냐?"

여러 시녀들이 나아가 말렸어요.

"황후마마, 고정하시옵소서. 저자는 대왕 폐하의 심복 졸개로 유래유거란 자입니다. 바로 오늘 아침에 선전포고문을 전달하라고 파견된 자입니다."

금성왕후는 그 말을 듣더니 화를 참고 물었어요.

"네가 선전포고문을 전달하려고 주자국에 갔었느냐?"

"문서를 가지고 곧장 성으로 들어가 금란전에 이르러 군왕을 만나뵙고, 답신을 받아 가지고 돌아오는 길입니다."

"국왕을 만나뵈니 무슨 말씀을 하시더냐?"

"국왕이 싸우겠다고 한 말이나 군대를 배치하여 진세를 펼치고 있는 모습에 대해서는 대왕님께 방금 말씀드렸습니다. 그런데 그 군왕이 황후마마를 그리워하여 속마음을 털어놓으신 말씀이 있어서 특별이 찾아와 아뢰는 것입니다. 하지만 주변에 사람들이 많아서 말씀드리지 못하겠습니다."

금성왕후는 이 말을 듣고 여우와 사슴 요괴들에게 물러가라고 명했어요. 손오공은 궁궐 문을 닫더니 얼굴을 한 번 문질러 본래 모습을 드러내고 금성왕후에게 말했어요.

"두려워 마십시오. 저는 동녘 땅 위대한 당나라에서 파견되어 서천의 천축국 뇌음사로 가서 부처님을 뵙고 경전을 구하고자 하는 중입니다. 제 사부님은 당나라 황제의 동생인 삼장법사이시고, 저는 그분의 큰제자인 손오공입니다. 주자국을 지나다가 통행증명서에 도장을 받으려던 차에 군신들이 방문을 내어 의원을 초빙한다는 것을 알게 되었습니다. 저는 뛰어난 의술을 베풀어 국왕의 상사병을 치료해주었습니다.

국왕께선 저에게 감사한다는 뜻에서 잔치를 열어주셨는데, 연회 자리에서 황후마마께서 요괴에게 납치되었다는 말씀을 하시더군요. 제가 용과 호랑이를 물리치는 능력을 가지고 있다 하니, 국왕께서는 특별히 제게 요괴를 물리치고 황후마마를 구해서 본국으로 돌아올 수 있게 해달라고 부탁하셨습니다. 바로 이 몸이 선봉장을 물리치고 졸개 요괴를 때려죽였습니다. 저는 문밖의 상황이 살벌한 것을 보고 유래유거의 모습으로 변하여 목숨을 걸고 이곳에 들어와 마마께 소식을 전하는 것입니다."

금성왕후는 이 말을 듣더니 한참 말이 없었어요. 손오공은 금팔찌를 꺼내어 두 손으로 바치며 말했어요.

"제 말을 믿지 못하시겠다면 이 물건을 좀 보십시오."

금성왕후는 그것을 보더니 눈물을 주르르 흘리며 자리에서 내려와 절을 하며 말했어요.

"스님, 정말 저를 구해서 궁궐로 돌아갈 수 있게 해주신다면 그 큰 은혜 평생토록 잊지 않겠습니다."

"한 가지 여쭤보겠습니다. 저 요괴가 불과 연기와 모래를 내뿜을 때 쓰는 것은 어떤 보물입니까?"

"무슨 보물이랄 것도 없습니다. 금방울 세 개입니다. 그가 첫 번째 방울을 흔들면 삼백 길이나 되는 불길이 일어나 사람을 태우고, 두 번째 방울을 흔들면 삼백 길이나 되는 연기가 일어 사람들을 그슬리고, 세 번째 방울을 흔들면 삼백 길이나 되는 모래가 날려 눈을 뜨지 못하게 합니다. 연기와 불은 그래도 대단치 않게 생각할 수 있지만 모래만은 정말 지독합니다. 만약 사람 콧구멍에 들어가면 바로 목숨을 잃게 되지요."

"정말 지독하더군요! 저도 벌써 당해봤는데, 재채기를 두 번이나 했습니다. 그런데 그자는 방울을 어디다 보관해둡니까?"

"그가 어디 떼놓으려고 하겠습니까? 항상 허리춤에 차고 다닙니다. 밖에 나갈 때나 집에 있을 때나 앉아 있거나 누워 있을 때도 몸에서 떼질 않습니다."

"마마께서 주자국을 그리워하는 마음이 있고 국왕과 다시 만나고 싶다면, 근심 걱정을 잠시 잊어버리십시오. 그리고 나긋나긋 교태로운 모습으로 부부지간의 애정을 보여주시어, 요괴가 방울을 마마께 맡기게 하십시오. 그러면 제가 방울을 훔치고 요괴를 물리치겠습니다. 그때는 쉽게 마마를 모시고 돌아갈 수 있을 테니, 두 분이 다시 만나 편안하고 즐거운 나날을 보내시게 될 것입니다."

금성왕후는 그 말을 따르기로 했어요. 손오공은 다시 심복 장수의 모습으로 변하여 궁궐 문을 열고 시녀들을 불러들였어요. 금성왕후가 손오공에게 명을 내렸어요.

"유래유거, 빨리 박피정으로 가서 대왕님을 모셔 오너라. 할 말이 있다."

멋진 손오공! 그는 "예" 하고 대답하고 즉시 정자에 이르러 요괴 왕에게 말했어요.

"대왕님, 황후마마께서 찾으십니다."

요괴 왕은 기뻐하며 물었어요.

"항상 욕만 하던 황후가 오늘은 무슨 일로 부르는 거냐?"

"황후마마께서 주자국 왕의 일을 물으시기에 제가 이렇게 대답했지요. '그 국왕은 황후마마를 버리시고 다른 황후를 맞으셨습니다.' 황후마마는 이 말을 들으시고 실망하시더니, 조금 전에 저보고 대왕님을 모셔 오라 하셨습니다."

요괴 왕은 매우 기뻐하며 그를 칭찬했어요.

"네가 쓸 만하구나. 주자국을 정벌하고 나면 너에게 새로운 왕조의 태재太宰 벼슬을 주마."

손오공은 입에서 나오는 대로 감사의 말을 하고, 급히 요괴 왕과 함께 후궁의 문에 이르렀어요. 금성왕후는 반가운 표정으로 나아와 맞으며 손으로 부축하려고 했어요. 요괴 왕은 사양하며 물러났어요.

"됐소. 됐소. 황후의 사랑은 고맙지만, 내가 손이 아플 테니 가까이 가지는 못하겠소."

"대왕, 앉으시지요. 제가 드릴 말씀이 있습니다."

"말만 하는 것은 괜찮소."

"제가 대왕님의 사랑을 받은 지도 벌써 삼 년이 지났는데 아직 잠자리를 함께하지 못했습니다. 그래도 역시 전세의 인연으로 부부가 된 것인데, 대왕께서 저를 남처럼 여기며 아내로 대해주지 않을 줄을 어찌 생각이나 했겠습니까?

제가 주자국 황후로 있을 때는 외국에서 진상하는 모든 보물들은 군왕이 보시고 나면 반드시 저한테 보관하도록 하셨습니다. 그런데 이곳에는 무슨 보물도 없고 그저 입는 것은 담비털 옷이고 먹는 것은 날고기뿐입니다. 비단이나 금, 진주는 본 적도 없고 그저 가죽과 모포를 깔고 덮을 뿐입니다. 혹 무슨 보물이 있어도 당신이 저를 꺼리셔서 보여주지도 않고 맡기시지도 않습니다.

한 가지 예를 들까요? 당신한테 방울 세 개가 있다는 말을 들었는데, 아마도 보물이겠죠? 그런데 어째서 나다니실 때나 앉아 계실 때도 항상 차고 계시는 건가요? 그것을 저한테 주어 보관하게 하셨다가 당신이 필요할 때 꺼내 가시면 되잖아요? 그게 바로 서로 믿고 의지하는 부부 사이가 아니겠어요? 그런데 당신이 그처럼 제게 맡기지 않으시니, 저를 꺼리는 게 아니고 뭐예요?"

요괴 왕은 호탕하게 웃으며 사과했어요.

"당신 말이 맞소, 맞아. 보물은 여기 있소. 오늘 당신한테 줄 테니 잘 보관하도록 하시오."

요괴 왕은 옷을 들추고 보물을 꺼냈어요. 손오공은 옆에서 눈동자도 움직이지 않은 채 지켜보고 있었지요. 요괴 왕은 두세 겹의 옷을 들추고 몸에 차고 있던 방울 세 개를 풀더니, 솜으로 방울 입구를 틀어막고, 표범 가죽으로 싸서 금성왕후에게 건네줬어요.

"이 물건이 보잘것없긴 하지만, 조심해서 보관해야 하오. 절대로 흔들어서는 안 되오."

금성왕후는 건네받으면서 대답했어요.

"잘 알겠어요. 저 화장대 위에 놓아두면 흔들 만한 사람이 없어요."

그리고 시녀들에게 명을 내렸어요.

"애들아, 술상을 차려 와라. 내 대왕님과 몇 잔 마시며 즐거운 시간을 가져야겠다."

시녀들은 이 말을 듣고 과일과 야채, 노루와 돼지, 사슴, 토끼 등을 차려놓고 야자 술을 따라 바쳤어요. 금성왕후는 애교를 떨며 요괴의 기분을 맞춰주었지요.

손오공은 옆에서 일을 거들다가 살금살금 화장대로 다가가 금방울 세 개를 슬쩍 집어 들었어요. 그리고 가만가만히 걸음을 옮겨 후궁의 문을 빠져나와 곧장 그곳을 떠났어요. 박피정에 오니 인적이 없었어요. 그가 표범 가죽 보자기를 풀고 보니, 가운데 있는 것은 찻잔만 했고, 양쪽 두 개는 주먹만 한 크기였어요. 손오공은 그것이 얼마나 대단한지 모른 채 틀어막은 솜을 끄집어냈어요. 딸랑 하고 방울 소리가 한 번 울리며, 확 하고 연기와 불과 모래가 뿜어 나왔어요. 순식간에 정자 안에는 걷잡을 수 없이 불길이 솟아올랐어요. 문을 지키던 요괴들이 깜짝 놀라 우르르 후궁으로 뛰어 들어왔어요. 요괴 왕은 깜짝 놀라 다급히 명을 내렸어요.

"가서 불을 꺼라! 불을 꺼!"

요괴 왕이 나가서 살펴보니 유래유거가 금방울을 들고 있는 것이었어요. 요괴 왕은 앞으로 와서 소리쳤어요.

"이 천하에 못된 놈! 어째서 내 금방울 보물을 훔쳐서 이곳에서 함부로 장난치는 것이냐?"

그리고 졸개들에게 명을 내렸어요.

"잡아라! 잡아!"

문 앞에 있던 호랑이 장군, 곰 군사, 표범 두목, 범 원수, 수달과 코끼리, 푸른 털 이리, 영리한 노루, 날쌘 토끼, 긴 뱀, 큰 이무기, 성성이 등이 요괴 병사들을 거느리고 일제히 몰려왔어요. 손오공은 당황하여 금방울을 내던지고 본래 모습을 드러냈어요. 그는 여의봉을 들고 있는 재주를 다 부려 앞으로 치고 나갔어요. 요괴 왕은 보물을 챙기고 나서 명을 내렸어요.

"앞문을 닫아라."

여러 요괴들은 이 말을 듣고 문을 닫는 놈은 문을 닫고 싸우는 놈은 싸웠어요. 손오공은 탈출하기가 어렵게 되자 여의봉을 거둬 들이고, 몸을 흔들어 파리로 변하여 불길이 없는 돌벽 위에 달라붙어 있었어요. 여러 요괴들은 그를 찾을 수가 없자 요괴 왕에게 보고했어요.

"대왕님, 도적놈이 달아났습니다, 달아났어요."

"문으로 빠져나갔느냐?"

"앞문은 꽉 닫아 빗장을 걸고 있어서 이곳으로 나가지는 않았습니다."

"샅샅이 찾아봐라."

요괴들은 어떤 놈은 물을 떠다가 불을 끄고, 어떤 놈은 샅샅이 찾아봤지만 종적도 없었어요. 요괴 왕은 화가 나서 말했어요.

"어떤 도적놈인지 정말 대담하구나. 유래유거의 모습으로 변장하여 이곳으로 들어와 내게 보고를 하다니. 게다가 내 곁을 따라다니며 기회를 틈타 보물을 훔치다니! 일찌감치 가지고 나가지 않았기에 망정이지, 훔쳐가지고 산꼭대기로 가서 바람이라도 만났다면 어쩔 뻔했어?"

호랑이 장군이 앞으로 나아와서 말했어요.

"대왕님의 큰 복이 하늘에 이르고 저희들의 운수가 다하지 않아서 알아차릴 수 있었나 봅니다."

곰 군사가 나아가 아뢰었어요.

"대왕님, 그 도적놈은 다름 아닌 선봉장을 물리친 손오공이 틀림없습니다. 분명 길에서 유래유거를 만나 그를 죽이고, 누런 깃발과 징과 상아 호패를 빼앗아 그의 모습으로 변장했을 겁니다. 그리고 이곳으로 들어와 대왕님을 속인 겁니다."

"맞다! 맞아! 일리가 있다."

그리고 졸개들에게 명을 내렸어요.

"얘들아, 샅샅이 수색하고 대비해라. 절대로 문을 열어 달아나게 해서는 안 된다."

이를 두고 하는 말이 있지요.

기발한 계책 바보짓이 되었고
장난이 진짜가 되었구나.

弄巧翻成拙　作耍却爲眞

결국 손오공이 어떻게 동굴 문을 빠져나가게 되는지는 아직
알 수 없으니, 이에 대해서는 다음 회를 들어보시라.

부록

현장법사의 서역 여행도

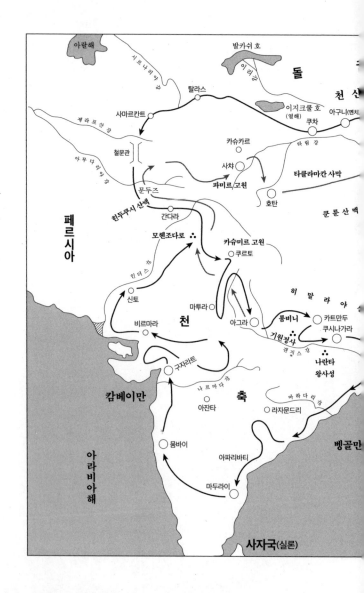

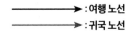

『서유기』 7권 등장인물

손오공

동승신주東勝神洲 오래국傲來國 화과산花果山의 돌에서 태어나 수보리 조사須菩提祖師에게 도술을 배워 일흔두 가지 변신술을 익힌다. 반도대회를 망치고 도망쳐 화과산의 원숭이 무리를 이끌고 스스로 '제천대성齊天大聖'이라 칭하며 옥황상제에게 도전했다가, 석가여래에게 붙잡혀 오백 년 동안 오행산 아래 눌려 쇠구슬과 구리 녹인 쇳물로 허기를 때우며 벌을 받는다. 관음보살의 안배로 서천으로 불경을 가지러 가는 삼장법사의 제자가 되어 신통력과 기지로 온갖 요괴들을 물리친다.

삼장법사

장원급제한 수재 진악陳諤의 아들이자 승상 은개산殷開山의 외손자이다. 아버지는 부임지로 가던 도중 홍강洪江의 도적들에게 피살되고, 임신 중이던 어머니는 강제로 도적의 아내가 된다. 죽은 아버지의 직위를 사칭하던 유홍劉洪의 음모를 피해, 어머니는 그를 강물에 띄워 보낸다. 요행히 금산사金山寺의 법명화상法明和尙이 그를 구해 현장玄奘이라는 법명을 주었다. 그는 이후 불가의 수양에 뜻을 두고 수행하다가 관음보살의 배려로 불경을 찾아 서천으로 떠나도록 선발된다. 당태종은 그에게 삼장三藏이라는 법명을 준다.

저팔계

본래 하늘의 천봉원수天蓬元帥였으나 반도대회에서 항아를 희롱한 죄로 인간 세상으로 내쫓긴다. 어미의 태를 잘못 들어가 돼지의 모습으로 태어났으나, 서른여섯 가지 술법을 부리며 요괴가 되어 악행을 일삼다가 관음보살에게 감화되어 삼장법사의 제자로 안배된다. 이후, 오사장국烏斯藏國 고로장高老莊에서 데릴사위로 있었는데, 손오공을 만나 싸우다가 복릉산福陵山 운잔동雲棧洞으로 도망친다. 하지만 곧 굴복하여 삼장법사의 제자가 된다. 아홉 날 쇠스랑[九齒花]을 무기로 쓴다.

사오정

본래 하늘의 권렴대장군捲簾大將軍이었으나, 반도대회에서 실수로 옥파리玉渾璃를 깨뜨리는 바람에 아래 세상으로 내쫓긴다. 유사하流沙河에서 요괴 노릇을 하며 지내다가 관음보살에 의해 삼장법사의 제자로 안배된다. 훗날 유사하를 건너려던 삼장법사 일행을 몰라보고 손오공, 저팔계와 싸우지만, 관음보살이 자신의 큰제자인 목차木叉 혜안惠岸을 보내 오해를 풀어주어서, 결국 삼장법사의 셋째 제자가 된다. 무기로는 항요장降妖杖을 쓴다.

나찰녀

우마왕의 아내이자 홍해아의 어머니로서, 취운산翠雲山 파초동芭蕉洞에 살면서 파초선芭蕉扇으로 화염산火燄山의 불길을 다스려주며 그곳 백성들을 착취하고 있는 까닭에 쇠 부채 공주[鐵扇仙]라 불린다. 화염산의 불길에 길이 가로막힌 삼장법사 일행이 파초선을 빌리러 가자, 손오공이 홍해아를 해쳤다고 생각하며 파초선을 내주지 않고 오히려 손오공에게 복수를 하려 든다. 손오공이 술법을 써서 그녀의 배 속으로 들어가 굴복시키고 파초선을 빼앗으려 하자 그녀는 속임수로 가짜 부채를 내준다.

우마왕

손오공이 화과산 수렴동에 있을 때 의형제를 맺었던 요괴로, 자칭 평천대성平天大聖이라 했다. 혼철곤混鐵棍을 무기로 쓰며, 나중에 적뢰산積雷山 마운동摩雲洞에서 옥면공주玉面公主를 둘째 부인으로 삼아 살고 있으면서, 대력마왕大力魔王이라 불린다. 손오공이 나찰녀에게 파초선을 빌리기 위해 도움을 청하지만, 그는 오히려 손오공의 무례함을 탓하며 도움을 거절하고 오히려 싸우려든다. 결국 손오공이 그의 모습으로 변신해 나찰녀를 속이고 파초선을 훔쳐 가자 분노하여 손오공을 쫓아간다.

옥면공주

만세호왕萬歲狐王의 딸로 적뢰산積雷山 마운동摩雲洞에 살면서 우마왕의 첩이 된다. 나중에 저팔계의 쇠스랑에 맞아 죽어 본래 모습이 드러나는데, 바로 줄머리사향삵의 정령이었다.

구두부마

만성용왕萬聖龍王의 사위이자 만성공주萬聖公主의 남편으로, 난석산亂石山 벽파담碧波潭에서 용왕 가족과 함께 살고 있다. 제새국祭賽國 금광사金光寺의 탑 안에 보관되어 있던 사리자불보舍利子佛寶를 훔쳐 갔다가 손오공과 싸우게 된다. 그는 초승달 모양의 삽인 월아산月牙鏟이라는 무기를 쓰지만, 손오공의 여의봉을 당해내지 못하자 본모습(다리가 둘이고 온몸이 털로 뒤덮였으며, 날개가 달리고, 머리가 아홉 개인 구두충九頭蟲)을 드러내고 저항한다. 그러나 마침 지나는 길에 손오공을 도와준 현성이랑신顯聖二郎神의 사냥개에게 머리를 물리고는 도망친다.

십팔공

형극령荊棘嶺 목선암木仙庵에 사는 소나무 정령으로, 경절노인勁節老人이라고 불린다. 삼장법사를 납치하여 잣나무의 정령인 고직공孤直公과 노송나무의 정령인 능공자淩空子, 대나무의 정령인 불운수拂雲叟 등과 함께 시를 논한다. 또 그들과 함께 삼장법사를 강제로 살구나무의 정령인 살구 선녀[杏仙]와 결혼시키려고 하지만, 결국 손오공 일행에게 발각되어 실패하고, 그들 모두 저팔계의 쇠스랑에 의해 목숨을 잃는다.

황미대왕

본래 미륵불彌勒佛 앞에서 경쇠를 연주하던 누런 눈썹의 하인[黃眉童]이었는데, 미륵불의 바라[鈸]와 후천대[後天臺(인종대人種袋라고도 함)], 경쇠를 연주하던 막대기를 훔쳐 달아나 요괴가 된다. 소천축小天竺에 소뇌음사少雷音寺를 세우고 부처 행세를 하며 자칭 황미노불黃眉老佛이라 부르며 횡포를 일삼다가, 마침 그곳을 지나는 삼장법사 일행을 유인하여 잡으려고 한다. 손오공은 탕마천존蕩魔天尊(즉 북방 진무北方眞武)과 국사왕보살國師王菩薩, 여러 하늘신들에게 도움을 청해 요괴를 물리치려 하지만, 요괴의 보물 때문에 계속 낭패를 당한다. 결국 미륵불의 도움을 받은 손오공은 참외로 변신하여 요괴의 배 속에 들어가 굴복시킨다.

구렁이 요괴

칠절산七絶山 희시동稀枾衕에 살면서 근처의 타라장駝羅庄에 나타나 가축과 사람을 잡아먹으며 행패를 부린다. 손오공과 저팔계에게 쫓기자 본래 모습을 드러내 싸우지만, 결국 요괴의 배 속으로 들어간 손오공에 의해 목숨을 잃게 된다.

새태세

주자국朱紫國의 기린산麒麟山 해치동獬豸洞에 사는 요괴로, 국왕의 첫째 왕비인 금성궁金聖宮을 납치하여 아내로 삼는다. 큰 도끼를 무기로 사용하며, 불길과 모래를 내뿜는 세 개의 방울인 자금령紫金鈴을 갖고 있다. 손오공은 변신술을 써서 요괴의 동굴에 잠입해 보물을 훔치고 요괴와 싸워 굴복시킨다. 그러나 그때 관음보살이 나타나 요괴를 거둬들이며 정체를 밝히는데, 요괴는 바로 관음보살이 타고 다니던 금모후金毛犼였다.

불교 · 도교 용어 풀이

【ㄱ】

구전대환단九轉大還丹

도가에서 말하는 신선의 단약. '구전九轉'은 아홉 번 달였다는 뜻이다. 도가에서는 단약을 달이는 횟수가 많고 시간이 오래 될수록 복용한 후에 더 빨리 신선이 될 수 있다고 생각했다. "아홉 번 달인 단약은 복용한 후 사흘 안에 신선이 될 수 있다" 는 말이 『포박자抱朴子』「금단金丹」에 보인다.

금련金蓮

원래는 '지용보살地湧菩薩'이라고 한다.『법화경法華經』「용출품 湧出品」에 의하면, 석가여래가「적문迹門」―『법화경』은「적문」 과「본문本門」으로 나뉜다 ― 을 강의한 후「본문」을 강의하려 하자, 석가여래의 교화를 입은 무량대보살無量大菩薩이 땅 밑에 서 솟아올라 허공에 머물렀다고 한다. 부처와 보살은 모두 연 꽃 자리에 앉아 있으므로 '지용금련地湧金蓮'이라 칭하기도 한 다. 여기에선 수보리조사가 위대한 도의 오묘함을 강론했음을 비유한 것이다.

급고독장자給孤獨長者

중인도中印度 교살라국橋薩羅國 사위성舍衛城의 부유한 상인 수 달다須達多의 별칭이다. 그는 자비와 선을 베풀기를 좋아해서 종종 외롭고 쓸쓸한 이들에게 먹을 것을 베풀어주었기 때문에 이런 별칭을 얻었다. 그는 왕사성王舍城에서 석가여래의 설법 을 듣고 크게 감동하여 석가여래를 자기 나라로 초청했다. 그리고 태자 기다祇多의 정원을 사서 기원정사祇園精舍를 세워 석가여래에게 바치며 설법하는 장소로 쓰게 해주었다.

기원琪園

기원祇園, 즉 지원정사祇園精舍를 가리키는 듯하다. 인도의 불교 성지 중 하나이다. 코살라Kosala국 급고독장자給孤獨長者가 큰돈을 주고 파사닉왕태자波斯匿王太子 제타(Jeta, 祇陀)의 사위성舍衛城 남쪽의 화원花園인 기원을 사들여 정사精舍를 건축하여 석가가 사위국舍衛國에 머물며 설법하는 장소로 삼았다. 제타 태자는 화원을 팔았을 뿐만 아니라 화원에 있던 나무를 석가에게 바치고 두 사람의 이름을 따 이 정사를 기수급독고원祇樹給獨孤園이라고 불렀다. 기원은 약칭이다. 왕사성王舍城의 죽림정사竹林精舍와 함께 불교 최고最古의 두 정사로 알려져 있다. 당나라 현장법사가 인도를 찾았을 때 이 정사는 이미 붕괴되어 있었다.

【ㄴ】

"너는 열 가지 악한 죄를 범하였다."(제1권 5회 171쪽)

불교에서는 사람이 몸, 입, 생각으로 범하는 10가지 죄악으로 살생, 절도[偸盜], 음란[邪淫], 망령된 말[妄語], 일구이언[兩舌], 욕설[惡口], 거짓으로 꾸민 말[綺語], 탐욕, 격노[瞋迷], 사악한 생각[邪見]을 들고 있다. 십악대죄十惡大罪라고 하면 모반謀反, 모대역謀大逆, 모반謀叛, 악역惡逆, 부도不道, 대불경大不敬, 불효不孝, 불목不睦, 불의不義, 내란內亂을 가리킨다.

네 천제[四帝]

도교에서 떠받드는 네 명의 천신으로 사제四帝 또는 사어四御라고 불린다. 호천금궐지존옥황대제昊天金闕至尊玉皇大帝, 중천자미북극대제中天紫微北極大帝, 구진상천천황대제勾陳上天天皇大帝, 승천효법토황제지承天效法土皇帝祇를 가리킨다.

녹야원鹿野苑

석가모니가 도를 깨달은 후 처음으로 법륜法輪을 전하고 사체
법四諦法을 이야기하였다는 곳으로 전해진다.

【ㄷ】

**"다시 오천사백 년이 지나서 해회가 끝날 무렵에는 정貞의 덕이 하강하
고 원元의 덕이 일어나면서 자회子會에 가까워지고……"(제1권 1회 27쪽)**

여기서는 송나라 때의 소옹(1011~1077, 자字는 요부堯夫, 시
호諡號는 강절선생康節先生)이 쓴 『황극경세皇極經世』에 들어 있
는 천지의 개벽과 순환에 관한 설명을 빌려 쓰고 있다. 『주역』
「건괘乾卦」의 괘를 풀어놓은 글에 '원형이정元亨利貞'이라는 표
현이 들어 있는데, 흔히 이것을 건괘의 '네 가지 덕성[四德]'이
라고 부르며, 그 하나하나가 네 계절과 짝을 이룬다고 설명하
곤 한다. 그런 속설에 입각하면 "정의 덕이 하강하고 원의 덕
이 일어난다"는 것은 겨울이 가고 봄이 오기 시작한다는 뜻이
된다.

대단大丹

도가 용어로 오랜 기간의 수련과 고행을 통해 얻어지는 내단內
丹을 가리킨다.

대라천

도교에서 말하는 서른여섯 층의 하늘 중 가장 높은 곳에 위치
한 하늘.

대승교법大乘敎法

1세기 무렵에 형성된 불교의 교파로서, 대자대비한 마음으로
중생을 두루 제도하여 불국정토佛國淨土를 건립하는 것을 최고
의 목표로 삼으면서, 개인적 자아 해탈을 추구하던 원시불교
와 다른 교파를 '소승'이라고 비판했다. 대승불교에서는 삼세
시방三世十方에 무수한 부처가 있다고 여기는 데 비해, 소승불
교에서는 석가모니만을 섬긴다.

대천大千

'대천세계大千世界', '삼천대천세계三千大千世界'를 줄인 말로 석가모니의 교화가 미친 지역을 가리킨다. 불교에서는 수미산을 중심으로 하여 사대부주四大部洲의 일월이 비추는 곳을 합쳐서 하나의 소세계小世界로, 천 개의 소세계를 소천세계小千世界로, 천 개의 소천세계를 중천세계中千世界로, 천 개의 중천세계를 대천세계로 생각한다.

도솔천궁兜率天宮

도교 전설에서는 태상노군이 거주하는 곳이다. 불교에도 도솔천이 있는데, 욕계慾界의 육천六天 가운데 네 번째 하늘이다. 욕계의 정토로 미륵보살이 사는 곳이다.

동승신주東勝神洲 · 서우하주西牛賀洲 · 남섬부주南瞻部洲 · 북구로주北俱蘆洲

여기에 언급된 4개 대륙은 불경에서 말하는, 수미산을 사방으로 둘러싼 염해海에 떠 있는 4개의 큰 대륙을 가리킨다. 다만 여기서는 그 명칭을 약간 바꾸어 사용하고 있다. '동승신주'는 원래 '동승신주東勝身洲'라고 되어 있는데, 이것은 반달 모양의 그 지역에 사는 사람들이 신체와 용모가 빼어나고 각종 질병을 앓지 않는다는 뜻이었다. 그리고 '서우하주'는 본래 '서우화주西牛貨洲'라고 되어 있는데, 이것은 보름달 모양의 그 지역에서는 소를 화폐로 사용했기 때문에 붙여진 명칭이라고 한다. 또 '남섬부주'의 명칭은 '염부閻浮'라는 나무의 이름을 뜻하는 '섬부瞻部'라는 표현을 이용해서 만든 것인데, 수레의 윗부분에 얹은 상자처럼 생긴 이 대륙에 염부나무가 많이 자라기 때문에 붙여진 것이다. 마지막으로 '북구로주'는 '북구로주北拘蘆洲'라고 쓰기도 하는데, 정사각형의 그릇 덮개 모양으로 생긴 이 땅에 사는 사람들은 천 년 동안 장수를 누리고, 다른 지역보다 평등하고 안락한 생활을 한다고 했다.

【ㅁ】

만겁의 세월

고대 인도에서는 세계가 일정한 시간이 지나면 멸망했다가 다시 시작된다고 믿었는데, 그 한 번의 주기를 하나의 '칼파kalpa'라고 불렀다. '겁'은 칼파를 음역한 것이다. 80차례의 작은 겁이 모이면 하나의 큰 겁이 되는데, 하나의 큰 겁에는 '성成', '주住', '괴壞', '공空'의 네 단계가 들어 있어서, 이것을 '사겁四劫'이라 부른다. '괴겁'의 때에 이르면 물과 불과 바람의 세 가지 재앙이 나타나 세상은 훼멸의 단계로 들어가기 시작한다고 하는데, 이 때문에 후세에는 '겁'을 '풀기 어려운 재난'의 뜻으로 사용하기도 했다.

"모든 것이 결국은 정과 기와 신이니……."(제1권 2회 72쪽)

정신력과 체력[精], 원기[氣], 정력[神]을 가리킨다. 도교에서는 이 세 가지를 조화롭게 키우고 수양하면 신선이 될 수 있다고 생각했다. 이는 주로 『황정경』의 주장을 인용한 것이다.

"무상문의 진정한 법주이시니……."(제1권 7회 224쪽)

무상문은 여기서 불문佛門을 범칭하는 것으로 쓰였다. 불교의 삼론종三論宗이 '모든 법이 모두 공'이란 사상을 종지로 삼기 때문에 무상종無相宗이라고 불린다. 법주法主는 불경에서 석가모니에 대한 칭호로 쓰인다. 설법주說法主라고 쓰기도 하며 교의를 선양하는 스승이란 의미를 갖는다.

문수보살文殊菩薩

대승불교의 보살 가운데 하나로, 지혜를 상징한다. 특히 보현보살과 함께 석가모니를 좌우에서 모시고 있는데, 일반적으로 석가모니의 왼쪽에서 머리에 큰 태양과 다섯 지혜를 상징하는 상투를 틀고, 손에는 칼을 쥔 채 푸른 사자를 탄 모습으로 묘사된다.

【ㅂ】

반야般若

범어 '푸라쥬냐Prájuuñá'를 음역한 것으로 '포어루어[波若]'라고도 하며 '지혜'라는 뜻이다. 즉, '모든 사물을 여실히 이해하는 지혜'를 가리키는 것으로 일반적인 지혜와는 다르다.

법계法界

불법의 범위로 원시불교에서는 열두 인연[因緣], 대승에서는 만유의 본체인 진여眞如, 우주를 가리킨다. 또 불교도의 사회라는 의미도 가질 수 있는데, 여기서는 전자와 후자의 의미를 겸한다고 할 수 있다.

법상法相

모든 사물에 내재하거나 외재하는 표상을 통틀어 가리키는 말이다.

"별자리 밟으니……."(제5권 44회 117쪽)

본문의 '사강포두査勁佈斗'는 '답강포두踏勁佈斗', 즉 도교의 법사가 단을 세우고 의식을 치를 때 별자리를 따라 걷는 걸음걸이를 가리킨다. 이렇게 걸으면 신령을 불러낼 수 있다는 것인데, 이 걸음을 만들어낸 이가 우禹임금이라 해서 '우보禹步'라고도 부른다.

보타낙가산普陀落伽山

'흰 꽃이 피어 있는 작은 산' 또는 '꽃과 나무로 가득한 작은 산'이라는 뜻을 가진 범어 '포탈라카potalaka'의 음역이다. 지금의 저장성浙江省 포투어시앤普陀縣 동북쪽 바다 가운데 '보타도'라는 섬이 있다. 이 섬은 옛날에 산서山西의 오대산五臺山과 안휘安徽의 구화산九華山, 사천四川의 아미산峨眉山과 더불어 중국 불교의 4대 사찰이 자리 잡은 명산으로 꼽혔다.

복기服氣

도교에서는 선인仙人들이 여름에는 화성火星의 적기赤氣를, 겨울에는 화성의 흑기黑氣를 마시면 배고픔을 잊는다고 한다.

"불법은 본래 마음에서 생겨나고 또한 마음을 따라 사라진다네."(제2권 20회 271쪽)

법은 범어 '다르마dharma'의 의역이다. 여기서는 모든 사물과 현상을 가리킨다. '심'이란 모든 정신 현상을 가리킨다. 불교에는 '만법일심설萬法一心說'이라는 것이 있다. 『반야경般若經』에 이런 기록이 있다. "모든 법과 마음을 잘 인도해야 한다. 마음을 안다면 모든 법을 다 알 수 있다. 세상의 모든 법은 다 마음에서 비롯된다."

불이법문不二法門

불교 용어로, 모든 현상과 모순이 '분별이 없고' 각종 차이를 초월해야 한다는 뜻이다. 이른바 언어나 문자를 떠나 '진여眞如', '실상實相'의 깨달음으로, 그들은 서로 평등하며 서로 간에 구별도 없다. 보살이 이 '불이不二'의 이치를 깨달은 것을 '불이법문不二法門'에 들었다고 한다. 여기에서 불이법문은 '불문佛門'을 뜻한다.

【ㅅ】

사대천왕四大天王

불교에서는 33개 하늘의 군주를 제석이라고 부른다. 이들은 수미산 꼭대기 도리천 중앙의 희견성喜見城에 거주하고 있다. 이들 밑에 수미산의 사방을 지키는 외장外將이 있는데 이들을 사대천왕, 혹은 사대금강四大金剛이라고 부른다. 천하의 네 방위를 맡아 지키고 있기 때문에 호세사천왕護世四天王이라고도 불린다. 동방의 다라타多羅吒는 지국천왕持國天王으로 몸은 흰색이고 비파를 들고 있다. 남방의 비유리毗琉璃는 증장천왕增長天王으로 몸은 청색이고 보검을 쥐고 있다. 서방의 비류박차毗留博叉는 광목천왕廣目天王으로 몸은 붉은색이고 손에는 용이 똬리를 틀고 있다. 북방의 비사문毗沙門은 다문천왕多聞天王으로 몸은 녹색이고 오른손에는 우산을, 왼손에는 은 쥐를 쥐고 있다.

"사람이 죽어 삼칠 이십일 일 혹은 오칠 삼십오 일, 칠칠 사십구 일이 다 차면 이승의 죄를 다 씻어내고 환생할 수 있습니다."(제4권 38회 228쪽)

불교에서는 7일을 하나의 주기로 삼는다. 죽은 자의 영혼은 이 주기가 일곱 번 끝날 때까지 자신이 내세의 이승에 다시 태어날 곳을 찾을 수 있으며, 그것이 적절한 선택인지 여부는 저승의 판관들이 심사하여 결정한다. 만약 그가 스스로 마땅한 곳을 찾지 못했다면 저승의 판관이 다시 태어날 곳을 지정해 준다. 어쨌든 49일이 지난 후에는 모든 영혼이 반드시 윤회하여 이승의 어딘가에 태어나게 된다.

"사부님, 겁내지 마십시오. 저건 원래 사부님의 껍질이었습니다."(제10권 98회 228쪽)

이것은 본래 불교의 해탈 과정이라기보다는 육신을 버리고 우화등선羽化登仙하는 도교의 '시해尸解'에 가까운 묘사이다. '시해'에는 숯불에 몸을 던지는 '화해火解'와 물에 빠져 죽는 '수해水解', 칼로 목숨을 끊는 '검해劍解' 등 다양한 방법이 있다.

사상四相

불교 용어로, 아래와 같은 여러 가지 다른 의미를 가지고 있다. 첫째 인과사상因果四相이라 하여 생生, 노老, 병病, 사死를 가리킨다. 둘째 만물의 변화를 나타내는 네 가지 상, 곧 생상生相, 주상住相, 이상移相, 멸상滅相을 가리킨다. 셋째 중생이 실재實在라고 착각하는 네 가지 상, 곧 아상我相, 인상人相, 중생상衆生相, 수자상壽者相을 가리킨다.

사생四生

불교에서는 중생의 출생을 네 가지로 나눈다. 사람과 가축 같은 태생胎生, 날짐승과 길짐승 및 물고기 같은 난생卵生, 벌레와 같이 습기에 의지해 형체를 이루는 습생濕生, 의탁하는 것 없이 업력業力을 빌려 홀연히 출현하는 화생化生이 그것이다.

사인四忍

고통이나 모욕을 당해도 원망하는 마음이 없고 편안한 마음으로 불교의 교리를 믿고 지키며 동요되지 않는 것을 말한다. 지혜의 일부분으로 이인二忍, 삼인三忍, 사인四忍 등이 있다.

사위성舍衛城

사위[śrāvastī]는 원래 코살라국의 도성 이름이었는데, 남쪽에 있었던 또 하나의 코살라국과 구별하기 위하여 '사위舍衛'라는 도시 이름으로 국명을 대체하였다. 이곳에는 불교를 숭상하는 것으로 유명하던 파사닉왕波斯匿王이 살았는데, 성안에 급고독장자給孤獨長者가 보시한 기원정사祇園精舍가 있는데 유적이 아직도 남아 있다. 전하는 바에 따르면, 석가모니가 성불한 후 이곳에서 25년 살았다고 한다. 7세기에 당나라 현장법사가 이곳을 찾은 적이 있다.

사치공조四値功曹

도교에서 신봉하는 치년値年, 치월値月, 치일値日, 치시値時 네 신의 총칭으로 신들이 시는 천징天庭에 기도문을 전달하는 관직을 맡고 있다.

삼계三界

불교에서는 인간 세상을 세 단계로 나눈다. 욕계慾界는 온갖 욕망을 다 가지고 있는 중생의 세계이고, 색계色界는 욕계의 윗단계로서 욕망은 없으나 외형과 형태는 존재하는 세계이고, 무색계無色界는 다시 색계의 윗단계로서, 색상色相(사물의 형태와 외관)이 모두 사라지고 오로지 정신만이 정지 상태에 머무르는 중생계이다. 여기에선 인간세계에 대한 범칭으로 쓰였다. 감원坎源이란 수원水源을 의미한다. 『주역』「감괘坎卦」가 수에 속하므로 이렇게 일컫는 것이다.

삼공三空

불가 용어로, 삼해탈三解脫, 삼삼매三三昧라고도 한다. 아공我空, 법공法空, 아법구공我法俱空을 가리키기도 하고 삼공해탈三空解脫, 무상해탈無相解脫, 무원해탈無愿解脫을 가리키기도 한다.

삼관

도교의 기氣 수련에 관련된 용어인데, 그에 대한 해설은 각각이다. 『회남자淮南子』「주술훈主術訓」에서는 귀, 눈, 입이라고 했고, 『황정경』에서는 손, 입, 발이라고 했다. 명당明堂, 가슴에 있는 동방洞房, 단전丹田의 셋이라고 하기도 하고(『원양자元陽子』), 머리 뒤쪽의 옥침玉枕, 녹로轆轤, 등뼈 끝부분의 미려尾閭의 셋이라고 하기도 한다(『제진현오집성諸眞玄奧集成』).

삼귀오계

삼귀는 '삼귀의三摹依'의 준말이다. 불교에 입문할 때 반드시 스승에게서 '삼귀의'를 전수받게 되니, 즉 부처[佛], 불법[法], 승려[僧]의 삼보三寶를 가리킨다. 오계五戒는 살생하지 말고, 도둑질하지 말고, 음란하고 사악한 짓을 말며, 망령된 말을 하지 말고, 술을 마시지 말라는, 불교도가 평생 지켜야 할 다섯 가지 계율이다. 도가에도 오계가 있으니, 살생하지 말고, 육식과 술을 하지 말며, 속 다르고 겉 다른 말을 말며, 도둑질하지 말고, 사악하고 음란한 짓을 하지 말라는 것이다.

삼단해회대신三壇海會大神

덕이 깊고 넓은 것이나 수량이 엄청난 것을 비유하여 쓰는 말이다. 『화엄현소華嚴玄疏』에 따르면, '바다가 모인다[海會]'고 말하는 것은 그 깊고 넓음 때문이다. 어짊이 두루 미쳐 중생들에게 골고루 퍼지고 덕이 깊어 불성佛性을 구하는 것이 헤아릴 수 없이 넓고 크기 때문에 '바다'라고 한 것이라고 했다.

삼도三塗

'삼악취三惡趣' 또는 '삼악도三惡道'라고도 하는데, 뜨거운 불로 몸을 태우는 지옥도地獄道와 서로 잡아먹는 축생도畜生道, 그리고 칼과 몽둥이로 핍박하는 아귀도餓鬼道를 가리킨다. 불교에서는 악행을 저지른 사람은 죽어서 반드시 이 셋 가운데 하나에 빠지게 된다고 한다.

삼매화三昧火

삼매란 범어 '사마디Samadhi'의 역어로서 '고정되다', '정해지다'의 뜻을 가지고 있다. 보통 한 가지에 집중하여 흩어짐이 없는 정신 상태를 가리킨다. 삼매화란 삼매의 수양을 쌓은 사람의 몸 안에서 돌고 있는 기운이며 진화眞火라고 부르기도 한다.

삼승三乘

승乘이란 물건을 실어 나르는 기구로서, 중생을 구제해 현실
세계인 차안此岸에서 깨달음의 세계인 피안彼岸에 도달함을 비
유한 것이다. 불교에선 인간을 세 종류의 '근기根器'로 나눌 수
있다고 보므로, 수양에도 세 종류의 경로가 있게 되고, 수레로
실어 나르는 것의 비유에 따라 세 종류의 수행 방법을 '삼승'
이라고 일컬으니, 성문승聲聞乘, 연각승緣覺乘, 보살승菩薩乘이
그것이다. 도가에도 '삼승'이 있는데, 동진부洞眞部가 대승, 동
현부洞玄部가 중승中乘, 동신부洞神部가 소승이다.

삼시신三尸神

도교에서는 인간의 신체에 세 가지 벌레가 있다고 여기는데,
이를 삼충三蟲, 삼팽三彭, 삼시신三尸神이라 한다. 『태상삼시중
경太上三尸中經』에 이르기를, "상시上尸는 팽거彭倨라 히는데 사
람 수염 속에 있고, 중시中尸는 팽질彭質이라 하는데 사람 배
속에 있고, 하시下尸는 팽교彭矯라고 하는데 사람 발 속에 있
다"고 한다. 송나라 때 섭몽득葉夢得이 쓴 『피서록화避暑錄話』에
따르면, 삼시신은 "인간의 잘못을 기억해 경신일庚申日에 사람
이 잠든 틈을 타 상제께 그것을 일러바친다"고 한다.

삼원三元

도교 용어로 도교에서는 천天, 지地, 수水를 삼원三元 혹은 삼관
三官이라고 한다.

삼재三災의 재앙

불교에는 큰 '삼재'와 작은 '삼재'가 있다. 전자는 한 겁이 끝
날 무렵마다 나타나 세상 만물을 없애버리는 바람과 물과 불
의 세 가지 재앙을 가리키고, 후자는 기근과 역병과 전쟁을 가
리킨다. 여기서는 전자를 의미한다.

삼청三淸

도교에서 추앙하는 세 명의 최고신으로 옥청원시천존玉淸元始
天尊(혹은 천보군天寶君), 상청영보천존上淸靈寶天尊(혹은 태상
노군太上道君), 태청도덕천존太淸道德天尊(혹은 태상노군太上老
君)을 말한다. 도교에서는 사람과 하늘 밖의 선경, 곧 삼청경三

淸境이라는 곳에 이들 세 신이 살고 있다고 생각한다.

"세 송이 꽃 정수리에 모여 근본으로 돌아갈 수 있었고……."(제2권 19회 240쪽)

도교의 연단술에서는 정情, 기氣, 신神을 세 송이 꽃 혹은 세 가지 보물이라고 부른다. 세 송이 꽃이 정수리에 모였다는 것은 신체가 영원히 훼손당하지 않는 경지에 이르렀다는 것을 뜻한다.

세 혼

도가에서는 사람에게 혼이 세 개가 있다고 여겼으니, 탈광脫光, 상령爽靈, 유정幽精이 그것이다. 『운급칠첨雲笈七籤』54권 「혼신魂神」에 따르면, 도가에서는 그 세 개의 혼을 굳게 지키는 법술이 있다고 한다.

"손에 든 여의봉은 위로 서른세 곳의 하늘……."(제1권 3회 107쪽)

범어 '도리천瀏利天'의 의역이다. 『불지경론佛地經論』에 따르면, 이 명칭은 수미산 정상의 네 면에 각기 팔대천왕이 자리 잡고 있고, 가운데 제석帝釋이 살고 있다고 해서, 그 수에 맞춰서 붙여진 것이다.

수미산

인도의 전설에 나오는 산 이름이다. '수미須彌'는 '오묘하고 높다[妙高]'는 뜻을 가진 범어 '수메루sumeru'를 잘못 음역한 것이다. 불교에서는 이 산을 인간세계의 중심이자, 해와 달이 돌아서 뜨고 지는 곳이며, 삼계三界의 모든 하늘들을 지탱하는 기둥으로 여긴다.

수보리조사須菩提祖師

'수보리'는 본래 부처의 십대제자 가운데 하나이나, 여기서는 불교와 도교의 수련을 겸한 신선의 하나로 설정된 허구적 등장인물이다.

수중세계[下元]

도교에서는 하늘나라[天上]를 상원上元이라 하고, 육지를 중원中元, 물속을 하원下元이라 부른다.

"신묘한 거북과 삼족오三足烏의 정기 흡수했지."(제2권 19회 240쪽)

이 구절은 도가에서 물과 불을 조화롭게 하고 정精과 기氣가 서로 호응하는 연단술을 사용함을 나타내고 있다. '이離'와 '감坎'은 각각 팔괘의 하나로서, 이는 불이고 감은 물이다. 용과 호랑이는 도가에서 각각 물과 불, 납과 수은을 의미한다. 연단술에서 신묘한 거북은 신장 속의 검은 액체이다. '금오'는 신화 속의 '삼족오'로서 태양을 의미하고, 결국 심장을 뜻한다. '신령한 거북'과 '금오'는 연단술의 정과 기이다.

"신장腎臟의 물 두루 흘려 입속의 화지로 들어가게 하고……."(제2권 19회 240쪽)

도교에서는 혀 아래쪽에 있는 침샘을 화지華池라고 부른다. 여기서는 오행 가운데 물에 해당하는 신장腎臟에서 정화된 기운이 온몸에 흐른다는 관념을 엿볼 수 있다.

십지十地

불교 용어로 '십주十住'라고도 한다. 보살이 수행하는 열 가지 경계를 말한다. 『화엄경華嚴經』에 따르면, 이것은 환희지歡喜地, 이구지離垢地, 발광지發光地, 염승지焰勝地, 난승지難勝地, 현전지現前地, 원행지遠行地, 부동지不動地, 선혜지善彗地, 법운지法雲地를 가리킨다.

【ㅇ】

"아래로는 십팔 층 지옥……."(제1권 3회 107쪽)

지옥은 범어 '나락가那洛迦'의 의역이며, 불락不樂, 가염可厭, 고기苦器 등으로도 쓴다. 지하에는 팔한八寒, 팔열八熱, 무간無間 등이 있다. 불교에서는 사람이 생전에 악업을 지으면 사후에 지옥에 떨어져 각종 고통을 당한다고 한다. 『남사南史』「이맥전夷貊傳」에 따르면, 유살하劉薩何가 갑자기 병으로 죽었다가 나중에 다시 소생했는데, 스스로 십팔 층 지옥에 다녀온 적이 있다고 말했다는 기록이 있다.

아비지옥

불교에서 말하는 팔대지옥 중에서 여덟 번째 지옥으로서 거기에 떨어지면 영원히 벗어나지 못한다.

"아홉 등급 연화대가 있네."(제1권 7회 224쪽)

구품화九品花란 곧 구품 연화대蓮花臺를 가리킨다. 불교 정토종淨土宗에서는 수행자의 공덕이 각기 다르므로 극락왕생해서 앉게 되는 연화대 또한 등급이 있게 된다고 본다. 상상上上, 상중上中, 상하上下, 중상中上, 중중中中, 중하中下, 하상下上, 하중下中, 하하下下 총 아홉 등급이다.

여산노모驪山老母

여자 신선의 이름이다. 전설에 따르면, 은나라와 주나라가 교체될 무렵에 천자가 된 여인이라고 한다. 당나라와 송나라 이후로 신선으로 받들어져서 '여산모驪山姆' 또는 '여산노모'라고 불렸다. 『집선전集仙傳』에 따르면, 당나라 때의 이전李筌이 신선의 도를 좋아했는데, 숭산嵩山 호구암虎口岩의 석벽에서 『황제음부경黃帝陰符經』을 얻고, 그것을 베껴 수천 번을 읽었으나 그 뜻을 이해할 수 없었다. 그러다가 여산에서 한 노파를 만났는데, 신령한 생김새가 예사롭지 않았다. 마침 길가에 불에 탄 나무가 있었는데, 노파가 "불은 나무에서 일어나지만 재앙은 반드시 극복된다(火生於木 禍發必剋)"고 중얼거렸다. 이전이 깜짝 놀라서 "그건 『황제음부경』의 비밀스러운 문장인데, 노파께서 어찌 알고 언급하시는 겁니까?" 하고 물었더니, 노파는 이전에게 그 경전의 오묘한 뜻을 풀어 설명해주고 보리밥을 대접해주고는 바람을 타고 사라져버렸다. 이전은 이때부터 밥을 먹지 않아도 배가 고프지 않아서, 그 참에 곡식을 끊고 도를 추구했다고 한다. 여산은 당나라 때 장안 부근(지금의 산시성陝西省 린동시앤臨潼縣 동남쪽)에 있는 산이다. 당나라 현종玄宗은 이곳의 온천에 화청궁華淸宮을 지어 양귀비楊貴妃와 함께 놀았으며, 근처에는 진秦 시황제始皇帝의 무덤이 있다.

연등고불燃燈古佛

정광불錠光佛이라고도 한다. 『지도론智度論』의 기록에 따르면,

그가 태어났을 때 몸 주변의 빛이 등과 같아서 그런 이름이 붙여졌다고 한다. 석가모니가 부처가 되기 전에, 연등불燃燈佛은 그가 장래에 부처가 될 거라고 예언했다고 한다.

영대방촌산靈臺方寸山

'영대'는 도가에서 사람의 마음을 비유하는 표현이며 '영부靈府'라고도 한다. '방촌' 역시 사람의 마음을 나타내는 표현이다. 이런 표현 때문에 일반적으로『서유기』는 사람이 마음을 수양하는 과정을 비유와 상징으로 묘사한 작품이라고 여겨지곤 한다.

"예로부터 연단술과『역경易經』, 황로黃老 사상의 뜻을 하나로 합쳤으니……."(제10권 99회 258쪽)

동한의 방사方士 위백양魏伯陽은『주역참동계周易參同契』를 지어『주역』의 효상론爻象論을 통해 연단하여 신선을 이루는 법을 설명하면서, 연단술과『주역』, 황로 사상을 합쳐 하나로 만들었다.

예수기고재預修寄庫齋

기고寄庫란 요나라에서 제사 의식을 이르던 말이다. 또 한편으로는 민간신앙의 하나로 생전에 지전을 사르며 불사를 행하여 저승 관리에게 미리 돈을 주어 사후에 쓸 수 있도록 준비하는 의식을 가리키기도 한다.

오방오로五方五老

도교에서는 동왕공東王公(동화제군東華帝君), 단령丹靈, 황노黃老, 호령晧靈, 현로玄老를 오방오로라고 한다.

오온五蘊

'오음五陰'이라고도 하며 색色, 수受, 상想, 행行, 식識의 다섯 가지를 가리킨다. 이것은 순서대로 형상形相, 기욕嗜慾, 의념意念, 업연業緣, 심령心靈을 의미한다. 불교에서는 일체의 중생이 다섯 가지에 의해 이루어진다고 여긴다.

옥국보좌玉局寶座

태상노군의 보좌를 가리킨다. 옥국玉局은 지명으로 현재 청뚜

시成都市에 있다. 도교의 전적에 따르면, 동한東漢 환제桓帝 영수永壽 원년(155)에 태상노군이 장도릉張道陵과 함께 이곳에 도착했는데, 다리가 달린 옥 침상이 땅에서 솟아올라 태상노군이 보좌에 앉아 공중으로 올라가 장도릉에게 경전을 강설하였다고 한다. 그리고 그가 떠나자 침상은 사라지고 땅에는 구멍이 생겼는데, 후에 그것을 옥국화玉局化라고 불렀다 한다. 송나라 때는 이곳에 옥국관玉局觀이 설립되었다.

"우리는 정精을 기르고, 기氣를 단련하고, 신神을 보존해서 용과 호랑이를 조화롭게 만들고, 감坎으로부터 이離를 채워야 하니……"(제3권 26회 151쪽)

도교의 연단煉丹에 대한 설명이다. 용과 호랑이는 음양오행의 원리에 따라 내단內丹을 설명하는 말이다. 용은 양陽에 속해서 이離에서 생기는데, 이는 불에 속하기 때문에 "용은 불 속에서 나온다(龍從火裏出)"고 한다. 이에 비해 호랑이는 음陰에 속해서 감坎에서 생기는데, 감은 물에 속하기 때문에 "호랑이는 물가에서 태어난다(虎向水邊生)"고 한다. 이 두 가지를 합쳐서 '도의 근본[道本]'이라 하는 것이다. 인체의 경우 간肝은 용에 해당되고 신장腎臟은 호랑이에 해당한다. 용과 호랑이의 근본은 원래 '참된 하나[眞一]'에 있으니, 음양의 융합이란 곧 그 근본을 합쳐 하나가 되는 것을 가리킨다. 한편, 외단外丹에서도 용과 호랑이로 음양을 비유하며, 수은[汞]을 구워 약을 제련하는 것을 일컬어 "용과 호랑이를 만든다(爲龍虎)"라고 하는데, 이 또한 음양의 융합을 가리키는 말이다.

원신元神

도교에서는 인간의 영혼이 수련을 거친 경우에 그것을 '원신'이라고 부른다. 신선의 도를 터득한 사람은 원신이 육체를 떠나 자유자재로 다닐 수 있다.

원양元陽

원양지기元陽之氣를 가리킨다. 도교에서는 이것을 선천적으로 타고나는 것이자 후천적인 양생의 노력으로 키울 수 있다고 본다. 이 기운은 타고난 정기精氣가 변화된 것으로, 오장육부

등의 모든 기관과 조직의 활동을 추동하고, 생명 변화의 원천
이 된다.

육도六道

불교 용어로 '육취六趣'라고도 한다. 불교에서는 중생의 세계
를 여섯 가지, 즉 하늘, 사람, 아수라阿修羅, 아귀餓鬼, 축생畜生,
지옥地獄으로 나눈다.『엄경楞嚴經』에 따르면, 불문에 귀의하지
않으면 영원히 이 여섯 세계 안에서 윤회를 거듭하고 해탈할
수 없다고 말한다.

육도윤회六道輪廻

불교에서는 중생이 선악의 업인業因에 따라 지옥과 아귀餓鬼,
축생, 수라修羅, 인간, 천상의 여섯 세계를 윤회한다고 여겼다.

육욕

여섯 가지 탐욕. 첫째는 색욕色慾으로 빛깔에 대한 탐욕이고,
둘째는 형모욕形貌慾으로 미모에 대한 탐욕, 셋째는 위의자태
욕威儀姿態慾으로 걷고 앉고 웃고 하는 애교에 대한 탐욕, 넷째
는 언어음성욕言語音聲慾으로 말소리, 음성, 노래에 대한 탐욕,
다섯째는 세활욕細滑慾으로 이성의 부드러운 살결에 대한 탐
욕, 여섯째는 인상욕人相慾으로 남녀의 사랑스런 인상에 대한
탐욕을 가리킨다.

육정六丁과 육갑六甲

도교에서 받들고 있는 천제天帝가 부리는 신으로 바람과 우레
를 일으킬 수 있고 귀신을 제압할 수 있다. 육정은 정묘丁卯,
정사丁巳, 정미丁未, 정유丁酉, 정해丁亥, 정축丁丑으로 음신陰神,
즉 여신이고, 육갑은 갑자甲子, 갑술甲戌, 갑신甲申, 갑오甲午, 갑
신甲辰, 갑인甲寅으로 양신陽神, 즉 남신이다.

은혜

불교에서 말하는 "네 가지 크나큰 은혜[四重恩]"란 세상 사람들
이 마땅히 갚아야 될 네 가지 은덕을 가리킨다.『석씨요람釋氏
要覽』「권중卷中」에 따르면 두 가지 설이 있다. 하나는 부모의
은혜, 중생의 은혜, 임금의 은혜, 삼보三寶의 은혜를 말한다. 다

른 하나는 부모의 은혜, 스승과 나이 많은 어른의 은혜, 임금의 은혜, 시주施主의 은혜를 말한다.

일곱 부처

불가에서는 비파시불毗婆尸佛, 시기불尸棄佛, 비사부불毗舍浮佛, 구류손불拘留孫佛, 구나함모니불拘那含牟尼佛, 가섭불迦葉佛, 석가모니불釋迦牟尼佛을 '과거의 칠불' 혹은 약칭으로 '칠불'이라 부른다.

입정入靜

불교에서 좌선을 하고 모든 잡념이 끊어진 고요한 상태에 들어가는 것을 일컫는 말이다.

【ㅈ】

작소관정鵲巢貫頂

석가여래가 참선을 하느라 나무 아래 앉아 있는데, 새 한 마리가 그런 석가여래를 나무인 줄 알고 머리에다 집을 짓고 알을 낳았다. 참선을 끝낸 석가여래는 머리 속에 알이 있는 줄 알고는 참선을 계속하여 그 알이 부화하여 새가 되어 날아간 다음에야 일어섰다는 이야기에서 유래한 표현이다.

장생제長生帝

도교에서 숭상하는 태산신泰山神을 가리킨다. 이 신이 인간의 생사를 주관한다는 전설이 있다. 그래서 '장생제'라고 부른다.

재동제군梓潼帝君

도교에서 공명功名과 녹위祿位를 주재한다고 여겨 모시는 신이다. 『명사明史』 「예지禮志」와 『삼교원류수신대전三教源流搜神大全』에 따르면, 그의 이름은 장아자張亞子이고 촉蜀 땅의 칠곡산七曲山(지금의 쓰촨성四川省 쯔퉁시앤梓潼縣 북쪽)에 살았다고 한다. 그는 진晉나라에서 벼슬살이를 하다가 전사했는데, 후세 사람들이 그를 위해 사당을 세워주었다. 당나라와 송나라 때 여러 차례 벼슬이 더해져서 '영현왕英顯王'에까지 봉해졌다. 도교에서는 그가 문창부文昌府의 일과 인간 세상의 벼슬살이를 관장한다고 여겼기 때문에, 원나라 인종仁宗 연우延祐 3년(1316)에는 '보원개화문창사록굉인제군輔元開化文昌司祿宏仁帝君'에 봉해져서 흔히 '문창제군文昌帝君'으로 불렸다.

"절로 거북과 뱀이 얽히게 되리라."(제1권 2회 73쪽)

모두 도교에서 내단內丹을 수련함을 의미하는 용어이다. 옥토끼는 달에서 약을 찧고 있다는 신화 속의 동물이고, 까마귀는 해에 산다는 다리 셋 달린 새로서 보통 금조金鳥라고 부른다. 여기에선 이것들로 인체 내의 정, 기, 신, 음양이 서로 어울려 조화되는 이치를 비유하고 있다. 거북과 뱀이 뒤얽혀 있다는 것은, 도교에서 떠받드는 북방의 신 현무玄武로서 거북과 뱀이 합체된 모습을 하고 있다. 북방 현무가 수水에 속한 것을 가지고 중의中醫에서는 오행 가운데 수에 속하는 콩팥[腎臟]을 비유하고 있는데, 콩팥은 타고난 원양 진기眞氣를 보존하는 곳이다.

"제호醍醐를 정수리에 들이부은 듯……."(제4권 31회 16쪽)

불교 용어로 지혜를 불어 넣어 깨닫게 한다는 뜻이다. 제호醍醐란 치즈[峯酪]에서 추출한 정화로, 불가에서 최고의 불법을 비유하는 말이다.

좌관坐觀

자기 몸 하나가 들어갈 만한 작은 방에 들어가 외부와 일체의 교섭을 단절한 채 수행하는 것으로 90일이 한 단위가 된다.

지장왕보살地藏王菩薩

불교의 대승보살大乘菩薩 가운데 하나로, 범어 '걸차저얼파乞叉底蘗婆'의 의역이다. 그는 "대지처럼 편안히 참아내는 부동심을 갖고 있고, 비장의 보물처럼 고요하게 생각에 잠겨 깊고 은밀한 성품을 나타낸다(安忍不動如大地 靜慮深密如秘藏)"(『지장십륜경地藏十輪經』)는 데서 '지장'이라는 이름을 갖게 되었다. 불교에서는 그가 석가모니가 사라지고 미륵彌勒이 세상에 나타나기 전에 육도六道에 현신하여 천상에서 지옥에 이르기까지 모든 중생의 고난을 구제해주는 보살이라고 한다.

진언眞言

불교 밀종의 경전을 진언이라고 하니, 범어 '만다라mandala'의
의역으로서 망령되지 않고 진실된 말이란 의미이다. 또 승려
나 도사가 귀신을 항복시키고 사악한 기운을 쫓기 위해 암송
하는 구결을 진언이라고 하기도 했다. 여기서는 후자에 해당
한다.

진여

'진眞'은 허망하지 않고 진실한 것을 가리키며, '여如'는 '여상如
常', 즉 항상 변하지 않는 것을 가리킨다. 이런 경지는 투철한
깨달음을 통해서 도달할 수 있는 것이라고 한다.

【ㅊ】

천강성天罡星

도교에서는 북두성 주변에 있는 36개의 별을 지칭하여 천강
성天罡星이라 한다.

천화天花

양나라 무제 때 운광雲光법사가 경전을 강의하자 하늘이 감동
하여 천화가 떨어져 내렸다는 말이 양나라 혜교慧皎의 『고승
전高僧傳』에 실려 있다. 또 『법화경』「서품序品」에 의하면, 부처
가 『법화경』 강론을 끝내자 하늘에서 만다라화, 마하만다라
화, 만수사화와 마하만수사화가 부처와 청중들 몸으로 어지
러이 떨어져 내렸다고 한다. 여기서는 이 두 가지 의미를 함께
가지고 있다.

칠보七寶

불교 용어로 『법화경法華經』에 따르면 금, 은, 유리, 거거硨磲
(인도에서 나는 보석), 마노瑪瑙, 진주, 매괴玫瑰(붉은빛의 옥)
를 칠보라 한다.

【ㅌ】

탈태환골

　도교의 연단煉丹에서는 어미의 몸에 태胎가 생기는 것으로 정精, 기氣, 신神이 뭉쳐 내단內丹을 이루는 것을 비유한다. 이런 경지에 이르면 보통 인간의 육신을 벗어던지고 신선의 몸으로 탈바꿈한다는 것인데, 이것을 일컬어 '탈태환골'이라 한다. 오대五代 무렵의 진박陳樸이 편찬한 『내단담內丹談』에 따르면, 도가의 수련은 아홉 단계를 거쳐 연단하게 되는데, 그 과정은 다음과 같다. 첫 번째 단계를 지나면 생기가 유통하고 음양이 화합하면서 내단이 단전丹田을 향해 내려오기 시작하고, 두 번째 단계를 지나면 참된 정기가 단약처럼 둥글게 뭉쳐 단전으로 갈무리되고, 세 번째 단계를 거치면 신선의 태가 어린애 같은 모양을 갖추고, 네 번째 단계를 거치면 신선의 태와 정신이 넉넉해져서 혼백이 모두 갖춰지고, 다섯 번째 단계를 거치면 신선의 태가 자라면서 마음대로 신통력을 부릴 수 있게 되고, 여섯 번째 단계가 지나면 신체 안팎의 음양이 모두 넉넉해져서 신선의 태와 정신이 인간의 육체와 하나로 합쳐지고, 일곱 번째 단계가 지나면 오장五臟의 타고난 기운이 모두 신선의 그것으로 바뀌고, 여덟 번째 단계가 지나면 어린애에게 탯줄[臍帶]이 있는 것처럼 배꼽 가운데 '지대地帶'가 생겨서 태식胎息, 즉 코와 입을 쓰지 않는 호흡을 통해 기운을 온몸에 두루 흐르게 할 수 있으며, 최후의 아홉 번째 단계에 이르면 육신이 도와 하나가 되어 지대가 저절로 떨어지고 발아래 구름이 생겨 하늘로 날아오를 수 있다고 한다.

태상노군급급여율령봉칙太上老君急急如律令奉廢

　'급급여율령急急如律令'이란 도교에서 사용하는 일상적 주문이다. 원래 한나라 때의 공문서에 '여율령'이라는 표현이 자주 쓰였는데, 나중에 도교에서 '신을 부르고 귀신을 잡는[召神拘鬼]' 주문의 말미에 종종 이 표현을 모방해서 썼다. 이것은 율법의 명령과 같이 반드시 긴급하게 집행해야 한다는 뜻을 나타낸 것이다.

태을太乙

태일太一이라고도 한다. 여기서는 하늘과 땅이 나뉘지 않고 혼돈된 상태로 있을 때의 원기元氣를 의미한다. 도가에서도 텅비어 있는 '도道'의 별칭으로 쓴다.

태을천선太乙天仙

천선이란 도교에서 승천昇天한 신선을 가리키는 말이다. 『포박자抱朴子』「논선論仙」에 따르면, "『선경仙經』에 이르기를, '상사上士'는 육신을 이끌고 허공으로 올라가니 천선天仙이라 하고, 중사中士는 명산에서 노니니 이를 지선地仙이라 하고, 하사下士는 죽은 후에야 육신의 허물을 벗으니, 이를 시해선尸解仙이라 한다'고 하였다"고 한다.

【ㅍ】

팔난八難

팔난이란 부처님을 만나고 불법을 구하기 어려운 여덟 가지 상황을 말하는 것이다. 즉 지옥, 축생, 아귀, 장수천長壽天, 북울단월北鬱單越, 맹롱음아盲聾瘖啞, 세지변총世智辯聰, 불전불후佛前佛後이다.

팔대금강八大金剛

팔대금강명왕八大金剛明王의 약칭으로 금강수보살金剛手菩薩, 묘길상보살妙吉祥菩薩, 허공장보살虛空藏菩薩, 자씨보살慈氏菩薩, 관자재보살觀自在菩薩, 지장보살地藏菩薩, 제개장보살除蓋障菩薩, 보현보살普賢菩薩을 가리킨다.

【ㅎ】

현무玄武

도교의 사방신四方神 가운데 북방의 신을 가리킨다. 그 모습은 대체로 거북과 뱀이 합쳐진 모양으로 묘사된다. 송나라 대중상부(大中祥符, 1008~1016) 연간에는 휘諱를 피하기 위해 '진무眞武'라고 칭했다. 송나라 진종眞宗 때는 '진천진무령응우성제군鎭天眞武靈應祐聖帝君'으로 추존되어 '진무제군'으로 불리기 시작했다. 도교 사당에 조각상이 모셔진 경우가 많은데, 그 모습은 검은 옷을 입고 머리를 풀어헤친 채, 손에 칼을 짚고 발로 거북과 뱀이 합쳐진 괴물을 밟고 있으며, 그 하인은 검은 깃발을 들고 있는 것으로 묘사된다.

현장玄奘

당나라의 실존했던 고승으로, 속세의 성명은 진위(陳褘, 602~664)이며, 낙천洛川 구씨柳氏(지금의 허난성河南省 이앤스시 앤偃師縣 꺼우스쩐柳氏鎭) 사람이다. 어려서 출가하여 불교 경전을 연구했고, 천축天竺, 즉 인도에 유학하여 17년 동안 공부하고 장안으로 돌아와 불경의 번역에 힘써서, 중국 불교 법상종法相宗의 창시자 가운데 하나가 되었다. 『서유기』에서는 비록 이 인물을 모델로 삼았지만, 오랫동안 민간에서 전설로 전해지면서 실제 역사에 나타난 것과는 많은 차이가 생기게 되었다.

현제玄帝

노자老子를 가리킨다. 당나라 고종高宗 건봉乾封 원년(666)에 노자를 태상현원황제太上玄元皇帝로 추존하였는데, 간략히 현제라고도 불린다.

화생化生

『유가론瑜迦論』에 따르면, 껍질에 의지해서 나는 것을 난생卵生, 암수 교합을 통해 몸에 담고 있다가 낳은 것을 태생胎生, 습기를 빌려 나는 것을 습생傀生, 아무것도 없는 상태에서 변화하여 생겨난 것을 화생化生이라 한다고 했다.

『황정경黃庭經』

도가의 경전 가운데 하나로, 원래는 『태상황정내경경太上黃庭內景經』과 『태상황정외경경太上黃庭外景經』이라는 두 권의 책으로 되어 있다. 이 책에 담긴 내용은 주로 양생수련養生修練의 방법들이라고 한다.

"할멈과 어린아이는 본래 다름이 없다네."(제3권 23회 63쪽)

시에서 '할멈'은 도교에서 신봉하는 비장脾臟의 신이다. 비장은 오행 가운데 토土에 속하고, 그 색은 황색이기 때문에 이런 명칭이 붙었다. 『서유기』에서 황파는 종종 사오정의 별칭으로 쓰인다. '어린아이'는 심장의 신으로, '적성동자赤城童子'라고도 한다. 심장을 상징하는 색은 적색이기 때문에 이런 명칭이 붙었다.

서유기 7

1판 1쇄 인쇄	2019년 10월 30일
1판 3쇄 발행	2024년 9월 26일
지은이	오승은
옮긴이	홍상훈 외
펴낸이	임양묵
펴낸곳	솔출판사
편집	윤정빈 임윤영
경영관리	박현주
주소	서울시 마포구 와우산로29가길 80(서교동)
전화	02-332-1526
팩스	02-332-1529
블로그	blog.naver.com/sol_book
이메일	solbook@solbook.co.kr
출판등록	1990년 9월 15일 제10-420호

© 홍상훈 외, 2019

ISBN	979-11-6020-111-6	(04820)
	979-11-6020-104-8	(세트)